# BONNE NUIT, MON AMOUR

Née à Stockholm en 1944, Inger Frimansson est romancière et journaliste. Comparée à des auteurs comme Minette Walters, elle est la seule femme à avoir reçu à deux reprises le prix du meilleur roman policier suédois pour *Bonne nuit, mon amour* et *L'Ombre dans l'eau*.

INGER FRIMANSSON

# *Bonne nuit,*
# *mon amour*

ROMAN TRADUIT DU SUÉDOIS PAR CARINE BRUY

FIRST ÉDITIONS

*Titre original :*

GOD NATT MIN ÄLSKADE

ISBN : 978-2-253-15718-2 − 1re publication LGF

*Prologue*

L'avion se posa à Arlanda à 18 h 15. Leur premier vol à destination de Londres était en retard, et elles avaient manqué la correspondance pour Stockholm. Les vols suivants étaient complets, et elles n'auraient pas obtenu de places avant le lendemain matin si l'attachée de l'ambassade ne s'était pas mise en colère. Elle s'appelait Nancy Fors ; durant tout le voyage, elle s'était montrée calme et un peu mélancolique. Cette soudaine explosion de colère étonna Justine.

Elles quittèrent l'appareil les premières. Deux policiers en civil les rejoignirent et les escortèrent par un accès de service.

— Malheureusement, les journalistes ont appris votre retour, dit l'un d'eux dont Justine ne saisit pas bien le nom.

L'autre ajouta :

— C'est des vraies hyènes, ces mecs. Faut qu'ils chassent en bande et se repaissent de tout ! Mais on va les avoir.

Ils la firent monter dans leur voiture.

Ce qui la frappa, ce fut la lumière, cette lumière pure et froide, et cette verdure presque fragile. Elle avait oublié que la nature pouvait ressembler à cela. Elle en avait discuté avec Nancy Fors :

— Votre pays ne vous manque jamais ? Comment arrivez-vous à vivre là-bas avec cette chaleur ?

— Je sais bien que c'est provisoire, avait-elle répondu. Tout sera absolument intact à mon retour, ici, à la maison.

Ils dépassèrent la sortie vers Sollentuna et Upplands Väsby. Il était 19 h 30.

Le policier qui conduisait dit :

— Ah, oui... au sujet de cette fille, Martina. Ses parents veulent vous rencontrer.

— Vraiment ?

— C'est important pour eux.

Elle tourna le visage vers la fenêtre. Elle vit un petit bois avec des troncs blancs.

— Bien sûr, dit-elle. Je comprends. Ça ne pose aucun problème.

# Première partie

# Chapitre 1

Ce froid, incisif, si pur... Et cette eau si grise et en perpétuel mouvement, aussi soyeuse qu'une matière vivante...

Pas de ciel, non, aucun contraste, elle ne le supportait pas, cela lui faisait trop mal aux yeux. Les nuages s'amoncelaient, signes annonciateurs de neige.

Et cette neige sèche tomberait du ciel en tourbillonnant comme la fumée sur les chemins. Alors, elle arracherait ses vêtements et se laisserait transpercer par le froid.

Là-bas, elle essayait de retrouver cette sensation de cristaux glacés sur sa peau. Tout le corps tendu, rigide, elle fermait les yeux pour raviver l'atmosphère d'un rivage nordique un jour de printemps quand la glace commence à fondre.

Elle n'y était jamais parvenue. Pas même lorsque les spasmes de fièvre la terrassaient et que Nathan la couvrait de vêtements, de chiffons, de rideaux et de tout ce qu'il pouvait trouver.

Elle était glacée d'un mauvais froid.

Elle court en avant, droit devant.
*Tu ne m'as jamais vue comme ça.*

En avant, en avant. Elle force son corps massif, les pieds légers comme des feuilles dans ses chaussures de course. Justine les avait essayées quelques jours auparavant dans un magasin de sport, à Solna, de façon clinique, assistée par un jeune homme aux dents blanches et à la chevelure brillante et ondulée. Il l'avait fait courir sur un tapis roulant pour filmer les mouvements de ses pieds. Elle fermait très fort les poings, anxieuse à l'idée de perdre l'équilibre, inquiète qu'il la trouve ridicule. Une femme en surpoids de quarante-cinq ans, craignant qu'il perçoive quelque chose de désespéré dans sa manière de serrer les genoux.

Il l'observait d'un air solennel.

— Vous avez une foulée pronatrice.

Elle le regarda sans comprendre.

— Je vous assure. Mais ne vous inquiétez pas, c'est le cas de beaucoup de gens ; en fait, de presque tout le monde.

Elle descendit du tapis roulant les cheveux humides dans la nuque.

— Ça veut dire que vous courez les pieds à l'intérieur. Vous tournez les pieds comme ça, vous voyez ? C'est pour ça que vos semelles sont usées sur un côté.

Il attrapa ses vieilles bottes d'hiver pour lui montrer.

— Regardez, là.

— Mais je ne cours pas, je n'ai jamais couru.

— Peu importe. Vos pieds s'inclinent quand même vers l'intérieur.

— Je penche pareil quand je me promène ?

Une tentative de plaisanterie. Il rit, par pure politesse.

Elle acheta les chaussures qui coûtaient quasiment mille couronnes. Il la gratifia d'un cours : il valait mieux investir dans la qualité, on pouvait aisément se blesser en courant avec de mauvaises chaussures, se froisser un muscle, s'en étirer un autre. Surtout quand on n'avait pas l'habitude.

Les chaussures portaient la marque Avia. Elle pensa à l'avion.

À la fuite.

Atteindre des horizons lointains.

Son bonnet bleu marine enfoncé sur la tête, elle avait entamé la côte vers Johannelundstippen. Elle courait, penchée en avant, et des petits groupes d'oiseaux verts s'envolaient de leurs nids d'herbe. Ils étaient silencieux mais accusateurs. Ce corps humain, qui se balançait sans grâce, avec cette haleine lourde et sifflante, les dérangeait dans une tâche importante.

*Nous nous éloignons l'un de l'autre.*
*Non !*
*Tu devrais me voir à présent, tu serais fier de moi, je pourrais te suivre au bout du monde, tu te retournerais pour m'apercevoir, et là tes yeux bleu ciel me regarderaient vraiment, Justine est celle que j'aime, elle peut marcher sur les murs comme une mouche.*
*Ou comme un pou.*

Au sommet, le vent soufflait si fort que les larmes lui montèrent aux yeux. En contrebas, les maisons s'étalaient partout, semblables à des boîtes en carton, alignées en un dédale de rues et de culs-de-sac, entourées de parterres de rosiers bien entretenus. La maquette en plâtre de l'architecte devait avoir eu précisément cet aspect.

Elle faillit trébucher sur les restes d'un feu d'artifice, quelques bouteilles et des gobelets en plastique. Plusieurs personnes étaient montées jusqu'ici afin d'être plus visibles durant la nuit du nouvel an et tirer leurs fusées plus haut que tout le monde. Éméchées, elles étaient ensuite redescendues en titubant, cherchant à retrouver le chemin de leur domicile.

Parfois, elle prenait la voiture pour aller au nouveau centre d'équitation de Grimsta. En semaine, ce n'était pas difficile de dénicher une place pour se garer. Elle avait rarement l'occasion de voir les chevaux. Sauf cette fois, dans la prairie boueuse jouxtant le bâtiment, des bêtes au garrot très haut, le museau au ras du sol, comme des aspirateurs. Il ne semblait plus rester le moindre brin d'herbe.

À cet instant précis, Justine ressentit une envie de claquer des mains bruyamment, pour observer la réaction que cela provoquerait. Pour que les yeux d'un des chevaux, peut-être ceux du dominant, deviennent fous et qu'il parte au grand galop, sans conscience que des clôtures le cernaient de toutes parts ; la panique aidant, une seule idée l'obnubilerait : s'échapper. Et les autres le suivraient, terrorisés ; ils s'élanceraient dans la boue et perdraient tout sens de l'orientation.

Mais elle s'en abstint.

Une piste éclairée débutait à gauche de la patinoire. Elle la suivit un moment puis coupa à travers les champs gorgés d'eau, en contrebas des immeubles, dépassa le parking jouxtant les bains publics de Maltesholm et remarqua que la vitre de l'une des caravanes alignées là n'avait toujours pas été réparée. Elle poursuivit sa descente vers l'eau puis courut le long du rivage.

Quatre canards s'éloignèrent en se dandinant. Le silence régnait. Bien qu'on soit en janvier, la température était largement positive. Pendant une semaine il avait plu sans discontinuer mais cet après-midi le ciel était d'un blanc laiteux.

Elle inspira par le nez.

Des amas de feuilles jonchaient les bas-côtés de la pente, et le processus de décomposition semblait s'être arrêté. Elles étaient brunes et glissantes, et ne ressemblaient pas du tout à du cuir.

Comme là-bas.

Pas un bruit, pas un oiseau ni même la chute d'une goutte, uniquement le bruit étouffé de ses propres foulées cadencées lorsqu'elle s'élança à l'assaut de la côte, puis leur écho quand elle parvint au pont de bois sur lequel elle fut vraiment à un cheveu de tomber. L'humidité due à la présence de l'eau avait provoqué la formation d'une plaque traîtresse sur laquelle les semelles de ses Avia dérapèrent.

Non, on ne s'arrête pas ! On ne faiblit pas maintenant ! Ses poumons brûlaient, un râle sifflant et régulier sortait de sa gorge. Elle repoussait ses limites, comme si elle était lui, Nathan.

*Tu étais censé être fier de moi, m'aimer.*

De retour chez elle, Justine s'arrêta derrière la porte, s'appuya contre le mur et délaça ses chaussures de course. Elle se débarrassa ensuite du reste de ses vêtements : la tenue rouge coupe-vent, le caleçon long, le soutien-gorge de sport et la culotte. Les jambes écartées, elle tendit les bras et laissa la transpiration s'évaporer lentement.

En un bruissement d'ailes, l'oiseau gagna le rez-de-chaussée. Il crailla et grailla de plus belle. Il se posa dans ses cheveux et s'accrocha fermement à l'aide de ses serres vigoureuses et brillantes. Elle tourna la tête ; il lui procurait la sensation d'un poids chaud au sommet de son crâne.

— Tu m'attendais ? Tu sais que je reviens toujours.

Elle lui caressa le dos et le fit descendre. Il disparut en direction de la cuisine en poussant un craillement de colère.

Elle effectua ses étirements sur l'épais tapis de la salle à manger comme elle l'avait appris dans un cours de gym à la télé. Elle n'aimait rien moins que participer à des activités de groupe. Nathan la qualifiait de farouche. C'est d'abord ce qui l'avait attiré.

Elle était encore grande, mais le temps passé là-bas avait laissé son empreinte, elle semblait plus mince, même si la balance indiquait toujours soixante-dix-huit kilos. Elle resta un long moment sous la douche, faisant glisser l'éponge sur son ventre, le long de ses cuisses et au creux de ses genoux.

Là-bas, il ne s'était pas écoulé un seul jour sans qu'elle se languisse des douches européennes propres, d'un sol sur lequel se tenir et de murs recouverts de faïence.

Martina et elle s'étaient baignées dans l'eau jaune du fleuve, mais l'odeur de vase et de boue s'infiltrait dans leurs pores sans qu'elles sachent s'en débarrasser.

Au début, elle pouvait difficilement y entrer, imaginant ce qui se tenait tapi sous la surface : des serpents, des piranhas, des sangsues. Un matin, ils n'avaient pas eu d'autre choix que de traverser les rapides tout habillés, car c'était la seule façon d'atteindre l'autre rive. Après cela, elle n'avait plus eu peur.

Elle s'essuya soigneusement et s'enduit de lait pour le corps. Le flacon de Rome, dont la forme penchée imitait la tour de Pise, était presque vide. Elle le découpa à l'aide de ciseaux et se servit de son index pour racler le fond. Elle considéra son visage dans le miroir : marbré de rouge à cause de la chaleur, il accusait son âge. Elle traça au *liner* des lignes autour des yeux, comme elle le faisait depuis les années 1960. Personne n'était parvenu à lui faire perdre cette habitude.

Pas même Flora.

Vêtue de sa robe d'intérieur verte, elle se rendit dans la cuisine et se servit une assiette de lait caillé. L'oiseau s'était installé sur l'appui de la fenêtre ; il la fixait d'un œil et craillait pour manifester son mécontentement. Un merle se pavanait, dehors dans l'allée, enrobé de sa graisse hivernale et les plumes en bataille. Durant l'automne, leur chant se modifiait. Il devenait monocorde et strident comme si quelqu'un pinçait une corde de guitare trop tendue. L'autre chant, celui qui était à la fois mélancolique et jubilatoire, cessait généralement vers la fin de l'été et renaissait à la vie à la fin du mois de février. On l'entendait alors de la cime d'un des arbres les plus élevés.

Justine avait toujours habité cet endroit, au bord de l'eau, à Hässelby Villastad. Il s'agissait d'une petite maison de pierre étroite et haute, assez grande pour deux ou trois personnes. Du reste, ils n'avaient jamais été plus nombreux, à l'exception de la courte période où le bébé était là.

Justine y vivait seule à présent et pouvait disposer les meubles à sa guise. Elle n'avait pourtant rien changé. Elle dormait dans sa chambre d'enfant, au papier peint aux couleurs passées, et n'imaginait pas un instant s'installer dans la chambre de son père et de Flora. Le lit y était fait comme s'ils allaient rentrer d'une seconde à l'autre, et quelques fois par an, Justine secouait le couvre-lit et changeait les draps.

Leurs vêtements étaient suspendus dans le placard : les costumes et les chemises de son père à gauche et les nombreuses petites robes de Flora de l'autre côté. Une épaisse couche de poussière recouvrait les chaussures. Elle envisageait parfois de les nettoyer mais ne trouvait jamais la force ne serait-ce que de se baisser pour les ramasser.

Elle époussetait la commode lorsqu'elle se sentait d'humeur à prendre soin des choses. Elle astiquait le miroir avec du produit à vitres et déplaçait légèrement la brosse et les flacons de parfum. Un jour, elle saisit la brosse à cheveux de Flora et la tint devant la fenêtre, fixant les longues mèches grises. Elle se mordit violemment l'intérieur de la joue avant d'arracher l'une des mèches. Puis elle sortit sur le balcon et y mit le feu. Les cheveux se consumèrent en dégageant une odeur âcre et se recroquevillèrent avant de disparaître.

Le soir commençait déjà à tomber. Elle se trouvait dans le corridor du haut ; elle plaça une chaise à côté de la fenêtre et se servit un verre de vin. Au loin, les eaux du lac Mälar scintillaient ; les flots dansaient à la surface, illuminés par l'éclairage extérieur de la maison voisine, qu'un minuteur allumait dès la tombée de la nuit. La demeure était rarement occupée, et elle ne connaissait pas les gens qui vivaient là maintenant. C'était aussi bien.

Elle était seule. Libre d'agir comme bon lui semblait. De faire ce qu'il fallait pour s'épanouir, devenir forte, vivante, comme tout le monde.

C'était son droit.

## Chapitre 2

Il avait passé les vacances de Noël chez ses parents. Des jours tranquilles que rien ne venait troubler. Les arbres parés de givre conféraient une beauté indéniable au réveillon. Sa mère avait accroché un lampion au vieux bouleau, comme elle le faisait dans leur enfance, et il se remémora l'excitation et les fous rires que lui et Margareta éprouvaient dès leur réveil, le 24 décembre.

Sa mère réclamait toujours qu'il rentre pour Noël. Où d'autre serait-il allé, de toute façon ? Ce qui ne l'empêchait pas de se faire prier, la laissant le supplier et l'implorer, juste pour le plaisir d'entendre à quel point il comptait pour elle.

Il ne savait pas vraiment ce que son père en pensait. Kjell Bergman montrait rarement ses sentiments. Hans Peter le vit une seule fois perdre contenance, et des vagues de souffrance avaient glissé sur son grand visage aux traits saillants. C'était cette nuit où la police se présenta chez eux, cette nuit où Margareta était sortie de la route. C'était dix-huit ans auparavant, et Hans Peter vivait encore chez ses parents.

La mort de sa sœur le contraignit à repousser ses projets de déménagement. Ses parents avaient besoin de lui.

Il avait vingt-cinq ans quand cela arriva et il s'efforçait de construire son avenir. Il étudiait à l'université la théologie et la psychologie. Tout au fond de lui, il aspirait à quelque chose de plus élevé, il s'imaginait portant des vêtements noirs à l'allure sévère et éprouvait un sentiment proche de la sérénité.

Il resta chez eux trois ans. Puis il fit ses valises et s'en alla. Ses parents avaient recommencé à se parler. Les premiers temps, ils s'étaient tus, statufiés dans leurs fauteuils télé inclinables, sans dire un mot. Comme s'ils voulaient se punir l'un l'autre, comme si, d'une manière irrationnelle, ils considéraient que l'accident de Margareta était la faute de l'autre.

Elle n'avait son permis que depuis une semaine et, cette nuit-là, elle utilisait leur voiture, une Saab de l'année 1972. On ne parvint jamais à déterminer la raison pour laquelle elle avait quitté la route à proximité de Bro pour foncer tout droit dans un bloc de béton.

La voiture fut complètement détruite.

La chambre de Margareta resta inutilisée pendant plusieurs années. Sa mère y entrait parfois et fermait la porte derrière elle. Quand elle en ressortait, elle allait directement se déshabiller et se mettre au lit.

Hans Peter en souffrait. Progressivement, en les amadouant, il essaya de la convaincre de le laisser la vider. Elle avait fini par céder.

Il nettoya la chambre de sa sœur, remisa ses affaires personnelles au grenier et s'appropria son lit et le joli petit bureau. Ses parents ne réagirent pas ; ils ne pipèrent pas le moindre mot, pas même lorsque le vide semblait vouloir tout engloutir depuis la chambre propre. Il procéda avec beaucoup de soin : il lava les murs avec de la lessive de soude, passa un balai à franges sur le plafond et frotta les fenêtres comme le sol.

Sa mère avait toujours rêvé d'une salle à manger.

— Maintenant, vous en avez une ; je vous l'ai préparée, dit-il.

Et, sur ces paroles, il balança le catalogue Ikea sur la table du salon et les amena finalement à le feuilleter. Son père rechigna un peu. Il grinça des dents et resta silencieux. Sa mère, quant à elle, pleura. Petit à petit, ils se résignèrent cependant. Il les conduisit à accepter la situation, à comprendre que Margareta ne reviendrait jamais et que transformer sa chambre en une pièce plus pratique qu'un musée ne constituait pas une offense à sa mémoire.

En réalité, ils n'y mangeaient qu'en sa présence. Pour lui faire plaisir. Hans Peter ne pensait pas qu'ils avaient parfois des invités. Ils n'avaient jamais reçu personne, pourquoi auraient-ils changé leurs habitudes ? Uniquement parce qu'ils disposaient d'une salle à manger ?

Ils semblaient ne trouver que la force nécessaire pour accomplir le simple labeur quotidien. Son père était perpétuellement fatigué. À une époque, il travaillait comme carrossier mais il était à la retraite depuis des années. Son dos avait lâché.

Sa mère, elle, avait enseigné dans un collège.

Hans Peter se souvenait qu'un jour Margareta avait reproché à ses parents de trop s'isoler. Elle devait avoir treize ans et devenait un peu insolente. Son père l'avait attrapée par l'épaule avant de la plaquer contre le mur.

— Nous vivons comme nous l'entendons, et si ça ne convient pas à la demoiselle, elle n'a qu'à aller voir ailleurs. On souhaite pas qu'une kyrielle d'étrangers viennent fourrer leur nez dans nos affaires.

Ce fut l'une des rares occasions où il se mit en colère.

Il entreprit de s'éloigner d'eux. Il se dénicha un appartement à Hässelby Strand. Celui-ci se situait à proximité du métro, non loin de la nature. Il aimait marcher et bouger. Il poursuivit ses études, sans qu'elles débouchent sur rien de concret. Quand il commença à se soucier du remboursement de son prêt étudiant, il occupa des petits boulots. Il distribua du courrier en vélo, il effectua des sondages d'opinion pour le compte du SIFO. Ces jobs ne lui rapportaient pas grand-chose mais répondaient à ses modestes besoins.

À la bibliothèque d'Åkermuntan, le centre commercial de Villastaden, il rencontra Liv Stevensson qui venait d'obtenir son diplôme de bibliothécaire. Ils se marièrent. Il ne s'agissait pas de passion, ni d'un côté ni de l'autre. Ils s'appréciaient et s'estimaient mutuellement.

Ce fut un mariage civil simple, suivi d'un repas au restaurant d'Ulla Winbladh en compagnie de leurs parents les plus proches.

Son frère tenait un hôtel en ville. Hans Peter y entra en tant que portier de nuit. Ce n'était pas le choix idéal, surtout pour un jeune marié dont on attendait qu'il honore son épouse comme il sied dans cette situation.

Ils n'eurent pas d'enfants et, peu à peu, leur activité sexuelle cessa tout bonnement.

Nous avons une relation d'une autre nature, se disait-il le plus souvent, convaincu qu'elle était sur la même longueur d'onde.

Ce n'était pas le cas. Un samedi soir, quatre ans après leur mariage jour pour jour, elle lui annonça qu'elle voulait divorcer.

— J'ai rencontré quelqu'un, dit-elle en tirant nerveusement sur le lobe de son oreille, l'air un peu effrayé, comme si elle s'attendait à recevoir un coup.

Il était parfaitement calme.

— Bernt et moi sommes bien assortis. Beaucoup plus que toi et moi. Soyons honnêtes : nous n'avons pas grand-chose en commun, à part la littérature. Et on ne peut pas vivre que de littérature.

Un sentiment de chagrin s'infiltra en lui, léger et fluctuant, il enflait puis refluait.

Elle le prit dans ses bras, et il sentit ses petites mains froides sur sa nuque. Il n'en finissait plus de déglutir.

— Tu es quelqu'un de bien, lui chuchota-t-elle. Il n'y a rien qui cloche chez toi, ça n'a rien à voir… mais on ne se voit presque jamais, et Bernt et moi en sommes au point où…

Hans Peter acquiesça.

— Pardonne-moi, dis-moi que tu me pardonnes.

Elle se mit à pleurer ; les larmes coulaient le long de ses joues, restaient un instant suspendues à la pointe de son menton puis lâchaient prise et étaient aspirées par son pull. Son nez était rouge et brillant.

— Il n'y a vraiment rien à pardonner, répondit-il d'une voix pâteuse.

Elle reprit la parole, en parlant du nez.

— Tu n'es pas en colère contre moi alors ?

— Plutôt déçu, en fait. Que ça n'ait pas fonctionné.

— On a peut-être besoin de plus de… fougue ?

— Oui. C'est peut-être ça.

Le lendemain, elle quitta l'appartement pour emménager chez Bernt, en n'emportant que le strict nécessaire. Plus tard, dans la semaine, elle revint avec une fourgonnette louée dans une station-service. Cela l'avait surpris, car elle n'avait jamais aimé conduire.

Il l'aida à porter ses affaires. Il conserva la plupart des meubles et des ustensiles de ménage ; la maison de Bernt, dans un lotissement sur Blomsterkungsvägen, était déjà tout équipée.

— Je peux t'inviter à prendre une tasse de café ? lui demanda-t-il lorsqu'ils eurent fini.

En fait, il n'en avait pas envie ; il voulait juste qu'elle s'en aille pour être seul. Il ne savait pas pourquoi il lui avait proposé, les mots lui avaient simplement échappé.

Elle hésita et finit par accepter.

Ils s'assirent côte à côte sur le canapé. Il se raidit lorsqu'elle étendit le bras vers lui.

Elle déglutit.

— Alors, t'es quand même en pétard contre moi ?

C'était la première fois qu'il l'entendait utiliser un tel langage. Il en fut si surpris qu'il éclata de rire.

Des années plus tard, il les rencontra par hasard à Åkermyntan, chargés de cartons de nourriture. Des enfants les accompagnaient. Elle les présenta mais il oublia leurs noms aussitôt.

Son nouveau compagnon était grand et costaud avec un ventre proéminent. Il portait un pantalon de survêtement.

Une bedaine, pensa Hans Peter sans agressivité.

Liv s'était fait couper et boucler les cheveux.

— Viens boire un verre à la maison un de ces jours, lui proposa-t-elle, et son mari acquiesça.

— Bien sûr. Viens. Nous habitons là-bas, à Backlura. Il suffit de prendre le bus, le 119.

— D'accord, répondit-il sans conviction.

Liv attrapa la manche de sa veste.

— Je ne voudrais pas qu'on se perde complètement de vue, dit-elle.

Il baissa les yeux vers le visage impatient des enfants. Une petite fille le considérait avec hostilité.

— Non, ce ne sera pas le cas.


Sa mère lui adressait parfois des reproches. Elle aurait aimé avoir des petits-enfants. Elle ne le disait pas ouvertement, elle pointait un enfant dans le journal, en prononçant un commentaire désolé. Ou elle allumait la télévision quand débutaient les programmes jeunesse, du genre *L'Île aux enfants* ou *Le Manège enchanté*.

Cela l'exaspérait mais il ne le lui montrait jamais.

Il avait connu plusieurs femmes ; quelquefois il les emmenait à la maison pour lui présenter, surtout pour qu'elle continue à espérer.

Il savait que ses parents étaient déçus, car il n'avait pas de profession digne de ce nom, ni de famille.

Il ne pouvait pas le leur reprocher.

Tout aurait été différent si l'accident de Margareta ne s'était pas produit. À cause de ça, il avait perdu le contrôle de sa vie.


Le jour de Noël, il se mit à pleuvoir, et la pluie tomba sans discontinuer pendant plus d'une semaine. Sa mère fit de son mieux pour le gâter. Elle préparait un plateau de petit déjeuner pour lui porter au lit quand il se réveillait. Il l'entendait gratter discrètement à la porte.

— Mon grand garçon, murmurait-elle en posant le plateau sur la table de chevet.

Dans ces moments, il avait envie de se blottir contre elle et de pleurer. Mais il avait un goût amer dans la bouche et restait sous la couverture, sans bouger.

Il repartit la veille du réveillon de la nouvelle année. Il ne supportait pas davantage leur haleine, leur façon de mâcher, le son de la télé qu'ils réglaient à plein volume. Ils avaient tous les deux plus de soixante-dix ans. L'un d'entre eux ne tarderait pas à mourir, et il ignorait lequel aurait le plus de mal à rester seul.

Ils se connaissaient depuis qu'ils avaient vingt ans.

Son appartement frais et silencieux lui manquait ; il pourrait déboucher une bouteille de vin, faire des mots croisés et écouter la musique de son choix, Kraus et Frank Sinatra.

Il dit à sa mère qu'il était invité chez des amis pour fêter le nouvel an.

Il était à peine rentré que le téléphone sonnait.

Une de ses connaissances féminines.

Merde, pensa-t-il. Rien de plus.

— Comment est-ce que tu vas ? lui demanda-t-elle de sa voix menue.

— Bien, je viens juste de revenir.

— Tu es allé chez Kjell et Birgit ?

Elle ne les avait rencontrés qu'une seule fois et se comportait pourtant comme s'ils étaient proches.

— Oui.

— C'est ce que je pensais, j'ai essayé de te joindre.

— Ah bon...

— Hans Peter ? Est-ce que je peux venir chez toi demain ? On pourrait fêter le nouvel an ensemble ?

Il aurait voulu répondre qu'il travaillait à l'hôtel mais ne parvint pas à s'y résoudre.

Elle arriva sur son trente et un. Il ne se souvenait pas qu'elle fût si mignonne. Il comprit qu'elle avait fait un effort pour lui, et il eut mauvaise conscience.

Ils s'étaient rencontrés chez des amis communs. Ensuite, ils avaient un peu flirté. De façon sporadique, ça n'avait rien de sérieux. Pour autant, il l'avait emmenée chez ses parents, à Stuvsta.

— Tu me trouves entreprenante ? demanda-t-elle à brûle-pourpoint. Une femme n'est pas censée prendre des initiatives. C'est ce qu'on prétend...

— Mais non !

— Enfin, je suis là maintenant.

Elle avait apporté deux cartons pleins de nourriture, ainsi que du vin et du champagne.

Bien, se dit-il, si c'est ce qu'elle veut.

Quelque chose en elle l'excitait. Plus qu'aucune expérience avec qui que ce soit d'autre. Dans sa manière de tenir sa tête, d'avoir l'air coupable.

Sa propre force l'effrayait.

Après l'acte, elle sortit tout de suite du lit.

Il savait qu'elle n'y avait pas trouvé son compte, que c'était allé trop vite. Il devrait lui dire mais ne trouva pas les mots.

Nous le referons, se dit-il. Plus tard.

Ils dressèrent la table ensemble. Elle ne se montra pas très loquace, et après avoir bu la moitié d'un verre de vin, elle se mit à pleurer.

— Eh... dit-il d'un ton inquiet. Qu'est-ce qu'il y a ?

Elle ne répondit pas, pleura de plus belle.

Il jeta sa fourchette sur la table.

— Je suis une grosse merde ! s'écria-t-il.

Elle se détourna sans le regarder.

— Mon petit cœur, lui dit-il. Pourquoi est-ce que tu tenais à venir ?

— Je t'aime bien, et tu m'as vraiment manqué pendant ces putains de vacances de Noël.

Il se leva, fit le tour de la table, la prit par les bras et l'attira contre lui.

— On finit de manger ?

Elle sortit un mouchoir et acquiesça.


Après le repas, elle s'endormit sur le canapé, appuyée contre son bras. Elle respirait profondément et bruyamment. Il était assis dans une position inconfortable mais n'osait pas bouger de peur qu'elle se réveille et réclame davantage.

Un sentiment de désolation s'empara de lui.

## Chapitre 3

Nathan portait un treillis vert trop ajusté pour la jungle. Il l'ignorait quand il l'avait acheté, il l'avait simplement trouvé pratique et bon marché. Économique, avait-il dit. Justine se souvenait du mot exact qu'il avait employé.

Personne ne l'avait vu s'éloigner pour rester seul un moment. Personne en dehors de Justine.

Il cria probablement quand la flèche l'atteignit. De surprise surtout, plutôt que de douleur, car il bascula immédiatement dans le vide. Les rapides et la chute d'eau étaient si puissants qu'ils étouffaient les bruits, et tout ce qui tombait était aussitôt broyé.

Elle pensait parfois entendre ce cri. Elle était revenue chez elle à présent, et pourtant... Lorsqu'elle l'entendait, elle revoyait aussi le corps et la façon qu'il avait eue de tourner en tombant. Elle voyait ses bras et ses mains qu'elle avait aimés.

Sa maison était haute et étroite, presque dans le style flamand. À l'origine, elle avait deux étages et, pour gagner de la place, son père avait fait modifier le grenier. Mais ils n'y allaient que très rarement, car il y faisait trop chaud l'été et trop froid l'hiver.

Son père n'avait jamais eu un grand sens pratique. Il avait engagé des charpentiers, des jeunes gens portant bretelles, qui montaient et descendaient les escaliers en courant, et lui adressaient des mimiques suggestives chaque fois qu'elle apparaissait en robe de chambre.

Elle était confinée au lit. Allongée, elle écoutait leurs pas et leurs coups de marteau, et commençait doucement à comprendre qu'elle n'était plus une petite fille.

La chaudière au fuel était installée dans la cave. Le chauffeur du camion-citerne se plaignait toujours de la difficulté à l'atteindre quand venait le moment de la remplir ; la maison se situait si près de la plage qu'il s'avérait impossible de tendre les tuyaux jusque-là. Son père l'amadouait avec une bouteille de whisky, ce que Justine avait continué à faire, quand elle s'était retrouvée seule. Certes, il ne s'agissait plus du même chauffeur. Celui-ci était anguleux, de caractère emporté, et il parlait un dialecte dont elle ne saisissait pas un mot sur dix. Elle se sentait rétrécir lorsqu'elle l'entendait arriver. Durant un temps, elle avait envisagé de mettre un terme aux livraisons de fuel mais elle ne voyait pas d'autre moyen de chauffer. La cheminée au deuxième étage ne suffisait pas pour l'ensemble des pièces. Le froid glacial provenant du lac s'infiltrait directement à travers les murs et les sols.

De toute façon, elle n'avait à se soucier du conducteur qu'une fois par an. Elle plaçait toujours une bouteille de whisky décorée d'un nœud papillon en papier près de la fenêtre de la cave.

« Merci pour la livraison de fuel », inscrivait-elle sur un morceau de carton qu'elle glissait sous la bouteille. Il lui laissait le carton sur lequel l'encre avait coulé.

La cave contenait également une vieille baignoire que Flora voulait à tout prix utiliser. Deux fois par mois elle y faisait sa lessive, et ces jours-là, Justine et son père se sentaient mal à l'aise. Flora s'arrangeait pour s'enlaidir autant qu'elle le pouvait à ces occasions comme si elle trouvait du plaisir à se transformer en ménagère repoussante. Elle nouait un mouchoir autour de ses cheveux et enfilait sa vieille jupe démodée qui avait perdu des boutons. C'était une sorte de transformation en Cendrillon inversée, et ses doigts laissaient des marques humides sur les joues de Justine.

L'entrée était minuscule, et il fallait malgré tout y ranger leurs vêtements extérieurs. On manquait partout d'armoires. Devenue adulte, elle s'était parfois demandé pourquoi son père, qui disposait d'une telle fortune, avait décidé de continuer à vivre dans cet endroit si petit, même s'il était construit au bord du lac Mälar. C'était lié à sa mère, une certaine nostalgie.

Justine avait fait disparaître les manteaux de Flora et sa fourrure de renard bleu dans des sacs-poubelle en plastique. Le manteau en loden de son père, ses casquettes et ses chapeaux avaient été stockés dans un autre sac. Elle avait décidé de les donner à une œuvre caritative puis s'était ravisée et avait tout descendu à la cave. La simple idée de croiser une femme arborant la fourrure de Flora lui provoquait un sentiment de dégoût, comme si, par les yeux de cette inconnue, c'était le regard de sa belle-mère qui la fixerait. La clouerait sur place, la forcerait à se retourner.

Après le vestibule on accédait à la pièce bleue qu'ils utilisaient pour manger. Tout y était bleu ou blanc, depuis la moquette murale jusqu'aux tentures en soie, les jardinières aux fenêtres, garnies de saintpaulias et de browallias. Les fleurs n'avaient pas survécu à son absence. Avant de partir, elle les avait noyées d'eau et avait placé des morceaux de carton sur la terre mais cela n'avait servi à rien.

L'oiseau par contre n'avait pas souffert. Elle l'avait laissé vivre dans le grenier où elle avait disposé des bols remplis de graines et d'eau ainsi qu'un plein panier de pommes épluchées. Il avait fait bombance.

Même les tableaux accrochés aux murs prolongeaient la thématique bleu et blanc : un paysage d'hiver, des bateaux à voiles et un patchwork de chiffons de soie qui occupait un mur entier. La mère de Justine l'avait tissé bien avant sa naissance. Il avait toujours été accroché ici, comme une extension de son existence.

Elle conservait des souvenirs fragmentaires de sa mère.

Une pluie battante, un abri sous lequel elles étaient assises, serrées l'une contre l'autre, des vieilles chaussettes puantes collant à ses orteils.

L'odeur de fleurs cotonneuses, quelque chose de chaud avec du miel.

Malgré elle, son père lui avait raconté.

Sa mère était en train de nettoyer les vitres de la fenêtre qui fait face au lac, au deuxième étage. Ce jour-là, le soleil resplendissait, le vent était faible, et les mouettes poussaient leurs cris stridents. Une épaisse couche de glace recouvrait encore l'eau mais elle commençait à fondre, ce qui rendait peut-être sa mère heureuse et peut-être fredonnait-elle au soleil, peut-être même projetait-elle de sortir sur le balcon lorsqu'elle aurait fini pour s'y asseoir, le visage tourné vers le ciel. Elle s'était vite habituée à ce rituel nordique. Elle était originaire d'Annecy, une petite ville française proche de la frontière suisse, et il l'avait ramenée de là pour l'épouser, contre la volonté de ses parents.

C'était un jeudi. Il était rentré du travail à quatre heures sept. Elle gisait sur le sol, les bras tendus comme si elle avait été crucifiée. Il avait vu qu'il n'y avait plus rien à faire.

— Comment le savais-tu ? avait demandé Justine.

Elle traversait une période où il lui fallait tout savoir sur sa mère, où celle-ci l'obsédait.

Il n'avait pu lui répondre.

— Elle était peut-être encore en vie. Si tu avais tout de suite appelé un médecin, il aurait peut-être pu la sauver.

— Ne m'accuse pas, avait-il dit, un rictus à la commissure des lèvres. Le jour où tu verras une personne morte, tu sauras de quoi je parle.

Il avait d'abord cru qu'elle était tombée de l'escabeau et qu'elle s'était cassé quelque chose d'important, mais l'autopsie avait révélé qu'une artère dans son cerveau s'était rompue, entraînant sa mort.

— Rupture d'anévrisme !

Son père prononçait ces mots lentement et distinctement chaque fois que le sujet était évoqué lorsque Justine était jeune.

Parfois, elle s'inquiétait que ce soit héréditaire.

Elle avait interrogé son père à propos d'elle.

— Où étais-je, Papa ? Qu'est-ce que je faisais ?

Il ne se souvenait pas.

Elle n'avait que trois ans lorsque c'était arrivé, trois ans passés de quelques mois. Comment réagit une petite fille de cet âge lorsque sa mère tombe d'un escabeau et meurt ?

Elle devait se trouver quelque part à l'intérieur, elle devait avoir appelé et crié, elle devait avoir été terrifiée du changement soudain de sa mère.

Parfois, elle se réveillait d'un rêve où son front lui faisait mal comme lorsqu'on a sangloté pendant long-temps ; elle se regardait dans le miroir et voyait ses paupières gonflées et rouges.

Sensations de sombrer, fragments de boue et de fleurs qui n'avaient jamais d'odeur.

Un père debout sur la glace, et hurlant.


Dans l'album, elle avait vu des photos de cette femme qui avait été sa mère. Ce visage étranger ne lui évoquait rien. D'épais cheveux noirs coiffés en arrière, bouclés sur les côtés. Justine ne lui ressemblait pas. Il y avait une distance dans les yeux de cette femme, qui ne correspondait pas aux souvenirs de Justine.


Un escalier étroit menait au deuxième étage. C'était là que sa mère nettoyait les vitres. La chambre était sur la gauche, sur la droite, le couloir s'élargissait pour former un salon donnant sur l'île de Lammbar et sur le lac Mälar plus loin. En dehors des bibliothèques qui recouvraient les murs, il y avait peu de meubles : une chaîne stéréo, une table en verre ovale et deux fauteuils.

Ceux de son père et de Flora.

On avait plusieurs fois offert de grosses sommes d'argent à Justine pour la maison. Les agents immobiliers la harcelaient, bourraient sa boîte aux lettres de leurs documentations et même lui téléphonaient de temps à autre. L'un eux, Jacob Hellstrand, se montrait particulièrement agressif.

— Vous pourriez obtenir plusieurs millions pour cet endroit, Justine, babillait-il en l'appelant par son prénom comme s'ils étaient de proches amis. J'ai un client qui est d'accord pour le retaper. Il a toujours rêvé de ce lieu.

— Désolée, mais ce n'est pas à vendre.

— Pourquoi pas ? Imaginez ce que vous pourriez vous offrir avec cet argent ! Une femme seule comme vous, vous ne pouvez pas rester pourrir à Hässelby. Achetez-vous un appartement en ville à la place et profitez de la vie !

— Vous ne savez rien de ma vie. Peut-être que j'en profite déjà.

Son rire lui était parvenu dans le combiné.

— Certainement, vous avez raison Justine. Admettez au moins qu'il y a du vrai dans ce que je vous dis.

Elle aurait dû se mettre en colère mais ne l'avait pas fait.

— Faites-moi savoir quand vous serez décidée. Vous avez mon numéro de portable, non ?

— Bien sûr.

— Ce n'est pas facile pour une femme seule d'entretenir une si grande maison. Sans personne pour vous aider.

— Si je décide de vendre, je vous appellerai, lui avait-elle dit.

Elle ne l'envisageait pas un instant. Elle n'avait pas besoin d'argent non plus. Son père lui en avait laissé beaucoup en mourant. Assez pour bien vivre pendant longtemps. Pour le reste de ses jours, en fait.

Et Flora ne serait jamais plus en état d'en réclamer le moindre centime.

## Chapitre 4

Le plus difficile à supporter était l'odeur. Flora en conservait le souvenir depuis cet été lointain où elle avait décroché un petit boulot au noir dans un hôpital pour femmes souffrant de troubles mentaux. Un mélange d'encaustique, de cheveux sales, et d'eau de Cologne.

À présent, elle était imprégnée de cette odeur.

Malgré ce qu'elle avait craint, les nuits n'étaient pas si terribles. Au contraire : les nuits lui appartenaient. Elle était assurée d'avoir la paix, personne n'essaierait de communiquer avec elle ou n'attendrait qu'elle participe à des activités.

Mes pensées je les garde pour moi, et vous n'y accéderez jamais. Je suis au-dedans d'elles, moi Flora Dalvik, une personne avec un nom, un individu, l'être humain Flora Dalvik que je protège avec mon corps, aussi décrépi et atrophié qu'il soit. Il possède toujours un cerveau en état de fonctionnement et des pensées comme en ont les autres gens ; c'est le corps d'un être vivant.

Les mouvements des jeunes femmes, si jeunes comparées à Flora, manifestaient leur impatience à accélérer leurs journées de travail afin d'en finir plus vite, se précipiter au vestiaire, accrocher blouses et pantalons et rendosser leur personnalité privée. Rentrer chez elles retrouver leur famille.

Bien sûr, il y avait des aides-soignantes la nuit aussi, mais elles ne la dérangeaient guère. Elles entraient de temps en temps, comme des ombres, pour la retourner. Elle connaissait à peu près les horaires et s'y préparait.

Leurs visites étaient devenues plus fréquentes depuis qu'une jeune fille de la maison de retraite Polhemsgården de Solna avait donné l'alerte sur les mauvais traitements infligés aux personnes âgées. Une chaîne de télévision avait montré des gros plans d'escarres et d'orteils noircis, et la fille, qui avait été une employée de Polhemsgården, avait reçu une sorte de prix pour sa bravoure ; il avait beaucoup été question de courage civique.

Pour Flora, les conséquences de l'événement étaient que des assistantes en blouses blanches la sortaient désormais de son lit chaque jour, même le week-end – en fait, surtout le week-end quand la plupart des visiteurs débarquaient à l'improviste. Elles l'attachaient assise dans son fauteuil roulant, le dos droit. Elles peignaient ses cheveux fins et les rassemblaient en deux nattes. Elle n'avait jamais tressé ses cheveux. Ce n'était pas son style.

Quel était son style ?

Elle commençait de plus en plus à l'oublier.

Elle avait trente-trois ans quand elle emménagea chez Sven Dalvik et sa fille de presque cinq ans. Flora était employée dans son entreprise. Plus précisément, elle était secrétaire en charge d'assister le directeur Dalvik et de répondre à tous ses besoins.

Secrétaire de direction. Cette fonction existait-elle seulement encore ? Elle était fière de son travail. Elle avait obtenu un diplôme de gestion administrative au lycée professionnel puis avait poursuivi chez BarLocks. De telles ambitions étaient rares parmi ses connaissances. La plupart de ses contemporaines s'étaient mariées et avaient eu des enfants peu après la sortie du lycée.

Et elle ? Pourquoi n'avait-elle pas trouvé un gentil jeune homme et ne s'était-elle pas casée à un âge raisonnable ? Elle n'avait pas vraiment de réponse. Les années s'étaient écoulées sans que M. Idéal apparaisse. Bien sûr, on l'avait sollicitée, plusieurs fois même, surtout à l'époque où elle allait danser partout en ville ou à Hässelby Strandbad. Tous les jeunes hommes de Stockholm y venaient. Elle connaissait les ficelles, elle aurait très bien pu en attirer un dans un coin sombre si elle l'avait voulu. À l'instar de ses amies.

Non, c'était trop facile. En outre, elle se souciait des regards que ces citadins risquaient d'échanger dans son dos, ou du fait qu'ils puissent la prendre pour une campagnarde comme les autres.

Ce qu'elle n'était pas. Elle était différente.

Allongée immobile, elle fixait le plafond. La femme dans le lit voisin était sur le point de mourir. Les blouses blanches avaient placé un paravent entre les lits, mais il était impossible de masquer le son de la mort proche. Elles pensaient sans doute que Flora ne comprenait pas.

Elle écoutait le souffle laborieux, chaque inspiration espacée d'un intervalle de plus en plus long. La femme à l'agonie était âgée, et son état critique depuis son admission quatorze jours auparavant. Il était temps pour elle de quitter la terre ; elle avait allègrement dépassé les quatre-vingt-dix ans. Son fils déambulait dans la chambre. Il ne restait pas en place. Lui aussi était âgé. En entrant il avait adressé un signe de tête à Flora, ignorant si elle était ou non consciente de sa présence. Elle pouvait lui retourner son salut depuis l'oreiller.

Il avait glissé un mot aux blouses blanches au sujet d'une chambre individuelle, mais elles avaient expliqué la situation et s'en étaient excusées. Manque de place et patients trop nombreux. Ils avaient alors baissé la voix, et Flora avait compris qu'ils parlaient d'elle.

Le fils paraissait souffrir ; elle l'entendait gémir derrière le paravent. À chacune de ses plaintes, la respiration de sa mère s'accélérait, devenait plus saccadée, comme si elle voulait retourner à l'époque où elle pouvait le réconforter.

Ce soir, on l'avait couchée de bonne heure. Elle serait dérangée par les blouses blanches qui ne cesseraient d'accourir toute la nuit au chevet de sa voisine. Elles parleraient à voix basse en pensant qu'on ne les entendrait pas. Elles allumeraient des lampes de poche, et l'odeur de café lui parviendrait depuis la salle du personnel.

Ce ne serait pas franchement une bonne nuit.

Elle pensa à Sven ; sa mort avait été si rapide, ce n'était pas juste. Elle aussi aurait aimé mourir doucement et sans douleur, tout laisser derrière soi et partir. Au lieu de ça, elle demeurait ici telle une enveloppe vivante, bafouée et rabaissée au statut d'enfant.

Elle et Sven avaient éprouvé de la sympathie l'un pour l'autre dès le départ. Il avait d'ailleurs mis de côté leur lien hiérarchique, ce qui n'était vraiment pas courant à l'époque, mais avait amélioré leur climat de travail.

Très vite, elle avait découvert son incompétence dans différents domaines, mais s'était efforcée de n'en rien lui montrer. Il n'avait pas grand-chose d'un PDG, et Flora comprit qu'il avait repris l'entreprise familiale sans grand enthousiasme. Parce que c'était ce qu'on attendait de lui ; toute sa vie, on l'avait éduqué dans ce but unique. Son père, Georg Dalvik, avait fondé la société ; c'était lui qui avait créé et lancé la pastille Sandy pour les gorges irritées. « Avec Sandy plus de souci, Sandy calme l'incendie, votre voix s'éclaircit. »

Sven n'était pas exactement l'homme dont elle rêvait dans sa jeunesse, mais il était charmant. Il lui faisait confiance et comptait sur elle dans les situations complexes. Il réclamait son conseil quand il voulait acheter un cadeau pour sa femme française. De ce fait, elle avait l'impression de bien les connaître, lui et sa famille, bien qu'elle n'ait jamais rencontré ni sa femme ni sa fille. Il avait une photo d'elles sur son bureau, une femme aux cheveux sombres un peu ronde avec une enfant qui riait sur les genoux. La petite fille tendait les bras en arrière pour enlacer sa mère par le cou.

Parfois, quand il était à l'étranger, elle entrait dans son bureau et regardait cette photo. Elle avait été prise en extérieur, à Hässelby, où il avait récemment acheté une maison. On distinguait l'un des pignons. Flora savait précisément lequel.

Sven lui parlait de ses problèmes de jardinage. Il avait grandi sur Karlavägen, au centre de Stockholm, et n'avait guère d'expérience en matière de verdure. Il racontait que sa femme lui avait demandé de bêcher une parcelle pour installer un potager et il avait répondu en exposant ses mains pour lui signifier son incompétence. Un jour, il se plaignit de framboisiers atteints d'une mystérieuse maladie.

Flora le pria de la lui décrire.

— Eh bien, il y a des espèces de taches marron sur les feuilles, et les pousses qui s'étalent et deviennent mouchetées et grises. En plus, ils ne produisent pas de framboises ; ils ne font que se rabougrir. Je suis tellement déçu. Nous souhaitions ma femme et moi nous installer sur le balcon et manger des framboises fraîches avec de la crème fouettée.

Elle sut tout de suite de quoi il s'agissait.

— La septoriose, dit-elle en sentant une vague de chaleur lui envahir le ventre. Il s'agit d'un champignon, et malheureusement, c'est le pire des fléaux pour les framboisiers.

Son patron, incrédule, la dévisageait.

— Oui, je vous assure, poursuivit-elle. Il va falloir déterrer et brûler tous ceux qui en ont été atteints. Vous devrez ensuite pulvériser les autres avec de la prêle et du sulfate de cuivre.

— Bon Dieu, comme vous en savez des choses !

Il ne jurait pas d'ordinaire, mais il le fit cette fois-là.

— Vous oubliez que mes parents possèdent une jardinerie. J'ai littéralement été élevée au sulfate de cuivre !

Il éclata de rire et la serra dans ses bras. Ce n'était pas dans ses habitudes. Ils ne se touchaient presque jamais.

Ils ne le firent qu'à deux autres occasions. La première fois, c'était un soir où ils travaillèrent très tard. Flora leur prépara du thé et des sandwiches. Au moment où elle posa le plateau sur son bureau, il la prit par la taille avant de retirer son bras à la hâte. Elle comprit qu'il s'était cru chez lui l'espace d'un instant. Il était fatigué. Il avait rougi.

La seconde fois, c'était lors d'une partie de pêche à l'écrevisse organisée pour le personnel sur l'une des îles. Ils étaient tous les deux ivres, Sven et elle, car ni l'un ni l'autre n'avait l'habitude de boire autant d'alcool. Ils étaient assis au sommet d'une colline et s'étaient tenus par la main, rien de plus.

Au décès de sa femme, Sven fit preuve de beaucoup de force. Il revint au bureau le lendemain. Il avait laissé son enfant chez ses parents.

Il avait changé physiquement ; on aurait dit qu'il avait perdu plusieurs kilos pendant la nuit. Autrement, il semblait pareil, bien qu'un peu taciturne et triste.

Flora avait placé un pot de saintpaulia sur le rebord de sa fenêtre. Le bleu était la couleur de l'espoir et de la consolation. Elle ignorait s'il l'avait même remarqué. Elle lui avait demandé si elle pouvait faire quelque chose. Il avait alors tourné la tête vers elle sans la voir.

Après l'enterrement, il commença à parler de sa fille ; elle s'appelait Justine. Elle était à un âge difficile, et la perte de sa mère n'avait rien arrangé.

— Mes parents ne peuvent pas s'occuper d'elle, dit-il. Ils n'ont jamais eu beaucoup de patience avec les enfants. Et puis mon père souffre d'un problème cardiaque.

Flora écoutait patiemment. Durant toute cette période, elle s'asseyait pour l'écouter parler, en évitant de le bousculer ou de donner trop de conseils.

La première année, il embaucha des employées capables de s'occuper de son foyer et de l'enfant. Il songeait parfois à vendre la maison, mais sa femme était enterrée au cimetière d'Hässelby où il se rendait plusieurs fois par semaine.

— Pensez-vous qu'elle aurait voulu que je m'en sépare ? lui disait-il. Elle aimait tellement cet endroit. C'est pour elle que je l'ai acheté.

Il avait du mal à convaincre les employées de rester. La maison était-elle trop à l'écart, près de la plage ? Trop isolée ?

Que sa fille en soit la cause n'effleura jamais l'esprit bouché de ce malheureux.

## Chapitre 5

Les arbres se détachaient du brouillard, révélant leurs silhouettes noires. C'était le matin. Justine s'était endormie assise dans le fauteuil ; elle avait soif, et ses épaules étaient ankylosées.

Comme là-bas. Enfin, non.

Là-bas.

Elle se souvenait encore du soulagement éprouvé quand elle avait enfin distingué le contour des choses. L'épaisse nuit tropicale avait commencé à se dissiper ; elle était allongée, les yeux écarquillés, à observer. Les éléments réapparaissaient progressivement, les troncs des arbres, les feuilles ; ils grandissaient et reprenaient leur forme au fur et à mesure que le jour se levait. Le calme la gagnait et ses membres se décontractaient. Elle était restée éveillée toute la nuit. Elle avait sombré dans un sommeil léger au moment où les autres s'agitaient ou s'étiraient dans leur sac de couchage.

Justine descendit au rez-de-chaussée en s'agrippant à la rampe, telle une vieille femme fatiguée, exactement comme Flora se traînait entre les étages avant son départ pour l'hôpital. Elle ne serait jamais partie de son plein gré, mais après son attaque, elle n'avait plus de force.

La cuisine était plongée dans l'obscurité. Elle alluma le poêle et plaça une casserole d'eau à bouillir. Sa robe était froissée ; elle devait avoir transpiré en dormant. Elle avait été surprise par la tombée de la nuit.

Mourir ressemblait-il à ça ?

Appuyée contre le mur, elle but son thé à petites gorgées. Elle tendait l'oreille en quête de sons. Elle ressentit soudain un besoin de mots. Tout sauf le silence. Elle appela l'oiseau. Il était sans doute assoupi sur sa branche, la tête renversée en arrière et le bec caché dans ses plumes grises. Il ne se signala pas et ne vint pas. Il était perché, silencieux, se remémorant peut-être son origine sauvage.

La maison était encerclée par ce silence froid et lugubre, infiltré dans les pierres, les fondations, les murs. Même un jour ensoleillé d'août ne parvenait pas à y faire pénétrer clarté et vie.

Là-bas, dans la jungle, le silence n'existait pas. Partout, ça vivait, grouillait, piaillait et ruisselait ; de même que le bruissement des feuilles ne s'arrêtait jamais pendant le processus de pourrissement – qui grignotait et dégageait de la vapeur –, des millions de petites mâchoires mastiquaient, insatiables ; les cris, la pluie battante, le hurlement d'une scie.

Elle avait questionné Nathan :

— Ils travaillent à la tronçonneuse ? Ce n'est pas ce qu'on qualifie de menace pour la forêt pluviale ?

Il n'avait pas répondu, l'obligeant à répéter. Alors, il s'était retourné et ses yeux avaient cette expression qu'il affichait depuis que cette Martina avait rejoint le groupe à Kuala Lumpur.

Le bruit était celui d'un insecte. Capable de produire des hurlements qui pénétraient jusqu'à sa moelle et la glaçaient bien qu'elle ait trop chaud.

Martina... elle n'était guère plus grosse qu'un insecte. C'est ce qu'il faut se dire. De ceux qu'on broie sous son talon. Les insectes identiques à Martina ne valent pas mieux. C'est ce qu'il faut se dire, rien d'autre.

Elle était comme la maison. Faite de silence et emmurée.

Ses mots requéraient du temps pour se former, trouver leur chemin en elle, et s'exprimer.

Et les gens se lassaient d'attendre.

Personne n'aime attendre des mots.

Certains estimaient qu'il s'agissait d'un signe de timidité. D'autres de vanité. Sa maîtresse avait utilisé ce terme précis, vaniteuse, à son sujet, après seulement quelques semaines d'école. Le lendemain matin, en y pensant, elle avait été prise de vertige et s'était écroulée la tête entre les genoux.

Flora était sur le tapis en lirette, au milieu du carré beige, ou peut-être celui isabelle ; quoi qu'il en soit, elle se dressait là, avec ses paupières lourdement fardées de marron qui s'ouvraient comme des petites persiennes.

— Lève-toi, Justine !

Non. Elle s'enfonçait plus profondément dans le tapis. Flora portait des bottines, un beau modèle en cuir avec des talons aiguilles. De sa position, Justine les voyait distinctement ainsi qu'une petite feuille prisonnière d'une des pointes.

La main de Flora sur ses cheveux, d'abord légère, presque pour l'apaiser. Puis ses doigts recourbés, ses ongles plantés dans la tête et une sensation de brûlure glacée à leurs racines quand elle la souleva, aaaaïïïïe.

— Ah, maintenant, tu sais ouvrir la bouche !

Tel un pendule, elle la balançait d'avant en arrière, et les mèches fines et fragiles se rompaient.

Flora la reposa sur le sol glacé. Elle était dans son lit quand Flora avait franchi la porte d'entrée. Elle était alors descendue, en chemise de nuit.

— Est-ce que tu sais ce que ta maîtresse, Mlle Messer, m'a dit ce soir ? Elle a dit que tu étais têtue et orgueil-leuse. Elle t'a qualifiée d'insolente. Insolente et vani-teuse. Voilà de quoi elle t'a qualifiée. J'ai été obligée de lui répondre qu'à mon grand regret elle avait raison.

— Ce n'est pas vrai, ce n'est pas vrai ! Elle me déteste !

— Pas les grands mots, Justine. Personne ne te déteste. Ça s'appelle éduquer un enfant, et c'est son devoir d'enseignante de contribuer à l'éducation.

— Pardonne-moi, pardon, dis-moi ce que je dois faire pour qu'elle m'aime...

— Si j'entends encore une seule fois ta maîtresse se plaindre de toi, je te traiterai de telle sorte que même ton père ne te reconnaîtra pas.

Justine s'était bouché les oreilles, les yeux révul-sés, tout son corps lamentable et froid, lamentable et brûlant. Elle avait baissé le visage vers le sol. Était-ce toujours le même tapis ?

Le petit pied botté de Flora, oui, il était petit ; son père l'avait dit un soir qu'elle était dans le couloir alors qu'ils la croyaient endormie. Elle avait aperçu Flora, nue et aussi svelte qu'une gamine, couchée en bottes sur les draps propres.

À présent, le tapis lui rentrait dans la tempe, chaque bosse et aspérité, l'odeur de nourriture avariée. Flora appuyait légèrement avec sa semelle, pressant son pied contre la joue de Justine.

— Je veux que tu le dises à voix haute. Que tu es une enfant dégoûtante et répugnante que personne n'aime.

Les mots ne sortaient pas.

— Que tu es une enfant gâtée, méchante et dénuée de charme que personne au monde ne pourrait aimer. Dis-le !

Elle ne savait plus.

Tout disparut.

L'oiseau surgit dans un bruissement. Elle fit cuire deux œufs, lui en donna un et mangea l'autre. C'était une grande créature aux proportions harmonieuses. Il se servit de son bec pour écaler l'œuf et projeta des morceaux de coquille et de blanc à travers la cuisine.

— Fritz ? appela-t-elle d'un ton distrait. Est-ce que c'est ton nom ?

Il répondit par un croassement, battit des ailes et vint se poser sur son épaule. Elle fourra un doigt dans son ventre gris et sentit son corps chaud et vivant sous son épaisse couche de plumes.

— Je devrais te dénicher un ami, lui dit-elle. Nous sommes sans doute trop seuls toi et moi.

Il lui saisit l'index, avec une grande délicatesse, le souleva et l'éloigna à petits coups de bec.

Elle l'avait adopté le lendemain du départ de Flora. Justine avait lu une annonce dans le journal *Dagens Nyheter* : « Oiseau à vendre suite à un changement de situation familiale. Affectueux et docile. »

Changement de situation familiale. C'était également son cas.

Sans y réfléchir, elle avait téléphoné au numéro indiqué. L'oiseau était à l'autre bout de la ville, à Saltsjöbaden ; d'abord la voiture avait refusé de démarrer, après quelques pulvérisations d'huile 5-56 sous le capot, elle avait réussi à relancer le moteur. Il s'agissait d'une vieille Opel Rekord et elle éprouvait toujours une certaine inquiétude quand elle devait l'utiliser, car elle était un peu capricieuse.

Ensuite, elle s'était trompée de direction à la hauteur de Slussen et avait tourné en rond un moment avant de repérer la sortie vers Nacka. Elle s'était dessiné un plan grossier à grands traits de crayon, ce qui lui permit d'arriver finalement à bon port.

Le pavillon semblable aux autres maisons du quartier paraissait bien entretenu et agréable. Elle se gara devant la grille et sonna. Un homme se présenta alors qu'elle avait parlé à une femme au téléphone. Il avait le même âge qu'elle ; son visage était distant et fermé.

Divorce, lui traversa l'esprit.

Il comprit qui elle était et l'invita à entrer. Le chaos régnait à l'intérieur. Des cartons à moitié remplis jonchaient le couloir, et elle distinguait plus loin le sol du séjour recouvert de livres comme si quelqu'un, dans un accès de rage, avait jeté par terre le contenu des bibliothèques. Une odeur de brûlé émanait de la cuisine.

L'oiseau s'y trouvait, dans une grande cage orne-mentale. Il sommeillait et ne lui prêta pas la moindre attention.

— C'est lui ? demanda-t-elle. J'avais imaginé que c'était un perroquet.

— Qu'est-ce qui vous l'avait fait penser ?

— Probablement parce que les perroquets sont des animaux de compagnie plus fréquents.

— Sans doute. Vous n'êtes donc plus intéressée ?

— Si, si. Son espèce m'importe peu.

L'homme retira de la gazinière une cafetière en verre contenant du café noirci.

— Merde. Je l'ai complètement oublié dans ma hâte.

— Oh...

Il lui adressa un sourire forcé.

— Un peu débordé en ce moment.

Elle aurait pu questionner, s'informer des habitudes de l'animal et de ses besoins en nourriture. Elle n'y arrivait pas. Quelque chose dans l'apparence ébouriffée gris-noir lui donnait envie de pleurer. Comme si elle se voyait recroquevillée dans cette cage, abandonnée aux bons soins des autres.

L'homme s'éclaircit la voix et repoussa un carton.

— Nous nous séparons, dit-il.

— Je comprends.

— Oui, ainsi va la vie. Après tant d'années passées ensemble, vient un jour où on n'est plus une famille. Alors qu'on considérait tout pour acquis. Je vous l'assure, ne prenez jamais rien pour acquis, d'accord ?

— Ce n'est pas dans mes habitudes.

— Beaucoup de gens le font. Moi, par exemple, c'était mon cas... jusqu'à maintenant.

Elle ne savait que dire. L'homme resta silencieux un moment avant d'ajouter :

— Bon, donc voici l'oiseau. Il vit avec nous depuis longtemps... C'était un membre de notre famille. Ma femme l'a découvert dans le jardin quand il était jeune. Il était probablement tombé du nid. Un chat qui voulait un jouet l'avait attrapé. Vous savez ce que je lui ai fait ? Je l'ai abattu.

— Vous l'avez abattu ?

— Avec une carabine à air comprimé. Il est mort sur le coup.

— C'est légal ?

— Rien à foutre. C'est mon jardin, et j'y fais ce que je veux.

— Et l'oiseau ?

— Nous l'avons soigné et nourri. Je vous l'ai dit, nos chemins se séparent à présent, ma chère femme et moi. L'oiseau a besoin d'un foyer.

— Il a l'air, comment dire, un peu déplumé… Est-ce qu'il est en bonne santé ?

— Vous savez, les animaux ressentent plus de choses qu'on ne le suppose. Il écoute nos conversations depuis des mois. Il est triste, il pressent que l'heure de la séparation est advenue. Il a toujours aimé ma femme. Elle ne désirait d'ailleurs pas être là quand vous viendriez.

— Pensez-vous qu'il veuille venir chez moi ?

— Je le crois. Il accepte de suivre toute personne voulant de lui. Il le sent de manière instinctive et il ne se montre pas trop distant à l'égard d'elles.

Côte à côte, ils observaient l'oiseau qui les considérait d'un œil brillant et immobile. L'homme déglutit et passa le doigt le long d'un des barreaux.

— Certains oiseaux vivent en couple. Ils restent fidèles jusqu'à la mort ! s'exclama-t-il, de petites gouttes de salive brillant sur son menton. Les aras du Brésil, par exemple. Jusqu'à la mort !

Elle acquiesça doucement.

— Bien. Qu'en dites-vous ? Si vous le voulez, prenez-le tout de suite. Je ne supporte plus cette situation… et il faut que je continue… les cartons.

— Combien en voulez-vous ?

— Prenez-le, il est à vous.

— Mais l'annonce…

— Laissez tomber ! On s'en fout de l'annonce ! Je ne veux rien ! Même pas pour la cage !

— Je ne pense pas pouvoir l'emporter.

— Pas de cage ?

— Non. Je doute qu'elle entre dans ma voiture.

Il s'approcha de la fenêtre et regarda dehors. Quand il se retourna vers elle, ses yeux étaient rougis. Il inspira profondément et se lança.

— Alors, je vais devoir la jeter ou essayer de la vendre. Non, tant pis, bordel, je n'ai plus la force de m'occuper de ces conneries d'annonces. Et il faut que nous lui coupions les ailes ou il pourrait s'envoler pris d'une subite envie. Il ne tiendrait pas une minute face aux pies, elles le tailleraient en pièces.

Justine poussa un petit cri.

— Non… nous ne pouvons pas faire ça !

Sans attendre, elle retira la longue et fine écharpe enroulée autour de son cou.

— Ne lui coupez pas les ailes… Laissez-moi plutôt essayer ainsi…

Elle tira la porte de la cage et, lentement, avec des gestes raides, elle y introduisit le bras. Elle avait un peu peur, elle était mal à l'aise et aurait préféré être seule. L'oiseau ouvrit son bec noir et légèrement incurvé. Il émit un sifflement.

— Viens, murmura-t-elle. Grimpe sur mon bras et perche-toi.

L'homme se déplaça derrière elle.

— Vous avez l'habitude des animaux, non ?

— Oui, marmonna-t-elle, ce qui était plus ou moins vrai.

L'oiseau avança d'un pas hésitant puis s'installa directement sur sa main. Il était lourd et chaud. Elle ramena son bras vers elle et l'oiseau ne bougea pas.

Elle le déposa sur la table et l'emmaillota délicatement dans l'écharpe. Il ne chercha pas à s'envoler.

Elle le prit dans ses bras comme un enfant.

— Voilàààà, chuchota l'homme. Voilàààà…

Il chantonnait, fredonnant sur un ton monocorde, puis il leva ses lèvres vers le plafond et émit un son qui ressemblait au chant des Sames. La sueur dégoulina dans le dos de Justine.

Elle se dirigea vers la porte et essaya maladroitement d'enfiler ses souliers, qu'elle avait enlevés en entrant.

— Laissez-moi vous aider !

L'homme s'agenouilla devant elle, ficha ses pieds dans ses chaussures et noua ses lacets avec des doubles nœuds bien serrés. Il était silencieux à présent. Il la suivit à l'extérieur. Pendant qu'elle montait en voiture, il se pencha au-dessus de l'oiseau et lui administra un baiser sonore sur le bec. Il se tourna ensuite vers elle en arborant une expression consternée.

— D'habitude, il donne un coup de bec en retour quand on lui fait ça. D'habitude, ça marche.

— Ah bon.

Justine disposa l'oiseau sur le siège passager. Il semblait dormir.

— Regardez ; on dirait une tête de chou, dit l'homme.

Elle nota qu'il le considérait désormais comme un objet et non plus une personne.

Quand elle démarra, il laissa sa main sur la fenêtre ouverte de la portière. C'était une main étroite qui avait un caractère enfantin.

— Bon, il faut que j'y aille, dit-elle en enclenchant la première.

Les phalanges de l'homme blanchirent.

— D'accord, entendit-elle quelque part au-dessus d'elle.

Quand la voiture commença à rouler, il lâcha prise et fit un geste comme pour l'inviter à revenir. Elle était déjà sur l'autoroute quand elle se rendit compte qu'elle avait oublié de lui demander le nom de l'oiseau.

Elle le laissa vivre dans les mêmes pièces qu'elle. Elle coupa un arbre du jardin qu'elle coinça sur un pied pour sapin de Noël. Elle le fixa à l'aide d'un crochet dans le mur, et cela devint son endroit où dormir. Au bout de quelques heures, il avait arraché toutes les feuilles sur les branches.

Il aimait venir dans la cuisine ou auprès d'elle quand elle contemplait l'eau. Elle découvrit ses déjections partout. Au début, elle faisait attention à étaler des journaux et à nettoyer après son passage. Maintenant, c'était plus irrégulier ; elle astiquait quand elle réalisait que la maison était à elle et à elle seule, et qu'elle devait en prendre soin parce que ses affaires en valaient la peine.

Et elle aussi.

*Les racines de l'arbre abattu. Un enfant pouvait se faufiler dessous, bien qu'elles puissent s'affaisser, ce qui n'arriva jamais, et elle restait assise là, laissant la terre tomber sur sa nuque.*

*Les animaux : des petits à museaux et aux fourrures à reflets chatoyants. Ou le daim, immobile à la frontière entre la forêt et la prairie, le naseau humide, le blanc de ses yeux. Derrière le mur de racines qui serpentaient et l'encerclaient, elle était Blanche-Neige abandonnée par le Chasseur. Elle pensa à lui, et un léger gonflement se produisit entre ses jambes ; elle avait déjà eu ses premières règles mais elle était encore une enfant, et cependant.*

*Il la conduisit dans la forêt et leva son fusil. Il visa son sein gauche.*

*Elle s'assit près du daim mort après son départ et regarda sa blessure. Il avait creusé à cet endroit et avait emporté le cœur. Qu'est-ce que c'était qu'un daim ? Elle ne le savait pas, le corps était mutilé et maintenant le Chasseur rapportait le cœur à la femme qui vivait dans la maison de Blanche-Neige.*

*J'ai fait ce que tu m'as demandé avec la fille.*

*Fragilité soudaine, puis le miroir, admirant son reflet.*

*Satisfaction.*
*Les renards vinrent, suivis des souris. Et tels des*
*flocons, les plumes des hiboux tombèrent à l'endroit*
*où Blanche-Neige était assise, chaudes et recouvrant*
*la neige.*

Les animaux rendaient Flora malade ; ils lui provo-
quaient des frissons et la nausée. Un chat s'était faufilé
dans l'entrée, et elle l'avait chassé à coups de balai, ses
poils et sa queue se hérissant.

Quand son père lui avait souhaité bonne nuit, Justine
le lui avait raconté.

Son visage se décomposa, et il lui caressa doucement
la main, longtemps et doucement.

Soir après soir, elle réclamait un animal de compagnie à son père. Un chat, un chien ou un oiseau. Il
l'aurait peut-être accepté, or, il était totalement soumis
aux caprices de Flora.

— Ce sont des sacs à puces et des nids à saletés,
disait-elle, tandis que ses yeux de porcelaine peints les
fixaient, dénués de pitié. Des bactéries. Des odeurs. Les
animaux sont des animaux et ils n'ont pas leur place
dans les maisons des hommes.

La fourrure de renard bleu, c'était une autre histoire.
Il était mort. Elle la reçut un jour d'hiver, en geste de
conciliation. Il fallait souvent apaiser Flora.

## Chapitre 6

Berit Assarsson prit tard sa pause-déjeuner. Elle n'avait pas vraiment envie de manger ; sa faim avait progressivement disparu, alors qu'elle devait absolument se sustenter pour tenir jusqu'à la fin de l'après-midi.

Elle était chargée d'éditer un livre sur la navigation à voile, un sujet qu'elle était loin de maîtriser. Mais puisqu'on lui avait confié cette publication, elle ne voulait surtout pas étaler ses lacunes aux yeux de tous.

Tor possédait un bateau quand ils s'étaient rencontrés, et c'était agréable de voguer au milieu des îles et de chercher un port pour la nuit dans une baie encaissée. Le reste était compliqué. Il s'attendait à ce qu'elle retienne l'emplacement de toutes les cordes et les bouts et, dans les situations délicates, il s'énervait facilement, oubliant qu'elle n'en était pas capable. Ça finissait en disputes et échanges de paroles blessantes.

Ils avaient finalement vendu le bateau et acheté un chalet à la place. En fait, il s'agissait d'une maison plutôt vaste, construite au début du XXᵉ siècle, et située sur l'île de Vätö. Elle avait été si bien isolée qu'ils pouvaient y célébrer Noël, ce qu'ils faisaient généralement. Le dernier Noël, leurs deux fils avaient emmené leurs petites amies.

Berit se rendit aux halles d'Hötorget. Il était un peu plus de 13 heures, elle avait échappé au rush quotidien du déjeuner. Elle commanda un avocat aux crevettes et un grand café au lait avant de s'installer à une table près de la section des fleurs. On trouvait à présent de magnifiques tulipes, aux couleurs absolument splendides ! Si seulement la température se décidait à descendre de quelques degrés, la neige arriverait et rendrait tout plus clair et plus gai.

L'avocat était dur. Elle envisagea de se plaindre au comptoir, puis se ravisa. Combien de fois avait-elle pris son repas ici aux halles ? Au moins une fois par semaine au cours de ces années où elle était employée à la maison d'édition. Elle essaya de calculer mentalement : quarante-six semaines par an pendant quatorze ans, cela faisait, cela faisait...

Elle voyageait pour ses quarante-cinq ans l'année précédente. À sa grande surprise, Tor lui avait offert un voyage autour du monde.

— Tu n'aurais pas pu attendre mes cinquante ans ! s'était-elle exclamée, presque alarmée par sa soudaine générosité.

Il l'avait étreinte brièvement et maladroitement.

— Qui sait si nous vivrons jusque-là.

Ils furent absents presque deux mois complets. Ce qui représentait huit semaines et huit fois où elle n'avait pas mangé aux halles. Elle fouilla son porte-monnaie à la recherche de sa mini-calculette sans la trouver. Elle fut obligée de sortir un stylo-bille et d'effectuer le calcul comme Mlle Messer le leur avait appris à l'école, long-temps auparavant.

Le total était largement supérieur à six cents.

Elle avait donc déjeuné ici, dans ce petit restaurant au pied de l'escalator, plus de six cents fois !

C'est ta vie, Berit !

De plus en plus souvent, son existence lui inspirait de la tristesse. Elle éprouvait le sentiment récurrent que l'apogée de sa vie était derrière elle depuis belle lurette, et qu'à présent tout était trop tard.

Tout quoi ?

Elle en discutait parfois avec Annie, l'éditrice qui occupait le bureau à côté du sien. Elles avaient démarré ensemble leurs carrières ; auparavant, elles s'étaient occupées l'une et l'autre de leurs jeunes enfants, des garçons dans les deux cas.

Tout ce qu'on attendu... Tout ce qui était supposé se produire...

Annie partageait son opinion. Elle avait beau avoir quatre ans de moins, elle ressentait la même chose.

Je me demande quand ça a pris fin. Je me demande à quel moment on passe du statut d'être humain jeune et plein d'espoir à celui de machine semblable à un robot.

Elle était loin d'être vieille. Parfois, des hommes la regardaient encore avec cet éclat particulier dans les yeux, seulement après qu'on les eut présentés. Autrement, elle était quasiment invisible. Elle prenait soin de son corps et de son visage, et ne sortait pas sans maquillage, même à la campagne. Toutes les cinq semaines, elle allait chez son coiffeur, un Noir superbe qui savait exactement quelle coupe lui convenait.

Dommage qu'il soit homosexuel, se dit-elle. Je n'ai jamais couché avec un homme noir. Elle rougit, honteuse de cette simple pensée.

Ses yeux vagabondaient parmi les stands du marché couvert car elle croisait presque toujours une personne de sa connaissance quand elle venait ici ; ça ne manqua pas, Élisabeth avançait de son pas léger. Elle avait une manière particulière de marcher, en évitant tous les obstacles sur son passage.

Elle aperçut Berit, et sur sa bouche se dessina un sourire.

— Ma chère Berit, tu es seule ici ? Est-ce que je peux me joindre à toi une minute pour prendre un... qu'est-ce que tu bois ? Un café *latte* ? J'en prendrai un aussi.

— Je vais bientôt partir, mais assieds-toi. Je ne suis pas si pressée.

Élisabeth travaillait également dans l'édition, chez Bonniers, dans le grand bâtiment blanc sur Sveavägen.

— Comment vas-tu, ma chérie ? Tu as un air pâlot.

— Tu es sérieuse ?

— Oh, c'est sans doute l'éclairage ici, rien de particulièrement inquiétant.

— À vrai dire, je suis un peu fatiguée.

— Après ces quelques semaines de congé ? Est-ce que tu as dû travailler pendant la période de Noël ?

— Non, non. Ce n'est pas ce genre de fatigue.

— Je vois. C'est ce sempiternel temps gris. Si seulement il faisait plus froid pour que la glace se forme. Je l'attends avec tellement d'impatience cette année. Nous n'avons pas encore patiné une seule fois. Alors que nous sommes à la mi-janvier ! Tu crois que c'est El Niño ? Qui nous affecterait jusqu'ici, en Scandinavie ?

— Je n'en ai pas la moindre idée.

— En tout cas, c'est pénible. Alors, quoi de neuf ?

— Rien de spécial. Et de ton côté ?

— Beaucoup de travail, rien d'inhabituel.

— C'est pareil pour moi. La routine, la routine... Je me dis que ça pourrait être l'année dernière ou celle d'avant ou même la précédente. C'est un perpétuel recommencement. Je suis épuisée, au bord du *burnout*.

— Ça ne se passe pas bien chez vous ?

— Si on veut.

Élisabeth se pencha vers elle par-dessus la table en fer forgé blanc.

— J'ai entendu dire que... Curt Lüding envisageait de vendre ?

Curt Lüding était le patron de Berit. Il avait fondé la société au milieu des années 1970 ; il appartenait à la jeune opposition, les gamins qui s'étaient battus sur les barricades. À l'époque, il publiait de la littérature underground et des romans de critique sociale. Il en avait fini à présent. Les temps avaient changé.

— Toujours la même rumeur, répondit-elle, sentant néanmoins son estomac se tordre.

— Tu n'as rien entendu de précis ?

— Non. Et toi ?

— Non. Rien qui mérite qu'on y prête attention.

— Et Bonniers alors ? Ils ont l'intention de le racheter ?

— Oui.

Berit piqua un grain de maïs sur une dent de sa fourchette et le porta à sa bouche.

— Toutes ces rumeurs qui circulent mettent mal à l'aise, dit-elle. C'est peut-être pour ça que les gens n'ont pas le moral. On a besoin de savoir où on va. Je vais vraiment tenter d'écarter le travail ce week-end. Je ne veux pas y penser une seule seconde ! Je vais sortir à la place, faire une longue promenade ce samedi. J'irai jusqu'à Hässelby, sur la tombe de mes parents, et après je m'octroierai une longue balade dans la nature en laissant la nostalgie m'envahir. Je ne sais plus depuis combien de temps je n'y suis pas allée.

Sur le chemin du retour, elle se faufila à l'intérieur d'une boutique de lingerie de luxe sur Drottninggatan. Elle essaya des soutiens-gorge et jeta son dévolu sur un modèle rouge brillant à armatures et une culotte assortie. L'éclairage vif donnait une apparence pâteuse à ses cuisses et à son ventre.

Mon tronc, pensa-t-elle. Exactement comme un rapport d'autopsie.

Six cent quatre-vingt-dix couronnes[1].

Que ne fait-on pas pour un petit instant de bonheur !

Elle avait envie de chocolat et se hâta de dépasser le magasin de pralines belges. Elle y avait acheté des escargots faits main pour les fiancées de ses fils à Noël. Ces filles étaient aussi fines que des ficelles ; plus de chair ne leur ferait pas de mal.

Elle éprouvait un sentiment d'aliénation face à elles. Elles se ressemblaient : anguleuses, blondes et dénuées de poitrine. Elles restaient pendues aux basques des garçons à longueur de temps, les tripotant et se lamentant comme des enfants gâtés quand elles s'imaginaient qu'on ne les écoutait pas. Elle n'aurait pas pu

---

1. Environ soixante-dix euros.

se comporter ainsi chez les parents de Tor ! Sa mère l'aurait flanquée à la porte.

Helle et Marika. Helle était danoise, et nul ne savait comment elle avait atterri à Stockholm. Berit avait essayé de bavarder avec elles, d'apprendre à les connaître. Elles étaient maussades et taciturnes. Ou peut-être simplement timides. Elle faisait bonne figure pour les garçons.

À présent, il pleuvait pour de bon ; elle ouvrit son parapluie et l'utilisa en bouclier contre le vent. Quand elle passa devant le restaurant russe, elle fut obligée de traverser la rue. On démolissait le bâtiment, et un excavateur trônait au milieu du trottoir. Elle se demanda ce qui le remplacerait. Elle y avait mangé à quelques occasions. Des ragoûts savoureux et des pirojki. C'était cosy et chaleureux, et quand elle était vraiment déprimée, elle y allait pour reprendre des forces.

L'ascenseur menant à leur étage était en panne. Elle gravit les quatre volées de marches, laissant un filet d'eau dans le sillage de son parapluie. Elle accrocha ses vêtements et gagna son bureau. Un calme inhabituel régnait. Avait-elle oublié un rendez-vous ? Non, Annie était installée à son poste de travail, les bras ballants, désœuvrée. Juste assise là, une expression sans vie sur le visage.

— Qu'est-ce qu'il y a Annie ? Qu'est-il arrivé ?

Annie lui adressa un signe.

— Entre.

Elle se leva et ferma la porte.

— Tu sais, dit-elle à voix basse. Il se trame quelque chose !

Un frisson parcourut le dos de Berit.

— Pourquoi tu dis ça ?

— Parce que Curt manigance quelque chose !

— Ah bon. Et quoi donc ?

— Il a convoqué une réunion des employés. Pas aujourd'hui ni demain, de tous les satanés jours de la semaine, il a choisi lundi.

— Une réunion des employés ?

— Oui. Apparemment, il veut nous informer d'une décision.

— Est-ce qu'il va nous virer ?

— Qui sait !

— Où est-il pour l'instant ?

— Il est parti en rendez-vous à l'extérieur. Absent pour le reste de la journée. Absent demain aussi.

— Oh, Annie... qu'est-ce qu'on va faire ?

— Faire ! Nous ne pouvons rien faire, à part patienter jusqu'à lundi. Un long vendredi suivi d'un long week-end.

— Pourquoi est-ce qu'il a lancé ça sur le tapis maintenant ? Pourquoi est-ce qu'il n'a pas attendu jusqu'à lundi ?

Annie haussa les épaules. Ses cheveux étaient négligés. Elle aurait dû en prendre soin.

— De quoi avait-il l'air ? Comment l'a-t-il annoncé ?

— De la façon habituelle : un port-salut en guise de visage.

Berit ramassa un trombone sur le bureau et commença à le triturer et à le tordre en tous sens.

— J'ai croisé Élisabeth au déjeuner, tu sais, cette blonde qui bosse chez Bonniers.

— Ah, oui, la petite commère.

— Oh, elle n'est pas si terrible. Elle a fait des allusions dissimulées que Curt s'apprête à vendre à Bonniers.

— On l'a déjà entendu avant, et rien ne s'est jamais finalisé.

— Et si l'heure était venue ? Pourquoi est-ce qu'il convoque une réunion des employés, à ton avis ?

— Tu crois ? Dans ce cas, nous deviendrions des salariés de Bonniers.

— Toi, peut-être. Tu es encore relativement jeune. Moi, je vais fêter mes quarante-six ans cette année. Pas sûr du tout que la Grande Famille veuille s'encombrer d'une vieille comme moi.

Annie réfléchit avant de s'exclamer :

— Mais... s'il vend la société, ça signifie que nous sommes dans le lot ! Je veux dire, nous serons bien incluses dans le *deal*, non ? Sinon, il devra nous payer pour partir ? Nous verser une indemnité de licenciement ?

— La bonne blague ! Tu disposes d'un parachute doré, et je ne suis pas au courant ?

— Non.

Le trombone se cassa et lui érafla le pouce.

— Qu'en disent les autres ?

— Pareil. Elles sont mortes de trouille. Lotta a été prise de nausées et a dû rentrer chez elle.


Berit gagna la kitchenette et prépara du café. La pièce était généralement en désordre ; il traînait des tasses à café sales et un emballage de plat allégé. Elle le ramassa et le fourra dans la poubelle en sifflant :

— Putain de trou à rats !

— Venez boire le café ! lança-t-elle ensuite dans le couloir, d'un ton impérieux, comme si c'était un ordre.

Tout le monde vint, chacun était silencieux et soucieux.

La maison d'édition comptait douze employés, Curt Lüding y compris. La non-fiction représentait leurs meilleures ventes. Du moins, jusqu'à une certaine époque. Ils avaient encore une véritable auteure de best-sellers, Sonja Karlberg, qui écrivait des romans à l'eau de rose démodés qui, assez bizarrement, séduisaient des lecteurs contemporains. C'était une vieille dame en apparence douce et fluette, mais Annie, son éditrice, commençait à se sentir mal à l'aise à la minute où Sonja Karlberg appelait pour annoncer sa visite. Elle pouvait piquer des crises de rage pour une simple erreur de correction et elle avait un jour jeté un livre sur le clavier d'Annie avec une telle violence que les deux avaient été détruits.

Elles s'assirent sans un mot et sirotèrent leur café. Dehors, le crépuscule tombait, et la pluie scintillait sur les vitres. Berit fixa les plantes vertes sur le rebord de la fenêtre et nota que personne ne les avait arrosées. Elles dépérissaient. Son estomac se noua. Elle aimait ces visages réunis autour de la table, à présent lourds d'inquiétude, le désordre, les piles de manuscrits, le stress, les épreuves avant impression, tout ce qui constituait son travail.

Après le baccalauréat, elle avait étudié les langues. Elle n'avait aucune idée de ce qu'elle voulait faire, et c'était plus ou moins le hasard qui l'avait conduite au monde éditorial. Une minuscule annonce d'un tout aussi minuscule éditeur qui recherchait un correcteur. La maison s'appelait Strena et avait déposé le bilan depuis, mais pendant quelques années, Berit avait corrigé les manuscrits de thrillers lucratifs en même temps qu'elle se mariait et donnait naissance à ses enfants.

Lors d'une fête organisée entre différents éditeurs, elle avait engagé la conversation avec Curt Lüding. Il était en plein processus d'expansion de son entreprise et il l'avait engagée sur-le-champ sans exiger d'elle un diplôme et des qualifications spécifiques. C'était ainsi que les choses fonctionnaient alors dans le milieu, elle l'avait peu à peu compris. La main de la chance les dirigeait.

Tor, le mari de Berit, était comptable. Les premières années communes, ils avaient vécu à l'étroit dans son petit studio de Tulegatan. C'était une période très éprouvante. Quand les garçons avaient eu respectivement deux et trois ans, la famille avait enfin pu acheter une maison à Ängby.

À présent, les garçons étaient partis.

Hors du nid.

Elle était parfois triste de ne plus les avoir au foyer. Ils étaient des hommes adultes maintenant, et elle les avait perdus pour toujours.

Elle quitta le bureau dès seize heures ce jour-là. Sur le chemin du retour, elle acheta deux filets de bœuf et une bouteille de vin rouge corsé. Tor n'était pas encore rentré. Elle se changea et dressa la table dans la salle à manger, avec chandelles et serviettes en tissu.

Il va croire que nous avons un événement à fêter, pensa-t-elle avec amertume.

Quand sa voiture pénétra dans le garage, elle jeta du beurre dans la poêle et déboucha le vin.

Il ouvrit la porte, accrocha son manteau, et elle entendit le bruit de ses chaussures quand il les délaça et les rangea contre le mur. Il entra dans la cuisine, l'air fatigué.

— J'ai pensé que nous pourrions nous remonter le moral, lui dit-elle.

— Je vois. En quel honneur ?

— En faut-il un ?

— Rien de spécial ? Un anniversaire ou un autre événement ?

— Pas que je sache. Ce n'est pas interdit de s'octroyer un petit festin un jeudi soir normal ?

— Bien sûr que non.

Ils mangèrent en silence. Berit but du vin qui lui monta immédiatement à la tête.

— Qu'est-ce qui t'arrive ? lui demanda-t-il.

— Qu'est-ce que tu veux dire ?

— Je vois bien qu'il y a quelque chose.

— Tor, réponds-moi franchement. Est-ce que je t'attire encore ?

— Berit !

— Allez ! Est-ce que c'est le cas ? Est-ce que je t'excite ? Est-ce que tu bandes quand tu me regardes ?

Il repoussa son assiette.

— Qu'est-ce que c'est que ces bêtises ?

— Je ne raconte pas de bêtises, je te pose une question directe et je veux une réponse franche. Est-ce si bizarre ?

— Tu es ma femme.

— C'est précisément pour ça que je te pose la question.

Elle se leva, fit le tour de la table, et derrière lui posa les mains sur sa tête. Un début de calvitie était apparu au sommet de son crâne ; elle le caressa à cet endroit précis avant de glisser ses mains vers sa chemise puis sa taille.

— Berit, dit-il. Nous sommes à table !

Le samedi, elle prit le métro en direction d'Hässelby. Cela lui procurait une sensation étrange d'utiliser ce moyen de transport en dehors d'un jour de travail, avec des passagers totalement inconnus, beaucoup d'enfants accompagnés de leurs parents, une lumière différente, d'autres couleurs, d'autres sons. On remarquait davantage l'état de saleté et de décrépitude. Le sol de la voiture était constellé de taches, et un liquide avait coulé ; de nombreux sièges étaient recouverts de graffitis noirs.

La neige était tombée au cours de la nuit, qui ne fondait pas. Elle descendit au terminus et fut submergée par ses souvenirs d'enfance et d'adolescence. En se dirigeant vers l'arrêt de bus, elle nota que le secteur autour du métro avait été réaménagé et rénové. Le magasin d'alimentation Konsum avait disparu, remplacé par un magasin de discount aux néons rouge vif.

Elle avait projeté de rejoindre le cimetière en marchant, mais puisque le bus était déjà là, elle l'emprunta pour parcourir les quelques arrêts. Le soleil qui scintillait sur le manteau neigeux fit larmoyer ses yeux. Elle aurait dû prendre ses lunettes de soleil !

L'endroit ressemblait à une carte postale, presque bucolique avec ses stèles recouvertes de neige et les mésanges bleues qui pépiaient dans les branches. Sur la droite de la chapelle, il y avait un monceau de gerbes ensevelies. Le vendredi était traditionnellement un jour de funérailles. Ses deux parents avaient été enterrés un vendredi, d'abord sa mère puis, deux ans plus tard, son père.

À l'exception d'une occasionnelle voiture sur Sandviksvägen, le calme et la sérénité régnaient ici. Le cimetière est le lieu de repos des morts, stipulait le panneau à l'entrée ; ici, on n'était pas censé troubler la tranquillité, être bruyant. Les morts en avaient eu assez au cours de leur vie et ils avaient à présent le droit de reposer en paix.

Elle était seule. Elle regarda autour d'elle. Dans l'un des appartements là-bas derrière, sur Fyrspannsgatan, la petite fille d'un médecin avait été retenue prisonnière par un psychopathe. Cela faisait plus d'un an, et de nombreux détails de l'histoire lui revinrent soudain à l'esprit. L'enfant avait apparu à l'une des fenêtres dans l'espoir que quelqu'un la verrait et réagirait. Qui aurait réagi en voyant une gamine à une fenêtre ? Même si elle avait crié et appelé à l'aide ?

Comment allait-elle aujourd'hui ? Selon les journaux, elle avait eu la vie sauve, mais qu'en était-il de sa psyché ? Elle devait avoir des séquelles irrémédiables.

Berit se demanda de quelle fenêtre il s'agissait. Les tabloïds du soir avaient sûrement publié des photos de l'immeuble avec la fenêtre en question entourée d'un cercle. Des badauds étaient sans aucun doute venus uniquement pour voir les lieux et tenter d'imaginer ce que représentait d'être à la merci d'un psychopathe.

Une idée lui traversa l'esprit : produire un livre sur cette petite fille. La convaincre d'écrire un journal couvrant sa terrible période d'emprisonnement. Elle s'étonna que Melin & Gartner ne l'aient pas encore fait, puisqu'ils étaient généralement les premiers à publier des textes de ce style. Criminels et victimes, individus suspects, c'était leur filon.

Et voilà qu'elle pensait à nouveau à son travail ! Bien qu'elle se soit promis de s'en abstenir !

Elle chercha son chemin sur la petite allée ratissée et recouverte de sable. Il était là-bas, sur la gauche, ce caveau de famille qui ne contiendrait probablement que deux personnes. Un caveau de famille, une notion d'un autre temps, quand les gens vivaient auprès des leurs.

La tombe était recouverte de neige. Elle la balaya de ses gants et prononça à voix haute les noms de ces deux personnes qui avaient été ses parents. Sa conscience la taraudait : elle devrait vraiment venir plus souvent.

Elle avait apporté deux bougies votives, une pour chacun.

— Une pour Maman, une pour Papa, murmura-t-elle en essayant de les allumer.

Cela se révéla plus ardu qu'elle ne l'avait anticipé, car le moindre souffle de vent, alors qu'il était si faible, éteignait les allumettes.

— Je pense à vous, chuchota-t-elle, même si je n'en ai pas l'air et si je ne viens pas tellement souvent. Je pense à vous de temps à autre ; vous le savez sans doute. Si vous me voyez à cet instant, si vous vous déplacez au-dessus de moi, invisibles, veillez sur moi. Je voudrais vraiment que vous puissiez le faire.

Ils avaient tous les deux succombé à un cancer. Son père était un gros fumeur. Sa respiration laborieuse lui revint en mémoire et la façon dont il grattait les bords de sa trachéotomie quand il manquait d'air.

— Quoi que tu fasses, ma fille lui répétait-il à chacune de ses visites à l'hôpital, n'allume pas la première cigarette !

Il ignorait qu'elle fumait depuis un moment, et même la vue de son corps émacié sur les draps ne l'avait pas incitée à arrêter.

Sa mère avait déclaré un cancer de la peau, du type de celui qui avait emporté la vie de Tage Danielsson[1] au début des années 1980.

Ses parents étaient déjà assez âgés quand ils l'avaient eue, l'âge qu'elle avait aujourd'hui. Ils auraient tout aussi bien pu mourir de vieillesse. Sa mère lui avait confié qu'elle pensait être stérile, puis quand elle s'était mise à vomir son petit déjeuner tous les matins pendant une semaine d'affilée, elle avait compris que ce n'était pas le cas.

Berit quitta la tombe et les bougies votives à peine visibles dans le soleil de janvier. Elle remonta Hässelby Strandväg et passa devant la demeure où elle avait grandi. Elle n'avait pas changé. Elle ignorait qui l'habitait désormais, ne distingua aucun signe de vie, et l'allée était blanche de neige non déblayée.

Elle parcourait ce chemin jusqu'à l'école, à une bonne distance de là, tous les jours dans sa jeunesse.

---

1. Célèbre acteur et cinéaste mort en 1985.

Hormis davantage de maisons, le temps semblait bizarrement s'être arrêté ici. Elle n'avait plus aucun contact avec ses camarades d'école et se souvenait à peine de leurs noms.

Le lac Mälar était lisse, et une légère brume s'élevait au-dessus de sa surface. Elle avait envie de glace, d'enfiler ses patins et de s'élancer jusqu'à l'horizon, loin de tout ce qui l'entourait, du quotidien, des gens, d'elle-même. Elle remarqua soudain que ses mains étaient gelées et qu'elle avait oublié ses gants sur la tombe.

Elle était devant une étroite maison de pierre. Son image était restée inscrite sur sa rétine depuis son enfance.

*Disparais, Justinn, disparais, Justinn.*

Perds-toi, Justine. Perds-toi et reste-le !

Un chœur de voix haut perchées, un chœur auquel elle appartenait et auquel sa voix se mêlait.

*Justine est entrée ; Justine est sortie ; Justine est entrée et a encore pissé.*

Ses oreilles bourdonnaient, et elle fut prise de vertige.

Une femme se tenait sur l'escalier. Elle avait des cheveux courts et bouclés, et portait un pantalon à fleurs. Elle lui semblait familière. Berit lui adressa un signe de la main.

— Justine ? dit-elle sans conviction. Est-ce possible ? Justine, c'est vraiment toi ?

La femme vint à sa rencontre. Ses yeux étaient verts, et son expression était franche.

— Berit Blomgren ! Que c'est étrange ! Je pensais justement à toi.

Les mots résonnèrent en elle.

— C'est vrai ? murmura-t-elle.

La femme rit.

— Oui ! Tu te rends compte ! s'exclama-t-elle.

— Mon nom de famille est Assarsson à présent...

— Ah, oui, bien sûr, tu t'es mariée.

— Oui.

— J'allais sortir ma vieille luge. De nos jours, on n'a pas souvent l'occasion de s'en servir. Au moins aujourd'hui est digne d'un hiver.

— Nous avions toutes des luges quand nous étions petites. La mienne était rouge, Papa l'avait peinte pour moi.

— La mienne était juste vernie. Elle est dans la remise. Tu ne veux pas entrer une minute ? Tu as l'air transie.

— Oui... peut-être. Je reviens du cimetière. Je dois y avoir oublié mes gants.

— Tu veux du vin chaud ? Il m'en reste une bouteille de Noël.

— Du vin chaud ? Ce n'est pas de refus. Ça réchauffe de l'intérieur.


Le soleil flottait au-dessus du sol. Berit sirotait son vin chaud et sentait la chaleur la gagner à nouveau.

— Ça fait combien d'années... murmura Berit à voix basse, depuis la dernière fois que nous nous sommes vues ?

— Ça remonte à 1969, à la fin de l'école primaire.

— Ce doit être ça.

Elle réfléchit un instant.

— Mon Dieu, c'était il y a plus de trente ans !

— Oui.

— Est-ce que tu habitais ici... toujours ici, dans la maison de tes parents ?

— Oui.

— Tout ce temps, tu ne l'as jamais quittée ?

— Non.

— Ils sont décédés ? Je me rappelle avoir lu un article assez long au sujet de ton père dans le journal.

— Oui, mon père est mort. Flora est en maison de retraite.

— Flora, oui, c'était le prénom de ta mère. J'ai toujours pensé que c'était un joli prénom. Elle était vraiment belle, et elle sentait toujours tellement bon.

— Ce n'était pas ma vraie mère.

— Non, je sais.

Elle but une autre gorgée de vin chaud. Il était fort et épicé à souhait.

— Mes parents sont enterrés dans le cimetière ici. Ils étaient âgés, tu t'en souviens sans doute. Je ne suis pas restée à Hässelby très longtemps. Je voulais partir. J'ai d'ailleurs rencontré mon mari peu après. Il s'appelle Tor, il est comptable. Ça paraît ennuyeux, non ?

Justine sourit.

— Reprends du vin chaud. Autant le finir, Noël est passé.

— À ta santé !

— À la tienne. À nos retrouvailles.

— Pourquoi pensais-tu à moi aujourd'hui spécialement ? Ça semble tellement étrange. Le jour précis où je suis à Hässelby, tu penses à moi, et nous nous retrouvons, par pur hasard.

— Ce n'était pas vraiment le hasard. Tu es venue ici de toi-même.

— Oui, c'est possible... Je flânais en pensant au passé.

— Sur les pierres où tu as joué.

— Pratiquement.

— Tu as des enfants, Berit ?

— Oui. Deux garçons, de vingt et un et vingt-deux ans. Ils ne vivent plus avec nous. Tor et moi sommes seuls maintenant, nous pouvons réellement nous consacrer l'un à l'autre. Et toi ?

Justine secoua la tête.

Puis elle plaça ses doigts dans sa bouche et émit un sifflement court et puissant. Un chuintement se produisit derrière elle, la pièce sembla rétrécir, un craillement se fit entendre, et quelque chose d'acéré toucha son crâne, attrapant ses cheveux.

— Mon Dieu, qu'est-ce que c'est ?

Berit hurla et bondit sur ses pieds, renversant le contenu de sa tasse de vin chaud sur son pantalon.

## Chapitre 7

Un animal semblable à un chien gisait dans la forêt.

D'abord, elle ne vit que sa tête ; le reste n'était que feuilles et mousse. Elle ne vit que sa tête, elle n'eut pas peur et rentra à la maison sans être repérée.

Devant la lucarne de la cave, elle trouva le seau dans lequel Flora entreposait les pinces à linge. Elle les vida dans un coin, remplit le récipient d'eau et y retourna.

L'animal but. Bien qu'une partie de l'eau coulât sur la mousse, la gorge bougeait et avalait. L'animal avait soif, il avait été privé d'eau longtemps.

S'agissait-il d'un chien ? Elle toucha sa fourrure emmêlée. Il retroussa ses babines et dévoila ses crocs jaunes.

Il ne portait pas de collier. Son corps était enfoncé dans la mousse, et les brindilles d'airelles semblaient écrasées et rougies.

— Tu ne peux pas venir avec moi, dit Justine. Je vis avec une sorcière. Je ne veux pas que son regard t'atteigne. Par contre, je vais revenir et veiller à ce que tu aies à manger et à boire, je te le promets.

Les poils de son cou étaient rêches. Elle lui donna un nom.

Et elle le prononça aussi fort qu'elle l'osât, mais son corps demeura immobile et sa queue dissimulée dans la mousse.

Le lendemain, elle apporta de la viande. Sans que Flora s'en aperçoive, elle prit un morceau de sa côtelette et l'enveloppa dans un mouchoir.

L'animal était toujours là, dans la même position.

Elle ne voyait plus ses yeux.

Quand elle plaça le morceau de viande devant son nez, sa langue sortit légèrement.

Pourtant, il ne mangea pas.

Elle ne le revit plus jamais.

Son père vint dans sa chambre un soir.

— Est-ce que tu veux lire tes prières avec moi ?

— Notrepèrequiêtesauxcieux, commença-t-elle.

Il se pencha au-dessus d'elle et l'embrassa derrière l'oreille.

— Et à qui pensons-nous en ce moment, toi et moi ? Juste nous deux.

— À Maman, murmura-t-elle.

Son visage se décomposa, et il eut l'air triste.

— Je dois également te dire que demain, quand tu te réveilleras, je ne serai pas là.

Justine bondit hors de son lit.

— Je ne veux pas ! cria-t-elle.

— Justine...

Il l'implorait, ce qui décupla sa colère.

— Tu seras là !

— Je dois aller en Suisse.

Il baissa la voix.

— Tu sais, ce n'est pas loin de l'endroit d'où ta maman était originaire.

— Alors, je veux y aller aussi !

— Ma chérie, tu te rends bien compte que ce n'est pas possible. Il s'agit d'un voyage d'affaires. Et tu dois aller à l'école. J'ai mon travail ; tu as l'école. Nous avons tous nos devoirs quotidiens.

Elle frappa ses mains et ses jambes stupides.

Il la remit au lit et quitta la pièce.

Le matin, il était parti.


Elle pensa à l'animal. Peut-être que c'était lui son devoir quotidien.

Mais Flora vint la chercher à l'école, ce à quoi elle ne s'attendait pas.

Flora portait sa petite robe noire et son collier de perles. Un sac pendait à son poignet, au bout d'une chaîne en bronze.

— Nous allons à Vällingby, dans un salon de thé, dit-elle.

Elles commencèrent à descendre la côte.

— Tu pourrais te réjouir, mon enfant. Pour une fois !

Flora lui tenait la main et marchait à petits pas ainsi que le font les dames quand elles veulent paraître belles.

Flora était belle.

— Raconte-moi ce que tu as fait à l'école aujourd'hui.

— Je ne sais pas.

— Bien sûr que tu sais.

— Nous avons lu, je crois, et fait des additions.

Sa main serrait fort les doigts de Justine.

— Lu et fait des additions, tu crois !

Justine avait envie de faire pipi. Elle voulait retirer sa main de celle de Flora, mais celle-ci n'apprécierait pas si elle le faisait. Flora était sa mère à présent, et elle devait se comporter comme son enfant.

Une fois arrivées à Vällingby, Flora entra dans plusieurs boutiques. Justine dut tenir son sac pendant qu'elle essayait des vêtements.

Un bras nu émergea de la cabine.

— Mademoiselle, celle-ci est trop grande, auriez-vous l'obligeance de m'apporter un trente-quatre à la place ?

Les manières cérémonieuses des vendeuses, leur façon d'être obséquieuses et d'apporter les vêtements. Flora sortait, arborant de nouvelles robes, paradait dans le magasin et se pavanait.

— Alors, Justine, qu'est-ce que tu en penses ? Est-ce que tu crois que Papa aimerait me voir porter celle-ci ?

C'est alors que les vendeuses la remarquèrent. Leurs expressions s'adoucirent. Ta mère est vraiment belle, non ?


Au salon de thé, elle put enfin aller aux toilettes.

À son retour, Flora avait commandé un soda et un gros gâteau Napoléon rose.

Pour sa part, elle ne mangea rien, elle se contenta d'un café dans une toute petite tasse.

Les tables étaient recouvertes de nappes à carreaux. Une forte odeur de fumée se dégageait de l'endroit. À la table à côté, il y avait une petite fille du même âge que Justine accompagnée d'une vieille dame qui cracha un peu de salive dans une serviette pour nettoyer le visage de l'enfant.

— Grand-mère ! protesta-t-elle sans regimber pour autant.

Elle mordit dans une brioche et, au moment où personne ne la voyait, tira la langue à Justine. Elle était couverte de morceaux de pâte.

Les ongles rouges de Flora.

— Mange maintenant, Justine ! Mange !

Un homme avec un journal était installé à une autre table. Il regarda dans leur direction. Il adressa un sourire et un clin d'œil à Justine. Ses cheveux étaient d'un noir brillant comme un gâteau au chocolat.

Quand Flora sortit une cigarette de son paquet en le secouant, il se précipita pour lui présenter son briquet.

Elle courba le cou avec grâce.

— Mange, Justine ! répéta-t-elle. Tu dois finir ton gâteau. Je te préviens. Je ne t'achète pas des pâtisseries pour que tu en gâches la moitié.

— Les enfants sont amusants, dit l'homme.

Flora exhala la fumée. Ses lèvres laissaient des marques rouges sur la cigarette.

— Ils peuvent aussi être une véritable plaie ! répondit-elle.

Justine avalait de toutes petites bouchées. Elle avait commencé par manger tout le rose, le coulis de framboises. Ce qui restait ressemblait à de la bouillie grasse et grumeleuse.

Elle pensa à l'animal. Elle ne pourrait pas lui rendre visite aujourd'hui.

L'homme avait à présent rapproché sa chaise de leur table. L'autre fille et sa grand-mère étaient parties.

— Est-ce que tu sais chanter ? demanda l'homme, en souriant à nouveau à Justine.

Ses lèvres étaient sèches et fines. Sa cravate était maintenue par une pierre vert foncé qui changeait de couleur quand il bougeait.

Elle fixait sa cuillère. Elle était poisseuse presque jusqu'en haut du manche.

— Toutes les filles savent chanter, poursuivit-il.

Flora gloussa. Elle ressemblait à un enfant avec ses petites dents blanches.

— Si tu chantes, je te donnerai une couronne.

Il plaça sa main sur la table. Elle était couverte de petits poils noirs avec de grands ongles plats. Il tambourina un peu du bout des doigts.

— Allez, mon enfant !

La poigne de fer de Flora sur son menton, la peau qui se tendait.

— Montre à monsieur que tu sais chanter !

Elle se dégagea.

— Comment s'appelle-t-elle ?

— Justine.

— Drôle de nom.

— C'est français.

— Elle ne comprend peut-être pas ce que nous lui disons alors.

— Elle possède une capacité à se déconnecter, mais elle comprend parfaitement. Et si elle ne finit pas son assiette, elle sait ce qui l'attend à notre retour.

— Que se passera-t-il, jeune dame ?

— Elle aura une bonne fessée.

— De vous ?

— De moi, en effet !

— Alors, cette jeune dame est une personne sévère ?

— Oui, elle l'est !

— Êtes-vous également de là-bas ?

— Pardon ?

— Est-ce que vous êtes française ?

Flora gloussa à nouveau. Elle prononça un mot qui ressemblait à Bertil.

À ce stade, l'homme avait poussé sa chaise entre Flora et Justine. Il était si près que Justine sentait l'odeur de son après-rasage. Il était fort, plus fort que du parfum, et son nez se mit à lui démanger et à couler.

— Chuuuuustine, dit l'homme.

Elle n'osait pas le regarder et préférait fixer son assiette, le motif floral sur le pourtour, la pâte au milieu.

— Tu vas te décider à manger !

Les yeux de porcelaine de Flora, des cils longs et recouverts de nombreuses couches de mascara. Chaque matin, dans la salle de bains, elle les appliquait avec une petite brosse robuste.

— Je... ne peux pas !

Cela sortit comme un cri, bien qu'elle n'en ait pas eu l'intention. Elle voulait le chuchoter, mais le cri s'était frayé un chemin et avait émergé malgré elle. Ses larmes brûlaient contre sa main ; sa bouche continuait à pousser ce cri qui se transforma en hurlement.

Flora la frappa. Au beau milieu du salon de thé, Flora la gifla franchement. Le hurlement s'interrompit, coupé net.

— Justine a une tendance à l'hystérie, dit-elle avec ses lèvres rouges qui avaient également tracé leur empreinte sur la tasse à café.

— Ses nerfs français ? fit l'homme en imitant l'accent français.

Nouveau petit rire de Flora, contrôlé et charmeur.

Elles prirent un taxi pour rentrer. La banquette arrière était remplie de sacs de course. Le chauffeur plaisanta à leur sujet : Vous avez acheté tout Vällingby, mesdames ? Flora répondit par une plaisanterie. Le parfum de l'homme les avait suivies jusqu'à l'intérieur du taxi.

À la maison, Flora déballa tous les vêtements et les suspendit à des cintres dans la chambre. Il y avait deux robes, un chemisier et une jupe. Ses mouvements étaient saccadés. Elle arracha une robe et la jeta sur le lit.

— Pourquoi est-ce que j'ai acheté celle-ci ! Dans cette lumière, je vois bien qu'elle ne convient pas du tout à mon teint ! Je n'arrive plus à me réjouir de mes achats ! C'est de ta faute, Justine ! Tu m'as mise de mauvaise humeur. Tu es mal élevée et pourrie gâtée.

Elle attrapa Justine par les poignets et la fit tourner, à un rythme de plus en plus frénétique, jusqu'à ce que son corps ne touche plus le sol, que le sang ait quitté son cerveau et qu'une envie de vomir la submerge. Sa jambe percuta violemment le montant du lit. Flora perdit l'équilibre et tomba. Justine atterrit près du mur, les genoux contre la plinthe.

86

Flora l'emmena à la cave. Elle remplit la cuve d'eau. Justine était assise sur l'établi, en culotte et maillot.

— Est-ce que tu sais comment on lave le linge ? Est-ce que tu m'as vue m'occuper de la lessive ? Tu as vu que je fais bouillir l'eau pour que ce soit parfaitement propre. Et d'abord, je mets les vêtements à tremper.

Sur ce, elle souleva Justine de ses doigts froids et la plaça dans la cuve. L'eau lui atteignait le ventre. Elle entoura ses jambes de ses bras, les pressant contre son nombril.

Flora était partie. Elle avait monté les escaliers d'un pas lourd, et Justine avait entendu tourner la clé deux fois. Quand Justine changea doucement de position, l'eau clapota contre les parois rugueuses de la cuve.

L'eau était froide pour l'instant, mais que se passerait-il si Flora revenait et allumait le feu en dessous ? Quel degré de chaleur pouvait-elle supporter ? Deviendrait-elle comme les grenouilles aux yeux blancs sur le plat de service ? Est-ce que sa chair revêtirait une couleur identique et deviendrait si molle qu'on pourrait la détacher de son squelette ?

Flora ne le ferait pas, elle n'oserait pas.

Un jour, en l'absence de son père, Flora l'avait enfermée à la cave jusque tard dans la nuit. Elle était descendue en robe de chambre, avait agité des allumettes mais avait fini par les ranger. Elle avait ensuite vidé l'eau et mis Justine sur ses genoux. Ses pieds étaient poreux et ridés, et elle avait l'impression que ses ongles allaient tomber.

Flora avait apporté une serviette et le pyjama de Justine. Elle l'avait séchée et habillée là, à la cave. Elle l'avait ensuite portée dans les deux escaliers et l'avait couchée dans son propre lit avant de remonter les couvertures sur elles deux. Le bras de Flora reposait sur sa poitrine, et elle avait senti son bassin anguleux contre son dos toute la nuit.

Maintenant, elle était assise totalement immobile. Il lui sembla entendre des voix. Elle pensa que son père était revenu et qu'il allait vraiment se mettre en colère. Mais les voix s'éloignèrent.

Elle aurait pu sortir de la cuve, pour autant elle aurait été incapable de descendre de l'établi. Il faudrait qu'elle grandisse encore. Elle vit une araignée courir sur le mur. Elle en avait peur et la fixa jusqu'à ce qu'elle reparte dans son trou. L'un de ses tibias, celui qui avait cogné contre le lit quand Flora la balançait, était douloureux. Flora disait que les gens souffrant d'une tendance à l'hystérie guérissaient pour peu qu'on les fasse suffisamment tourbillonner. Une fois, elle avait attrapé les chevilles de Justine et l'avait fait tourner jusqu'à ce qu'elle ne distingue plus le haut du bas.

— C'est ainsi que procédaient jadis les médecins avec les gens atteints de troubles mentaux. De cette manière, le sang afflue au cerveau et bénéficie d'un surplus d'oxygène. Si on vomit, c'est également bien, parce qu'on se débarrasse de la folie ainsi. Je te ferais balancer bien davantage si j'en avais l'énergie. Mais tu deviens beaucoup trop lourde.

Son père revint de son voyage. Il lui offrit un instrument aussi brillant que de l'or et orné de pompons.

— Quand tu seras grande, tu pourras former un orchestre complet.

Elle devait aller dehors avec son instrument, tout au fond du jardin. Elle souffla, et un son en jaillit. Son père sortit l'écouter. Il appela Flora ; tous les deux étaient sous le pommier à l'écouter souffler dans le cor doré.

— Ce n'est vraiment pas facile. Elle a évidemment du talent. Tu l'entends ? Je vais lui faire donner des leçons.

— Les filles ne sont pas censées jouer de la trompette !

— C'est un cor, Flora, un ancien cor de facteur de Lucerne.

Ni lui ni Flora ne réussirent à produire le moindre son. Justine prit à nouveau une profonde inspiration, mais ses lèvres glissèrent.

Son père n'était pas bon bricoleur et se mettait généralement en colère s'il devait visser ou planter un clou. Il parvint néanmoins à fixer un crochet dans le mur au-dessus de son lit. Le cor y était dorénavant suspendu par son ruban de soie rouge.

Il oublia les leçons. De temps à autre, Justine lui rappelait sa promesse, il répondait toujours : Oh, mince, j'ai encore complètement oublié. Elle allait au bord de l'eau et soufflait dans son cor. Elle s'imaginait paradant avec une veste et une jupe plissée courte. Les rues de la ville étaient fermées à la circulation. Justine avançait en tête, et tous les musiciens la suivaient comme des rats.

## Chapitre 8

Après sa garde de nuit à l'hôtel, Hans Peter dormait généralement jusqu'à dix heures et demie le lendemain matin. Les nuits calmes, il arrivait parfois à sommeiller sur la couchette derrière le rideau du bureau de réception. Il se disait souvent qu'il était un homme riche. Il disposait de temps en abondance.

Il l'employait à faire du sport et à lire. Un jour, au verso d'un magazine américain, il avait découpé une liste des classiques de la littérature les plus importants et il s'était mis en tête de tous les lire, depuis *L'Iliade* et *L'Odyssée* jusqu'au *Capital* de Karl Marx. La plupart étaient impossibles à se procurer – même chez des bouquinistes – si bien qu'il était obligé de fréquenter la bibliothèque municipale sur Sveavägen pour les trouver. Forcé était le terme approprié. L'atmosphère régnant à l'intérieur de la grande salle circulaire était réellement lugubre sans qu'il parvienne à déterminer pourquoi. Ces gens qui manipulaient des livres jour après jour et rencontraient au quotidien des emprunteurs affamés de textes ne devraient-ils pas être plus positifs ? Leur vie n'en était-elle pas illuminée ? Chaque fois qu'il présentait son ouvrage et sa carte de lecteur au bureau de prêt, il avait l'impression de déranger comme si sa seule présence était source de difficultés pour les femmes installées derrière le guichet. Elles se montraient plus maussades que les caissières au supermarché de Bucarest qu'il avait visité dans les années 1980, avant la chute de Ceausescu.

Même dans son enfance, emprunter des livres se révélait compliqué. Un jour, il en avait choisi une pile, et la bibliothécaire l'avait informé qu'il pouvait au plus en sortir trois à la fois. Elle les lui avait tendus un par un, en lui demandant lesquels il voulait éliminer. Il éprouva une telle gêne qu'il n'y était pas retourné pendant de nombreuses années. Il avait prié sa mère de restituer ceux qu'il avait finalement retenus.

Pour le moment, il lisait le *Don Juan* de Lord Byron dans la traduction de C.V.A. Strandberg. C'était un livre en vers épais et remarquablement drôle qu'il avait déniché chez un bouquiniste. Il avait été publié par la maison d'édition Fritzes en 1919, et un *ex-libris* était collé à l'intérieur de la jaquette, selon lequel la personne qui l'avait possédé s'appelait Axel Hedman.

De telles informations suscitaient la curiosité d'Hans Peter. Il se lança immédiatement dans des recherches pour deviner qui était ce Hedman et, à l'issue d'un travail d'enquête approfondi, il finit par apprendre qu'Axel Hedman était un professeur de latin condamné pour le meurtre de sa gouvernante quelques années après la publication du roman.

Elle n'était sans doute pas que son employée, pensa Hans Peter. Il découvrit dans un journal d'époque où figurait une photo de la victime qu'elle était relativement jeune. Ses lèvres charnues et généreuses lui conféraient une apparence sensuelle. Pour sa défense, le professeur Hedman avait affirmé que la femme s'était servie de lui et avait cherché à lui dérober ses économies. La cour n'en avait visiblement pas tenu compte.

Le professeur avait peut-être lu ce *Don Juan* dans sa cellule de Långholmen. À cet instant précis, Hans Peter était au bureau de la réception, le livre ouvert derrière un journal, qu'il utilisait pour le dissimuler dès que quelqu'un arrivait et requérait ses services.

Cela ne se produisait pas si souvent. En fait, on aurait pu distribuer une clé à chacun des clients afin qu'ils puissent se débrouiller seuls. Toutefois, Ulf, le propriétaire de l'hôtel, refusait ce système. Il voulait que son établissement possède une certaine classe, ce qui, selon lui, était impossible en l'absence d'un réceptionniste de nuit.

L'hôtel s'appelait Tre Rosor et occupait une position centrale au milieu de Drottninggatan. Il comptait dix chambres doubles et autant d'individuelles. Le niveau de confort était simple : un lavabo dans la chambre, toilettes et douche sur le palier. Beaucoup d'hôtes étaient des habitués, et un homme d'une cinquantaine d'années avait emménagé de manière définitive.

— Il ne me pose pas problème, disait Ulf. Il paie et prend soin de lui. Il souhaite vivre en centre-ville sans avoir à assumer la responsabilité d'un appartement.

Parfois, des couples d'âge moyen qui n'étaient assurément pas mariés l'un à l'autre venaient. Hans Peter avait appris à repérer certains signes distinctifs. Ils payaient à l'avance et partaient souvent ensemble à minuit ; leur attitude était alors changée : leurs yeux brillaient davantage, et ils parlaient d'une voix plus douce.

— Nous allons faire une petite balade, disait parfois l'homme en laissant les clés à la réception.

Ils ne revenaient pas. Du moins pas cette nuit-là.

Ulf possédait plusieurs hôtels. À intervalles réguliers, il invitait Hans Peter ; il avait sans doute l'impression d'avoir une responsabilité à son égard étant donné qu'ils avaient été beaux-frères.

— Vous autres, les rats de bibliothèque, disait-il en visant également sa sœur, la bibliothécaire.

Lui n'était pas très porté sur la lecture.

— Des histoires inventées de toutes pièces, quel intérêt ? Des gens qu'un mec a juste sortis de son chapeau... Est-ce que ce n'est pas mieux de s'intéresser aux vraies personnes dans la vraie vie ?

— L'un n'exclut pas nécessairement l'autre, si ?

— Je me le demande, moi. Si ça serait pas plus sympa pour toi si tu sortais pour te dégotter une nouvelle petite femme avec laquelle te mettre en ménage ?

Il venait parfois chez Hans Peter et restait ébahi devant ses bibliothèques. Il caressait les tranches des livres et voulait savoir combien il y en avait.

— Est-ce que tu les as tous lus ?

— Tu poses la question chaque fois.

— Combien y en a-t-il ? Des centaines, non ?

— Des centaines ? Il y en a bien plus de mille !

Ils étaient différents, et néanmoins s'accordaient bien. Ulf était lui aussi séparé, et quelque temps après le divorce d'Hans Peter, ils étaient allés ensemble à Londres où ils avaient effectué la tournée des pubs et parlé tout leur saoul de la vie.

C'était un job agréable qu'il avait accepté. Ulf était un bon patron. Si travailler en tant que réceptionniste de nuit n'était pas franchement glorieux, le plus important était ce que lui, il éprouvait et en pensait.

Une vague de froid sévit à la fin du mois de janvier, accompagnée de fortes chutes de neige, et Hans Peter s'octroya de longues promenades à son réveil, avant de déjeuner. Il se disait parfois qu'il devrait se procurer un chien. Peut-être un boxer ou une autre race au caractère facile. Le problème était qu'il ne pouvait pas l'emmener sur son lieu de travail. L'hôtel perdrait les clients qui souffraient d'allergies.

Il pensa au chien dont il avait pris soin quand il était enfant. Sa famille avait loué un bungalow dans un village de vacances sur l'île de Gotland. Leurs voisins étaient un couple de personnes âgées avec un petit teckel potelé qui ressemblait à une saucisse, et les premiers jours, Hans Peter en avait eu peur. La femme lui avait montré comment tendre la paume avec un morceau de sucre et ordonner au chien de s'asseoir. Celui-ci repliait alors ses pattes postérieures sous son corps et s'asseyait ; Hans Peter voyait son long ventre et ses petites mamelles claires. Il ne touchait pas au sucre aussi longtemps qu'Hans Peter ne l'y autorisait pas. Je t'en prie, était-on censé dire. Il penchait alors la tête et avalait la friandise.

Il ne se souvenait plus du nom du chien, il se rappelait que la femme lui permettait de le sortir en laisse. Il s'enfonçait dans le sable fin jusqu'au ventre, geignait et réclamait qu'il le porte. Margareta était là également ; elle était jeune, peut-être deux ou trois ans. Elle attrapait le chien de ses petites mains dures, et celui-ci glapissait, sans jamais lui faire mal. Il semblait comprendre que Margareta n'était qu'un chiot.

Il était installé sur sa chaise de réceptionniste, et la neige volait comme de la fumée dans la rue. Il faisait sombre, et les magasins avaient fermé leurs portes. S'il avait eu une chienne aujourd'hui, il l'aurait appelée Bella, et elle serait chez lui, à l'attendre en réchauffant son lit pour lui. Il avait généralement les pieds glacés après une nuit assis à l'hôtel. Pouvait-on laisser un chien seul si longtemps ? Oui. Ce devait être possible. Les propriétaires de chiens n'avaient quand même pas besoin de se lever au milieu de la nuit pour s'occuper de leur compagnon à quatre pattes ou les sortir, si ?

Mais était-ce bien ? Et s'il manquait à Bella ? Si elle se mettait à hurler, le museau vers le plafond, nuit après nuit ? À quoi cela aboutirait-il ? Peut-être serait-il expulsé de son appartement qu'il appréciait tant.

Le lobby n'était pas très grand et décoré avec goût : un ensemble de fauteuils en rotin recouverts de coussins ornés de grosses fleurs devant le guichet. Sur la table de verre étaient posés quelques numéros du *Reader's Digest*, de la revue culinaire *Allt om Mat*, d'une revue chrétienne intitulée *Le Porteur de la bonne nouvelle* et les journaux *Dagens Nyheter* et *Svenska Dagbladet*. Sur un banc, à droite, trônait un aquarium abritant deux espèces de poissons, des noirs et des translucides. Hans Peter pensait savoir que les noirs répondaient au nom de Black Molly. La femme de ménage le lui avait dit un jour, mais son suédois étant mauvais, il ne saisissait pas toujours très bien ses paroles.

C'était à elle qu'incombait la responsabilité de l'aquarium. Elle veillait à ce que les poissons soient nourris et, une fois par semaine, elle aspirait leurs déjections à l'aide d'un embout en plastique. Il s'agissait d'une immigrée grecque qui s'appelait Ariadne.

Évidemment, s'était dit Hans Peter lors de leur première rencontre. Quel autre nom qu'Ariadne pour une femme grecque ? Il avait essayé de lui parler du labyrinthe de Knossos, elle avait juste ri en portant sa main à sa bouche pour cacher ses dents déchaussées.

Quand elle ne trouvait pas de baby-sitter, elle emmenait sa fille, qui était aveugle. Elle restait sur le lit de camp derrière la réception. Hans Peter devinait tout de suite quand elle avait été là : l'oreiller dégageait une odeur particulière, et la taie était parfois humide et un peu poisseuse. La petite fille attendait là en suçant des bâtonnets creux à la framboise.

À côté du lit, une porte donnait sur la kitchenette. Pour ceux qui le souhaitaient, Hans Peter pouvait préparer des sandwiches aux crevettes ou au cheddar et aux olives vertes, qu'il coupait en deux et plantait sur des cure-dents. Une partie de son travail consistait également à effectuer une ronde à deux heures du matin pour ramasser les chaussures éventuellement déposées pour être cirées. Ulf avait choisi de conserver cette coutume d'une époque révolue. Il était soigneux d'offrir ce type de services, ce qui ne dérangeait pas Hans Peter, qui rompait ainsi un moment l'indéniable monotonie de ses nuits. Il faisait le tour de l'hôtel avec un grand panier sous le bras pour les récupérer et inscrivait le numéro de la chambre sur leurs semelles à la craie. Sa toute première nuit à l'hôtel, il avait cru qu'il serait capable de retenir à quelle chambre appartenaient les chaussures. Cela s'était cependant révélé bien plus difficile qu'il ne l'avait escompté. Il s'en était remis au hasard. Deux paires de souliers d'hommes attendaient devant la mauvaise porte, mais les clients ne s'en étaient pas offusqués. Au contraire, ils avaient trouvé qu'il s'agissait d'un incident amusant qu'ils pourraient raconter à leur retour chez eux.

Ce soir-là, comme d'habitude, toutes les chambres étaient réservées. Hans Peter s'était confortablement installé sur sa chaise et avait replié le journal. Il était arrivé au septième chant de *Don Juan* qu'il s'apprêtait à lire quand la porte extérieure s'ouvrit et qu'une bourrasque de neige s'engouffra à l'intérieur. Un homme se posta devant le bureau de réception. Ses cheveux mouillés formaient des paquets sur son front.

— Puis-je vous être utile ? questionna Hans Peter.

L'homme referma la porte et tapa ses pieds.

Hans Peter s'enquit à nouveau s'il pouvait lui être utile.

— Je veux voir l'une de vos clientes, répondit l'homme, et Hans Peter vit qu'il avait bu.

— Oui, qui donc ?

— Agneta Lind.

Hans Peter feuilleta le registre. Si le nom ne lui évoquait rien, la situation lui était familière : des hommes mariés à la recherche de leur femme infidèle.

— Je suis désolé, nous n'avons aucune cliente de ce nom.

— Ne vous fichez pas de moi ! Je sais qu'elle est ici.

Hans Peter secoua la tête. À présent, il s'agissait de faire preuve de tact. L'homme était grand et large de carrure. Il portait un pardessus déboutonné élimé ainsi qu'une chaîne en or ornée d'une amulette au cou.

— Elle s'est enregistrée sous un autre nom. Ce doit être ça.

— Oui, il est difficile de savoir ce genre de chose.

— Vous n'avez pas l'obligation de vérifier une pièce d'identité ?

— Non.

L'homme s'était efforcé de paraître aussi intimidant que possible, mais, à ce moment-là, il s'éloigna de quelques pas et se laissa tomber sur le canapé. Il dissimula son visage au creux de son coude. À en juger par le bruit, il pleurait.

— Merde... Si vous saviez comme c'est humiliant.

De telles situations étaient extrêmement délicates. Qu'était-on supposé dire ? Car on risquait de faire le mauvais choix. Il patienta.

L'homme pleura un moment, de plus en plus silencieusement. Quand il retira son bras, son visage était bouffi et humide.

— Si je vous la décris... vous la reconnaîtriez ?

— Je vous en prie... nous ne pouvons pas faire ça. Nous devons protéger la vie privée de nos hôtes.

L'homme ne l'écoutait pas.

— Elle a... trente-huit ans, mais ça ne se voit pas. Tout le monde lui donne moins. Elle a des cheveux courts teints en roux, pas partout... et maintenant, ce salopard...

— Pourquoi la cherchez-vous ?

— C'est ma femme, bordel ! Elle est ici avec son amant, je suis absolument certain qu'elle est ici. Je l'ai surprise. Tre Rosor, c'était écrit dans son agenda. Elle n'a jamais été très futée. Tre Rosor, ce n'est pas ici, peut-être ? Est-ce que ce n'est pas le nom de ce satané hôtel ?

— Oui, mais nous ne sommes pas ce genre d'établissement !

— Que voulez-vous dire par ce genre ?

— Nous n'avons pas une... mauvaise réputation.

— Ce n'est pas le sujet.

— Non, d'accord... En tout cas, il n'y a personne de ce nom ici.

— Et son amant... je sais qui c'est. Je l'ai vu. Il porte des lunettes et des costumes élégants, une espèce d'avocat qui est en train de la baiser là-haut ; je vais les tuer tous les deux !

Il aurait dû jeter l'homme dehors ou appeler la police. Voilà ce qu'il aurait dû faire.

Au lieu de ça, il proposa :

— Voulez-vous une tasse de café ?


Il lui prépara un sandwich aux crevettes ainsi qu'une grande cafetière. Suspicieux, l'homme mordit le sandwich et quelques crevettes tombèrent sur ses genoux. Il mâchait bruyamment en lançant de brefs regards autour de lui. J'espère qu'Ulf ne va pas se pointer maintenant, se dit Hans Peter. Une telle initiative ne le ravirait pas particulièrement. Des étrangers qui entraient et s'installaient dans le lobby ne produisaient pas une très bonne impression.

Sa tasse de café finie, l'homme se calma. Hans Peter estimait qu'il ne tarderait plus à partir.

— C'était bon ! dit l'homme en avalant la dernière bouchée du sandwich. Un accueil d'une chaleur inattendue, je dirais.

— Merci.

— Je m'appelle Björn. Björn Lind.

Hans Peter ne tenait pas à ce que l'homme lui dévoile son nom. Il ne voulait pas non plus faire plus ample connaissance avec lui. Cependant, en dépit de sa volonté, il se mit à bavarder, il lui arrivait souvent de se laisser attirer dans des situations qu'il aurait en fait dû éviter.

— Vous êtes mariés depuis longtemps, vous et votre femme ?

— Quelques années en tout cas.

— Et visiblement ça ne va plus si bien entre vous ?

— Moi, je n'ai pas de problème.

— Et elle ?

— Qu'est-ce que j'en sais ! Elle ne se plaint pas ouvertement.

— Avez-vous parlé de divorce ?

— Pas du tout. Je sais qu'elle en voit d'autres. On sent ces choses. Elle dit qu'elle va au cinéma avec une amie, alors qu'en réalité...

— Elle est peut-être vraiment au cinéma ?

— C'est ça, oui !

— Vous travaillez dans quel secteur ?

— Je suis entrepreneur. Je possède une société de messagerie avec quelques voitures. Elle était chauffeur pour moi. C'est comme ça que nous nous sommes mis ensemble.

Un poisson remonta à la surface et aspira de l'air. Ils le faisaient parfois, quand ils avaient besoin d'un surcroît d'oxygène. Hans Peter se demandait s'ils se rendaient compte qu'ils étaient captifs. Au moins, ils voyaient à travers l'eau et la vitre. Quand Ariadne approchait, ils se précipitaient tous à la surface : ils savaient qu'elle leur apportait de la nourriture ; ils la reconnaissaient.

— Si votre femme voit d'autres types, il y a peut-être une raison, avança-t-il avec prudence.

— Qu'est-ce que vous voulez dire par une raison ?

— Je ne sais pas, elle n'est sans doute pas satisfaite du fonctionnement de votre couple. Enfin, c'est ce qu'il me semble.

— La vie ne peut pas toujours être une partie de plaisir, si ?

— Bien sûr que non !

— Peut-être qu'elle l'est ici, au Tre Rosor ?

Hans Peter rit.

— Et vous ? dit l'homme. Vous êtes marié ?

— Je l'ai été.

— Alors, vous voyez sans aucun mal ce que c'est.

— Oui, soupira Hans Peter.

— C'est elle qui est partie ? Ou vous ?

— Ni l'un ni l'autre, en fait. Nous nous étions simplement... éloignés l'un de l'autre.

— Mais Agneta et moi, nous...

— Vous arrivez encore à parler ensemble ? Ou pas ?

— Si on veut.

L'homme se tut. Il prit l'un des journaux et le feuilleta, surtout histoire d'avoir les mains occupées. Quelqu'un se déplaçait dans le couloir au premier étage. Et s'il y avait vraiment une Agneta Lind parmi les clients ? Et si elle descendait à cet instant précis avec son amant dans son sillage. Hans Peter essaya de se souvenir de ceux qui s'étaient enregistrés au cours de la soirée, leur apparence ; y avait-il une femme aux cheveux courts et roux ? Il en doutait.

— Bon, dit Björn en se relevant à grand-peine.

Il paraissait complètement sobre à présent.

— Je m'en vais. Merci beaucoup. Je ne sais pas pourquoi, mais merci quoi qu'il en soit. Pour la collation, à défaut d'autre chose.

Hans Peter ne parvint pas à poursuivre sa lecture. Il ne comprenait pas les mots. Il lava la tasse et l'assiette puis rinça la cafetière. Un sentiment de mal-être l'envahissait sans qu'il sache vraiment pourquoi. Il espérait que la nuit passerait vite pour qu'il puisse rentrer se coucher. Ses articulations lui étaient douloureuses comme s'il était sur le point de tomber malade.

# Chapitre 9

Après une longue interruption, la fille avait recommencé à lui rendre visite. Elle avait changé. Il y avait quelque chose d'étranger en elle, et aussi dans son attitude. Comme si on avait redressé toutes ses vertèbres et comme si elle avait fouillé au fond d'elle-même pour retrouver cette Justine qu'elle avait été dans son enfance. Et elle brandissait cette persona en bouclier quand elle pénétra dans la pièce.

Oui, même sa démarche était déjà différente : ce n'était plus ce piétinement prudent adopté par les proches des malades, non, elle ouvrait la porte et entrait sans hésiter. En produisant un bruit de raclement désagréable, elle tirait une chaise jusqu'au lit et s'y asseyait, parfaitement immobile, droite et distante. Elle restait à la fixer du regard sournois qu'elle possédait bien longtemps auparavant.

Flora en avait froid dans le dos, étendue dans ce lit. La couverture lui paraissait lourde sur sa cage thoracique. Oui, dans ces moments-là, elle éprouvait l'impression d'être à nouveau capable de sentir son corps dans toute sa fragilité, jusqu'à la plus infime cellule, comme avant son attaque. Elle s'efforçait de fermer les yeux et feignait de dormir, mais elle avait constamment besoin d'entrouvrir les yeux pour vérifier si la fille était encore là, si elle avait changé de position. C'était pour ainsi dire compulsif.

Elle se surprenait à guetter ses pas même la nuit. Si seulement elle avait pu faire comprendre à ces maudites blouses blanches qu'elle ne voulait plus de visites. De qui que ce soit. Surtout pas des parents les plus proches.

Les premiers temps, Flora était inconsciente et ignorait si elle avait des visiteurs ou non. Quand elle avait lentement repris connaissance, la fille était à son chevet. D'une voix fluette, elle supplia :

— Est-ce que tu me vois, Flora ? Est-ce que tu m'entends ?

Sa langue semblait s'être transformée en écorce de bois sec.

La pièce était baignée de lumière ; une infirmière était entrée.

— Est-ce qu'elle comprend ce que je dis ?

Ce regard que l'infirmière lui avait lancé avant qu'elles sortent ensemble. Flora avait essayé de bouger la main pour repousser le drap. Elle voulait se lever et trouver un miroir pour voir ce qui lui était arrivé. On l'avait droguée ; elle ne se souvenait plus comment elle avait atterri ici.

Soulever sa main s'était révélé impossible.

Comme de la bouger.

Au cours de cette période, ils l'avaient soumise à un grand nombre de tests et d'examens. Jour après jour, ils l'avaient poussée jusqu'à la salle de tests et celle de radiographie. Ils lui avaient planté des aiguilles dans les bras et passé des appareils sur la plante des pieds en lui demandant : Vous sentez ça ? Vous ne sentez vraiment rien, madame Dalvik, pas la moindre pression ?

Petit à petit, ils avaient renoncé.

Ils l'avaient attachée sur un brancard et deux jeunes ambulanciers l'avaient emmenée à l'extérieur. C'était la première fois depuis des lustres qu'elle respirait l'air frais et elle avait alors réellement compris qu'en ce qui la concernait, la vie était terminée. Lorsque l'ambulance avait effectué un demi-tour, elle avait aperçu le grand bâtiment des urgences et s'était souvenue des sirènes.

Dans le service des séjours de longue durée, il n'y avait plus de raison de se presser.

Parfois, la nuit, elle percevait une espèce de présence, comme si Sven était de retour auprès d'elle. Il était aussi fort et jeune qu'au début. Elle remontait la couverture sur sa tête ; il ne devrait pas la voir ainsi, si vieillie et humiliée. Va-t'en, aurait-elle voulu lui crier, retourne auprès de ton épouse française.

Cette femme était morte à l'apogée de sa beauté. C'était elle qu'il avait choisie ; c'était elle qui lui avait donné l'enfant. Flora n'avait jamais été qu'un substitut, en dépit de tous ses efforts pour le nier.

Si seulement il avait accepté de vendre la maison, cela aurait été la preuve ultime qu'il pensait ce qu'il disait. Qu'il voulait commencer une nouvelle vie. Mais il refusait. Elle pouvait obtenir beaucoup de lui, sauf ça. La maison était sacrée pour lui. Son épouse française l'avait désirée et elle y avait placé sa mauvaise graine de fille, en guise de rappel permanent.

Son utérus à elle était stérile.

Le matin était revenu. On entendait des cliquetis et des pas dans le couloir ; la lumière entrait ; on avait ouvert les persiennes. Elle regarda vers la fenêtre, noire et brillante, les lumières étaient encore allumées.

La voix guillerette d'une blouse blanche :

— Bonjour, Flora. Vous avez bien dormi ?

Qui t'a octroyé le droit d'employer mon prénom ?

La couverture qu'on retirait, des mains sur ses hanches et son postérieur. Au moins elle était encore capable d'uriner.

Elle évitait de voir ses cuisses rachitiques et ses poils noirs devenus gris.

La blouse blanche chantait ; c'était une gamine aux boucles blondes.

— L'hiver est enfin arrivé, Flora. Super, non ? Il est tombé beaucoup de neige cette nuit. Et il faisait froid, presque moins vingt. C'est mon petit copain qui m'a conduite ici. Nous avons failli rester bloqués dans la côte. Bon, il faut dire qu'il a toujours ses pneus d'été et qu'ils sont vraiment usés.

Oui, c'était ça. De la neige. Le raclement sourd des chasse-neige ; elle l'avait entendu toute la matinée.

— Je vais bientôt revenir vous laver, et après, une petite collation serait la bienvenue, non ?

Cet optimisme pépiant et naïf. Comme si la nourriture pouvait encore lui sembler bonne dans son état.

De la neige... Il y en avait sur le sol lorsqu'il l'avait emmenée chez lui pour la première fois. Elle avait glissé sur la pente et avait manqué de tomber. Il l'avait

106

alors attrapée par le bras, sans brutalité, pas comme s'il voulait la posséder.

Il y avait une femme à l'intérieur. Une employée. Elle avait préparé le dîner et dressé la table dans la pièce que Flora transformerait plus tard en son salon bleu. Un courant d'air s'infiltrait entre la porte d'entrée et celle de la cave. Il y avait un problème avec la chaudière bien qu'elle soit toute neuve. Il manquait de sens pratique d'une manière si attendrissante.

Les pieds de Flora étaient glacés, car elle n'avait pas emporté de chaussures d'intérieur. Sven était allé lui chercher une paire de chaussettes en laine, qui étaient bien trop grandes, et elle avait continué à grelotter jusqu'à ce qu'elle ait bu un verre de vin. Elle s'était alors sentie réchauffée et d'humeur à rire.

L'employée était entrée avec la fille. Elle ressemblait à son père et possédait la même peau claire et son menton.

— Voici ma fille Justine, avait dit Sven en la prenant sur ses genoux.

Elle serrait le cou de son père avec force et avait refusé de toucher la main de Flora, qui avait dû la retirer avec un sentiment d'humiliation.

Ils avaient achevé leur repas et s'étaient installés à une table plus petite pour prendre le café. La fille se cramponnait à Sven et n'avait pas relevé les yeux une seule fois. Pour finir, il l'avait portée dans sa chambre.

— Tu dois l'excuser, lui avait-il dit. Tu sais ce qui est arrivé. Et elle est à un âge difficile.

Quelques semaines plus tard, Flora l'avait invité chez elle. Elle venait tout juste d'emménager dans un deux pièces sur Odenplan non loin de l'église Gustav Vasa, côté cour. Elle était rentrée tout de suite après le déjeuner ce jour-là et elle se souvenait encore de ce qu'elle lui avait servi. Des filets de bœuf en croûte accompagnés de chanterelles revenues au beurre et des fraises fraîches en dessert. Ses parents l'avaient aidée à se procurer les fraises ainsi que les chanterelles. Il avait été extrêmement impressionné.

Ce soir-là, ils avaient couché ensemble. Il était seul depuis si longtemps qu'il avait presque tout de suite joui. Ils étaient restés dans le lit, et elle avait placé ses mains en coupe autour de ses maigres fesses et senti la tendresse l'envahir.

— Sven, avait-elle chuchoté.

Oui, elle avait murmuré son prénom, et il n'avait plus été son patron, mais un homme qui l'avait pénétrée. Elle avait attrapé ses doigts et les avait amenés entre ses cuisses. Il avait alors à nouveau durci et grossi ; elle s'était étendue sur lui et l'avait guidé en elle d'une manière qu'elle n'avait jamais expérimentée avant avec qui que ce soit.

Il l'appréciait. Oui, il l'aimait presque. Soir après soir, il revenait. Elle était dans ses bras et lui parlait d'Hässelby et d'elle.

— J'aime tellement ton nom, lui avait-il dit. Il est si... floral.

— Oui, je ne suis pas la fille d'un jardinier en chef pour rien.

Il avait ri et l'avait chatouillée autour du nombril du bout de sa langue. Elle s'était retournée, la bouche proche de son genou.

Elle avait poursuivi son histoire dans cette position.

— Mes parents possèdent une jardinerie depuis trente ans. Ils l'ont reprise à mon grand-père paternel. Ils avaient l'intention de la garder dans la famille... ça ne se passera sans doute pas ainsi. Nous sommes quatre sœurs, toutes avec des prénoms de fleurs, mais ça n'y change rien : nous ne sommes pas attirées par la culture des plantes. Je suis la cadette. Rosa est l'aînée, puis viennent Viola et Réséda.

— Réséda ?

— Oui. C'est son nom.

— Et si vous aviez été des garçons ?

— Dans ce cas, nous ne coucherions pas ensemble.

Elle s'était glissée contre lui et avait suivi la raie de ses cheveux du bout de son index. Ses lunettes étaient posées sur la table de chevet ; ses sourcils étaient clairs, presque invisibles.

— Je veux dire, quel genre de noms leur auraient-ils donnés ?

— J'avais bien compris. Racine et Tronc peut-être. Racine et Tronc de Jessé... Mes parents voulaient vraiment des garçons. Aucune d'entre nous quatre n'envisage de reprendre la jardinerie. Nous avons eu notre compte.

— Pouviez-vous les aider dans votre enfance ?

— Ce n'était pas une question de pouvoir ! Nous y étions obligées.

Leur père les frappait avec des tuteurs si elles ne lui obéissaient pas. Il ne battait presque jamais Flora, mais il s'en prenait souvent à Rosa, l'aînée. Elle qui aurait dû savoir mieux que les autres. Rosa n'avait pas de patience et détestait avoir les doigts écorchés et fissu-

109

rés. Elle détestait la terre et son odeur. Elle délaissait le désherbage et allait à la plage se baigner. Pourtant, elle aurait dû apprendre ce qui se produirait à son retour. Elle semblait oublier d'une fois sur l'autre.

Flora se souvenait encore de ses pleurs quand son père l'emmenait dans la remise. Après, tout son dos était zébré et gonflé. Ses sœurs l'éventaient avec des feuilles de rhubarbe et nettoyaient ses plaies à l'eau.

Les quatre filles s'en étaient bien sorties. Rosa avait épousé un armateur et déménagé à Göteborg. Viola avait obtenu un travail dans la chaîne de magasins NK et Réséda était devenue directrice d'une école pour filles.

Aucune d'elles n'était encore en vie. Seulement Flora.

De la bouillie de blé. Qu'aurait-elle pu avaler d'autre ? Qui patienterait le temps qu'elle mange un aliment nécessitant d'être mâché ? Le goût gluant et salé lui donna la nausée. Elle commença à avoir des haut-le-cœur, mais se domina et avala.

La blouse blanche discutait avec une collègue plus âgée.

— Imagine si nous pouvions leur enfiler des combinaisons et les installer sur des snowboards ou sur des luges. Nous pourrions les tirer à travers tout Råcksta. Ça leur plairait, tu ne crois pas ?

— Nous n'apprécierions pas.

— Oh, Ing-Marie, ne sois pas si psychorigide ! Il faut garder l'enfant en soi vivant.

— Tout à fait. Garde-le en toi et abstiens-toi de nous le montrer !

La plus jeune essuyait le menton de Flora.

— Flora, est-ce que ce ne serait pas amusant ? Tu faisais bien de la luge quand tu étais jeune ? Ce n'était pas super-amusant ? Tu n'as pas oublié, n'est-ce pas ? Oh, Ing-Marie, on peut leur offrir un surcroît de vie en les aidant à se rappeler de leur jeunesse. J'ai lu quelque chose à ce sujet, je t'assure.

Flora aurait voulu tousser pour que la bouillie se retrouve dans ses voies respiratoires et que la toux et la morve mettent fin à cette parodie de déjeuner. Elle ne le fit pas. Elle se montra sage et obéissante et avala.

La veille de la Saint-Jean, Sven lui avait demandé si elle pouvait envisager de venir s'installer dans sa maison à Hässelby et devenir une mère pour sa fille ainsi que sa femme. Il l'avait dit dans cet ordre. Une mère pour ma fille et ma femme.

La soirée était belle et douce. Ils avaient dîné au restaurant et se promenaient le long de Sankt Eriksgatan. La brise lui effleurait doucement la nuque et les bras. Elle ressentait une telle joie. Elle s'était arrêtée au milieu du trottoir et l'avait enlacé.

Puis elle avait pensé à l'enfant.

— Elle s'habituera, lui avait affirmé Sven. Maintenant, il y aura enfin de la continuité dans sa vie. Laisse-lui du temps. Et elle t'aimera, tout autant que moi.

Ils s'étaient mariés rapidement. Flora avait toujours rêvé d'un somptueux mariage à l'église, mais s'était rendu compte que cela paraîtrait choquant peu après la mort de l'épouse française. Tout devait se dérouler dans la simplicité. Par contre, elle parvint à convaincre

Sven de partir en voyage de noces à Londres. Elle avait toujours voulu y aller.

Leur hôtel se situait dans une petite rue à proximité d'Oxford Street ; elle avait oublié son nom. Il l'emmena au théâtre. Il était souvent venu à Londres auparavant, car l'une des filiales de l'entreprise Sandy s'y trouvait. Ils la visitèrent ensemble, et on les guida à travers les installations à la pointe de la modernité. Flora put tester ses capacités en anglais. Elle n'avait rien perdu de ses notions qui ne réclamaient qu'à être utilisées. Elle avait remarqué qu'il était impressionné.

Elle était en train de s'habiller. Ils allaient au Albert Hall. Elle voulait tout voir et expérimenter, tout ce dont on lui avait parlé et qu'elle avait lu dans les journaux.

C'était la fin de l'après-midi, le troisième jour. On avait frappé à la porte.

Un homme se tenait là. Les parents de Sven lui avaient envoyé un télégramme. C'était urgent. Il s'agissait de la fille : elle était malade.

Ils rentrèrent tôt le lendemain. Sven aurait souhaité voyager le soir même mais l'avion était plein. Pendant tout le voyage de retour, il était demeuré silencieux et pensif. Il souffrait, il se reprochait de ne pas avoir emmené la fille, il revivait la perte de sa première épouse.

Justine n'avait bien sûr rien de grave. Elle avait simplement eu un accès de fièvre, et sa température était montée au-dessus de quarante si bien que la mère de Sven avait jugé préférable de l'envoyer chercher.

Les enfants n'étaient-ils pas coutumiers de ces violentes montées de température ? N'était-ce pas propre à l'enfance ?

Elle avait cessé de travailler pour l'entreprise. La nuit, elle dormait auprès de Sven, écoutant son léger ronflement et s'efforçant d'oublier la présence de l'enfant de l'autre côté du mur. Elle aurait son propre enfant ; il grandirait en elle, et elle deviendrait une vraie mère.

Il n'aurait jamais à regretter de l'avoir épousée. Elle serait sa digne représentante, préparant des dîners raffinés pour ses relations d'affaires. Elle converserait avec eux en anglais et ils s'extasieraient : *What a beautiful and talented young wife you have got, Mr. Dalvik*[1]!

Elle et la fille. Elles étaient seules dans la maison. Sven était parti au travail. Justine avait quitté la table du petit déjeuner sans rien manger, ne serait-ce qu'un morceau de pain.

— Il faut qu'elle mange, avait chuchoté Flora à Sven. Tu ne vois pas comme elle est maigre et dénutrie. Les enfants ont besoin de nourriture pour grandir.

— Ça viendra. Laisse-lui le temps ; fais preuve de patience.

Elle était à la fenêtre de la cuisine et l'avait vu monter en voiture. Il avait levé la main, lui avait adressé un signe et soufflé un baiser. La scène classique.

---

1. En anglais dans le texte. « Quelle épouse jeune, belle et talentueuse vous avez, M. Dalvik ! »

Elle avait eu envie de le rappeler, de lui demander de l'attendre. C'est avec toi que je veux être, pas avec cette enfant.

Elle était dans la maison. Elle avait fait la vaisselle après le petit déjeuner puis avait grimpé à l'étage pour faire les lits. La fille était dans celui de Sven. Elle s'était enroulée dans sa couverture, la tête dans l'oreiller.

Flora s'était assise à côté d'elle.

— Justine, avait-elle dit d'une voix douce. Nous allons devenir amies, toi et moi. Je veux être ton amie. Veux-tu être la mienne ?

L'enfant n'avait pas répondu, et elle s'était aperçue qu'elle n'avait presque jamais entendu la fille parler.

Elle avait posé la main sur la couverture. Le corps tendu avait sursauté.

— Je suis venue ici pour être ta mère, avait dit Flora en élevant la voix. Il faut que tu cesses de m'ignorer. Je te demande gentiment que nous devenions amies, toi et moi. Alors, regarde-moi et réponds-moi.

La gamine bondit hors du lit et se coula sur le sol devant Flora comme un animal rusé et malfaisant. Elle était dans l'entrebâillement de la porte, le visage déformé par la haine.

— Tu n'es pas ma mère. Tu n'es qu'une sale pute.

Elle ne s'était pas mise en colère. Elle s'était enfermée dans la salle de bains où elle avait pleuré devant le miroir. L'enfant l'avait fait pleurer. L'enfant de Sven. Mais il ne le saurait jamais.

— On se réveille, il fait jour. Pas question de rester dans son lit à dormir. Pourquoi ne pas t'installer dans le fauteuil à la place ? Ce ne serait pas bien ?

Les blouses blanches. De son siège jaune orangé, elle les observa faire son lit et nettoyer en dessous. La poussière tendait à s'y accumuler et à former des moutons.

Elle tourna ensuite le regard vers l'autre lit et vit qu'il était vide. Oui. La femme était décédée. Était-ce la nuit dernière ou une autre ? Les gens mouraient toujours la nuit.

Ils l'avaient vêtue d'une robe rose ornée de gros boutons blancs. Le rose lui seyait avant. Elle mettait du mascara sur ses longs cils, et la robe de soirée rose froufroutait lorsqu'elle la passait sur ses oreilles. Des bruissements de bulles et de mélodies, il dansait comme un dieu, mon mari. Et elle traversait majestueusement des salles tapissées de miroirs au bas d'escaliers aussi larges que des avenues.

— Voici Märta, ta nouvelle voisine.

Un visage de vieille ridé, sur la défensive.

— Nous espérons que vous vous accommoderez bien.

— Étant donné qu'une seule peut parler, au moins, nous n'aurons pas de disputes !

À présent, elles étaient assises chacune d'un côté de la table.

Combien de voisines de chambre lui avait-on présentées ? Leur survivrait-elle à toutes ? Ce n'était pas juste !

Elle avait acheté une poupée à la fille. C'était un très beau modèle, comme elle aurait aimé en avoir une quand elle était enfant. Ses cheveux naturels étaient attachés par un nœud, et ses yeux se fermaient et s'ouvraient. Elle avait désiré un emballage cadeau.

Le lendemain, après le départ de Sven, elle était allée dans la chambre de la fille et avait posé le paquet sur le lit. Justine était recroquevillée sur le rebord de la fenêtre, les cheveux sales, un rictus aux lèvres.

— Ne t'assieds pas comme ça à la fenêtre, tu risques de tomber !

Justine détourna la tête.

— Va te laver, et nous verrons quels vêtements nous pouvons te trouver. Quand tu seras prête, tu auras le droit d'ouvrir ton cadeau.

La fille partit d'une démarche raide. Arrivée dans la salle de bains, elle verrouilla la porte et refusa de la rouvrir.

Flora feignit de quitter la maison. Elle se cacha derrière une commode sans faire le moindre bruit.

Une guerre de tranchées, voilà où on en était. Une pure guerre de tranchées. Cette gosse-là chargeant les canons et elle dans les tranchées.

Que s'était-il passé ensuite ?

La chaleur se dégageant de la peau de l'enfant, ses mains qui frappaient coup sur coup, le corps nu prostré dans un coin.

— Tu vas faire ce que je te dis, petite conne, garce ! Est-ce que tu es un être humain ou un animal ? Je te tuerai si tu ne m'obéis pas, si tu continues à m'humilier et à me traiter comme si j'étais invisible. Écoute-moi et ne détourne pas les yeux. Désormais, de nouvelles règles s'appliquent dans cette maison. Désormais, je ne veux plus être ta mère.

— Qu'est-ce que tu lui as fait ? s'était enquis Sven.
Nul reproche dans sa voix, juste de l'étonnement.
La fille était assise entre eux, les cheveux propres, la peau rose.

## Chapitre 10

Curt Lüding programma une réunion le lundi matin, à neuf heures. Il avait envoyé Jenny, son assistante, acheter une brioche fourrée, qui trônait au milieu de la table, collante et coupée en tranches bien trop épaisses.

— Servez-vous, je vous en prie ! ne cessa-t-il de leur répéter.

Ses longs doigts aux ongles impeccables manipulaient nerveusement un stylo-bille. Berit remarqua que le nom Norrbottenskuriren y était inscrit. Pourquoi pas après tout. Il était originaire du comté de Norrbotten, dans le nord du pays.

Personne ne mangeait de brioche, Curt Lüding pas plus que les autres.

Il était installé en bout de table. Il levait constamment sa tasse de café à ses lèvres buvant à toutes petites gorgées. À aucun moment, il ne leur demanda comment leur week-end s'était déroulé. Pas de bavardage ce lundi-là. Il portait son costume sombre, celui qu'il mettait en hiver. Avant, il s'habillait généralement en pantalons de velours et pulls. Quelque chose l'a changé, songeait Berit. Il était en train de devenir si... respectable.

Elles attendaient. Annie fixait sa tasse. Lotta se racla la gorge et toussa, comme si elle avait attrapé froid. Du côté de Lilian, on percevait un fredonnement à peine audible ; ce qu'elle faisait toujours lorsqu'elle était en colère ou inquiète. Au lieu d'exprimer ses sentiments, elle déambulait en fredonnant.

Une ambulance passa, toutes sirènes hurlantes.

Le téléphone sonna.

— Est-ce que le répondeur est branché ? s'enquit Curt Lüding.

— Bien sûr, répondit Jenny.

— Parfait, commençons alors. Bon, vous vous en doutez probablement, je ne vous ai pas toutes convoquées à une réunion un lundi matin sans raison. Vous savez que j'ai participé à la fondation de cette maison d'édition, il y a longtemps. Et c'est moi qui l'ai reprise et y ai injecté des capitaux quand les autres s'en sont désintéressés. Oui, vous connaissez l'histoire. Ensuite, les années se sont écoulées. Nous avons parfois connu des périodes difficiles, inutile d'en faire mystère. Vous avez toutes effectué du bon boulot. On ne s'en serait jamais sortis sans vous. Beaucoup d'entre vous sont là depuis très longtemps, toi, Berit, par exemple, et toi Margit... J'imagine que vous êtes presque autant attachées à cette maison que moi.

Il se tut un instant et regarda par la fenêtre.

La neige au sol n'avait toujours pas fondu. Le thermomètre indiquait moins six, moins cinq et, pour la première fois cet hiver, Berit avait pu mettre sa fourrure.

Viens-en au fait, espèce de vieil hypocrite, pensa-t-elle.

Elle mourait d'envie d'une cigarette. Elle essayait de réduire sa consommation et alternait cigarettes et gommes à la nicotine depuis plusieurs semaines.

Ce n'était certainement pas le moment opportun pour arrêter.

— Comme vous le savez, poursuivit son patron, je suis né et j'ai été élevé dans le Norrbotten, dans le petit village de Sangis. Mon père était bûcheron ou forestier, ma mère infirmière libérale. J'ai grandi au milieu des sapins. Vous me connaissez depuis si longtemps que vous m'avez forcément entendu parler dans mon dialecte natal incompréhensible dès que je me relâche, surtout à nos fêtes...

Oui, c'était exact. Jusqu'à quelques années auparavant, il estimait que c'était amusant d'organiser des fêtes pour le personnel. Il mettait même la main à la pâte et leur avait appris à manger des pommes de terre Amandine et du hareng fermenté, dans sa maison de campagne. Il chantait également pour eux des airs mélancoliques du Nord. Maud, son épouse, était à ses côtés à cette époque, une femme gaie et exubérante, elle aussi originaire du Norrbotten.

Son changement était advenu avec le divorce. Maud était tombée amoureuse d'un autre et l'avait quitté pour s'installer à l'étranger, à Maastricht, aux Pays-Bas, avec son nouveau compagnon qui travaillait pour le Parlement européen. Curt Lüding n'était plus lui-même depuis cet événement.

— Maintenant, mes chères amies, j'en arrive au cœur du sujet. Voici de quoi il retourne. Accrochez-vous à vos sièges, car on a de grands bouleversements en réserve pour vous. J'ai l'intention de déménager notre société à Luleå !

Il se tut et les observa tour à tour. Des frémissements agitaient l'un de ses yeux.

— Je n'ai aucun mal à imaginer votre surprise.

Quelqu'un commença à percer dans les tréfonds du bâtiment. Des réparations ou rénovations étaient constamment en cours. Le propriétaire leur envoyait des avertissements quasiment tous les mois : Veuillez nous excuser pour le dérangement, nous allons procéder à tels ou tels travaux au cours de la semaine.

— Pourquoi Luleå, vous demandez-vous certainement ? Laissez-moi vous expliquer. Opérer et gérer une édition depuis là-haut réduit considérablement les coûts. Le Parlement a promis des subventions. Une maison d'édition sérieuse et réputée leur fait cruellement défaut. Toute la partie septentrionale du pays à la limite du cercle polaire et ses auteurs passionnants nous tendent les bras et n'attendent que nous.

Il but une nouvelle gorgée de café, les yeux brillants, un léger sourire aux lèvres ; il s'était détendu.

Il est complètement cinglé, pensait Berit. Elle se mordit la langue sans parvenir à se convaincre que c'était vrai. La région septentrionale ! À la limite du cercle polaire !

— Et nous ? demanda quelqu'un.

C'était Annie. Elle s'était levée, et ses cheveux pendaient devant son visage.

— Quel sort comptes-tu nous réserver ?

Curt Lüding posa son stylo sur la table et commença à le triturer. Il lui échappa et tomba au sol dans un cliquetis.

— Voici ce que j'ai à dire sur le sujet.

Il souriait toujours.

— Chaque structure doit procéder à une réduction de ses effectifs de temps à autre pour atteindre son efficacité optimale. Ce processus peut se révéler douloureux, j'en suis conscient.

— Curt, tu n'as pas répondu à ma question ! rétorqua Annie d'une voix stridente.

Elle s'était empourprée jusqu'à la base du cou.

— En effet ! intervint Berit, se joignant à elle. Qu'allons-nous devenir ?

— Mais... vous êtes évidemment les bienvenues. Toutes autant que vous êtes. Je compte effectuer le déménagement au cours de l'été pour reprendre pied au plancher dès le mois d'août. Et, mes amies, Luleå est une ville absolument merveilleuse. Je vous en donne ma parole.


— Il est vraiment devenu complètement dingue !

Berit et Annie étaient attablées dans le restaurant de sushi d'Upplandsgatan. Les sushi n'avaient pas le même goût aujourd'hui, comme s'ils n'étaient pas de première fraîcheur. Si c'était le cas, elles souffriraient probablement d'une intoxication alimentaire le soir. Quelle importance ?

— La région septentrionale ! Bon sang, qui s'y intéresse ? Qui voudrait y déménager ?

— Personne, dit Annie. C'est encore pire que tout ce que nous avions imaginé. Nous aurions pu envisager de durer chez Bonniers. Mais là-haut ! Dans l'enfer des Lapons ! Il manigançait ça depuis un bon moment, ce bâtard. Et il n'a rien dit. Pas la moindre allusion.

— Il est devenu si bizarre. Sa personnalité s'est modifiée complètement. Si seulement Maud était restée ! Elle n'aurait jamais permis que ça arrive ! Pourquoi a-t-il fallu qu'elle dégotte ce type du Parlement européen.

— Qu'est-ce que tu as l'intention de faire, Berit ? Tu envisages de déménager ?

— Je ne suis pas seule à décider, et c'est le problème. Tor n'acceptera jamais de quitter Stockholm.

— Et si tu étais seule ?

— Non, hors de question ! Ici, c'est chez moi. Je suis née ici et j'y ai mes racines.

— Tu as raison. Merde, là-bas, c'est l'hiver toute l'année. J'ai entendu dire que la neige tombe en septembre et tient jusqu'à la Saint-Jean. Je ne le supporterais jamais. Et cette obscurité ! Et ces saletés de moustiques !

— Il compte aussi sur le fait que nous n'allons pas toutes déménager, j'en mettrais ma main à couper. Il n'a pas la moindre chance de conserver une équipe aussi importante là-haut. Certaines vont peut-être le suivre, Jenny éventuellement, et Ann-Sofi. Elle est de là-bas aussi, non ? Il me semble qu'elle l'a mentionné.

— La question c'est : que vont faire les autres ? Et nous, donc ?

— Oh, ne t'inquiète pas ! On t'offrira sans doute un autre poste. Tu es compétente, et les gens savent que tu es l'éditrice de cette vieille bique de Karlberg. Rien qu'avec ça...

— La bonne chose, c'est que peut-être je serai débarrassée d'elle ! C'est toujours ça de pris !

Cela avait été un week-end particulier. L'inquiétude suscitée par la réunion de Curt Lüding ne l'avait pas quittée, mais avait été reléguée au second plan par sa visite à Hässelby.

Ce que Justine lui avait dit était vrai : elle s'était sentie attirée vers la maison de son ancienne camarade de classe comme pour vérifier si quelque chose avait changé, si cette pauvre fille avait survécu. Une espèce de pénitence de Canossa. Elle était presque terrorisée à l'idée de rencontrer Justine, et, dans son for intérieur, elle espérait qu'elle serait là, en haut des escaliers, trente ans plus vieille, et aussi forte. Qu'elle serait là dans son large pantalon à fleurs et lui dirait : Entre.

Et c'était bel et bien ce qu'elle avait fait.

Berit avait refoulé ces événements durant toute sa vie d'adulte, mais, tandis qu'elle se rapprochait de la maison, tout lui était revenu avec la force d'un raz-de-marée. Elle aurait voulu s'agenouiller dans la neige et implorer : Pardonne-moi, Justine ! Nous n'étions que des gosses ! Pardonne-nous !

Elles s'étaient installées à l'étage supérieur et avaient bu du vin chaud. Elles avaient vu le ciel changer de couleur, virer au rouge et étinceler comme si un incendie s'était déclaré de l'autre côté du lac Mälar. C'était une journée d'hiver froide et solennelle. Elle avait peut-être trop jacassé, s'épanchant davantage qu'il ne convenait. Elle n'était pas habituée à parler autant avec quelqu'un.

Justine. Exactement comme elle l'avait toujours ressentie être.

Mais ni l'une ni l'autre n'avait mentionné leur enfance.

124

Le grand oiseau l'avait presque fait mourir de peur. Berit ne craignait pas les oiseaux ; lorsqu'ils étaient jeunes, ses garçons avaient eu des perruches qu'elle appréciait, bien qu'elles fassent beaucoup de saletés. Cette créature énorme était apparue tout à coup, et ça l'avait surprise ; il avait planté ses serres dans ses cheveux et s'y était empêtré.

— Ne bouge pas, avait ordonné Justine. Assieds-toi et reste immobile.

Berit était devenue hystérique.

Justine l'avait attrapée par les épaules et l'avait forcée à se rasseoir dans le fauteuil.

— Il est effrayé, tu comprends. Avec tes cris et tes grands gestes.

Lentement, Justine avait dégagé les serres noires et acérées de son crâne ; elle tremblait tant la situation était pénible et gênante. Elle avait vu le bec pointu et avait éclaté en sanglots.

Ce n'était pourtant pas dans les habitudes de Berit Assarsson de pleurer.

— Il est juste curieux...

— J'ai eu si peur ! Pourquoi est-ce que tu gardes un oiseau comme ça à l'intérieur de la maison ?

Elle s'était finalement ressaisie et était sortie sur le balcon pour fumer. Quand elle rentra, l'oiseau était perché au sommet de la bibliothèque.

— Tu te prends pour une déesse Ase[1] ou quoi ? Et lui, c'est Hugin ou Munin[2] ?

---

1. Les Ases sont les principales divinités de la mythologie nordique.
2. Hugin et Munin sont les deux corbeaux du dieu Odin. Ils représentent respectivement la réflexion et la mémoire.

— Une déesse Ase ? Très drôle. Mais ce n'est pas un corbeau.

— Ça y ressemble pourtant.

— Les corbeaux sont beaucoup plus grands.

Justine avait réchauffé le vin et rempli la tasse de Berit.

— Et tes vêtements ? Pas de fiente ?

— Aucune importance, avait-elle murmuré.

J'ai surtout honte de moi, mais ça n'a aucune importance.

Elle était allée dans la salle de bains pour essayer de nettoyer le plus gros ; Justine avait allumé un feu dans la cheminée.

— Tu dois te sécher avant de ressortir. Il fait froid dehors, bien au-dessous de zéro.

Justine lui avait caressé la joue et l'avait aidée à s'asseoir dans le fauteuil, l'enveloppant d'un plaid et lui reservant à boire.

— Mon Dieu, Justine, je vais être complètement ivre avec tout ça !

— Tu n'en veux plus ?

— Et merde après tout ! Je veux bien me saouler !

Elles étaient restées là longtemps, chauffées par le feu, et elle ne s'était pas sentie aussi détendue depuis un moment – en dépit de l'annonce de la réunion de Curt Lüding au début de la semaine. Elle avait été à deux doigts de s'assoupir et aurait aimé que quelqu'un lui masse la plante des pieds, et à l'instant précis où elle avait éprouvé cette envie, Justine avait glissé sur le sol et lui avait retiré ses chaussettes.

Les mains de Justine étaient rapides et chaudes ; elles malaxaient et pressaient.

126

— Que tu es gentille, Justine, et quel talent ! Où as-tu appris à masser ?

— Je ne sais pas quoi répondre. Je n'ai pas vraiment appris...

— N'empêche que tu es vraiment douée... Doux Jésus, c'est délicieux !

Justine pétrit ses mollets, les massant et les étirant.

— Tu es tendue, Berit. Qu'est-ce qui ne va pas ? Les choses ne se passent pas bien pour toi ?

— Si, tout va bien. Ce que tu fais est absolument divin.

— Je ne veux pas dire maintenant. Dans ta vie.

Son visage s'était contracté, et elle avait réprimé ses larmes en reniflant.

— Parfois, j'ai l'impression que tout est fini, répondit-elle d'une voix rauque. Éprouves-tu aussi ce sentiment ?

Ses mains poursuivaient leur œuvre.

— Tu as un nœud là, Berit, juste au niveau de ta voûte plantaire.

— Je sais. J'ai l'impression de donner encore et toujours sans jamais rien obtenir en retour. Les garçons, d'ailleurs ce sont des adultes maintenant, plus des garçons, des jeunes hommes beaux de surcroît, ils ont effectué leur service militaire et sont revenus à la maison en permission avec l'uniforme de la Couronne. Quand je les vois, les rares fois où je les vois, j'ai du mal à imaginer que je les ai portés, qu'ils se sont développés en moi, que je leur ai donné naissance dans les douleurs de l'accouchement, que je les ai nourris au sein, que j'ai changé leurs couches et les ai regardés grandir... Nous ne parvenons plus à parler ensemble,

127

Justine. C'est vrai, nous y parviendrions peut-être si nous avions du temps, si j'étais seule avec eux sur une île déserte et qu'il n'y avait pas de distractions extérieures, personne d'aussi vivant que leur vieille mère.

— Et ton mari... ?

— Je remarque que... oui... depuis qu'il ne reste plus que lui et moi... c'est difficile. Si tu avais été mariée et avais eu des enfants, tu comprendrais ce que je veux dire. Pendant de nombreuses, de très nombreuses années, tout est centré sur les gamins. Tu fais de ton mieux pour les protéger des dangers et des tentations ; ta vie entière se résume à être un bon patent ; tu n'as pas assez en toi pour également être un bon partenaire... pas assez d'énergie... parce que tu travailles toute la journée... et un jour tout ça est fini. Les gamins se sont envolés, délaissant le nid. Et on reste là à observer l'autre, mari et femme, et on ne sait plus comment se comporter.

— Pourquoi ne pas partir en voyage ? Histoire de vous amuser ensemble ?

— Nous l'avons fait. Il m'a offert un tour du monde l'année dernière.

— Et ?

— Je ne sais pas. Ce n'est pas le même homme que celui auquel je me suis fiancée à une époque, celui qui me désirait et voulait que nous baisions plusieurs fois par jour.

— Mais... à quoi t'attendais-tu ?

— Pas à cette aliénation en tout cas. Elle m'effraie, Justine, elle me flanque une trouille terrible.

Elle était à moitié allongée dans le fauteuil et glissait vers le sol. Elle avait une douleur derrière les yeux à cause du vin chaud et des larmes.

— Tu ne te sens jamais aliénée, Justine ? Est-ce que tu es satisfaite de ta vie ?

— Je commence à l'être.

— Tu commences, comment ça ? En fait, tu n'as absolument rien dit de toi. Je suis la seule à discourir et me répandre en confidences.

— Il n'y a pas grand-chose à raconter.

— Je suis sûre du contraire.

— Peut-être. Dans quel domaine travailles-tu ?

— Je bosse dans le milieu de l'édition. Ou du moins bossais, devrais-je bientôt dire. Il va nous virer. J'en mettrais ma tête à couper.

— Des signes précurseurs ?

— Les temps sont durs. Je ne vaux plus grand-chose sur le marché du travail aujourd'hui. Trop vieille.

— Ta-ta-ta.

— J'ai quarante-cinq ans, Justine ! Toi aussi d'ailleurs. Je ne sais que travailler sur des manuscrits. Qu'est-ce que je suis censée faire d'autre si je n'en ai plus la possibilité ?

— Tu ne peux pas lancer ta propre maison d'édition ? On a toujours besoin de livres, non ?

— Sûr ! Tu te rends compte à quel point c'est dur ?

— Et ton mari ?

— Je ne veux pas vivre à ses crochets. Non, Justine. La liberté est ce qu'on possède de plus important. Tu en sais quelque chose. C'est peut-être pour ça que tu ne t'es pas mariée.

— Pas besoin de l'être pour se sentir prisonnier.

— Mmm...

L'oiseau crailla du haut de la bibliothèque avant de prendre son envol tel un grand voile noir. Il se posa à terre et sautilla jusqu'à Justine. Berit hurla et ramena ses pieds sous elle.

— Il adore manger les orteils de mes anciennes camarades de classe.

Justine lui grattouilla le cou ; il gonfla ses plumes pour paraître plus gros.

— Je suis désolée... mais ils sont un peu répugnants...

— Affaire de goût...

— Il est comme un enfant pour toi, non ?

— Oui... sans doute même davantage.

— Les animaux ne vous déçoivent jamais. Pas vrai, Justine ? C'est bien ce qu'on dit ? Est-ce que c'est vrai ?

— Tout dépend de ce qu'on attend des animaux.

— Je me souviens qu'un jour... les garçons... ils ont quasiment le même âge. Ils s'appellent Jörgen et Jens. La police a appelé... nous avons dû les emmener à l'hôpital. Ils avaient tellement bu qu'ils n'étaient pas capables de rentrer à la maison. On peut en mourir ; ils étaient empoisonnés par l'alcool. L'état de Jens était le plus alarmant, il était si petit ; il gisait en position fœtale à mon arrivée. J'avais envie de hurler, Justine, c'était mon bébé. Pourquoi est-ce qu'on ne peut pas les garder près de soi toute la vie ?

# Chapitre 11

Elle s'acheta une voiture, une Volvo. Elle était si neuve que personne n'en avait été propriétaire avant ; elle ne manquait pas de personnalité pour autant. Rouge et élégante, elle était exposée dans la vitrine du concessionnaire, et Justine était entrée et avait ouvert la portière conducteur. L'odeur aussi était neuve. Elle était chaude, confortable et avait une boîte à vitesses automatique. Elle aurait sans doute pu négocier le prix, cela ne lui vint pas à l'esprit.

Elle retira la somme nécessaire et y retourna le lendemain.

Le vendeur lui dit :

— C'est une voiture nerveuse. Elle est très puissante. Vous ne le regretterez pas.

— Je sais.

— Aussi rapide qu'un projectile. Si vous fréquentez les autoroutes de cette bonne vieille Allemagne, vous doublerez même les Porsche.

— Ce n'est pas dans mes intentions, répondit-elle. Mais merci pour le tuyau.

Il neigeait. Des flocons fins et légers qui voletaient au vent et limitaient la visibilité. Les pneus neige se trouvaient dans le coffre. Le vendeur lui avait dit qu'il pouvait les installer pour elle, dans ce cas, elle devrait attendre un jour supplémentaire.

— Vous pouvez vous fier à ces pneus-ci. Ce sont des modèles stables, adaptés à toutes les saisons et conçus pour le climat scandinave.

Elle dérapa dans le rond-point de Vällingby. Elle rétablit néanmoins sa trajectoire sans difficulté.

Un nom étrange et amusant lui vint à l'esprit.

La reine de la cabriole. Pourquoi pas, après tout ?

Flora était assise dans le fauteuil près de la fenêtre. Ils l'avaient calée avec des coussins et attachée au dossier avec une sangle.

Justine avait monté les escaliers en courant. À présent, elle était dans la chambre, et des paquets de neige fondaient autour de ses bottillons.

— C'est bien que tu sois levée. J'ai l'intention de t'emmener faire un tour.

Les lèvres de la femme remuèrent, et un fin filet de salive s'en échappa.

La porte s'ouvrit, et une infirmière poussant un fauteuil roulant entra. Une femme inconnue s'y trouvait, et ses longues mains aux veines apparentes trituraient quelque chose sur ses genoux.

L'infirmière dit :

— Regarde, Flora ! Tu as de la visite. C'est magnifique que ta fille soit venue.

— J'ai acheté une nouvelle voiture, déclara Justine.

La radio était allumée ; quelqu'un pleurait dans le couloir.

— C'est que vous en avez les moyens ! répondit l'infirmière.

— Parce que vous non ?

— Moi, acheter une voiture ! Combien croyez-vous que les infirmières gagnent ?

— Prenez ma vieille dans ce cas. Elle fonctionne bien, enfin dans l'ensemble. Quand elle fait des caprices, il suffit de lui pulvériser un peu de 5-56. Ensuite, elle roule comme un charme. Je n'en ai pas besoin. C'est une Opel Rekord. Si vous la voulez, prenez-la et considérez que c'est un prêt à long terme. Conduisez-la jusqu'à ce qu'elle tombe en pièces détachées.

L'infirmière rougit.

— Je ne voulais pas...

— Allons, je n'ai plus l'intention de l'utiliser. Une voiture me suffit amplement. Elle est chez moi ; vous pouvez venir la chercher quand cela vous convient. Elle est juste dans l'allée.

— Je ne peux quand même pas...

— Sinon, elle part à la casse.

— Elle roule ?

— Bien sûr qu'elle roule.

— Je ne comprends pas... Pourquoi en avez-vous acheté une nouvelle dans ce cas ?

— On n'a qu'une vie. Je le pouvais, alors je l'ai fait.

— C'est une façon de voir les choses.

— Ou de se voir soi-même.

— Pardon ?

— Non, rien.

Justine fit un geste en direction de Flora.

— Comment va-t-elle ?

— Comme d'habitude.

— Je pensais l'emmener pour un essai.

— Est-ce qu'il ne fait pas un peu mauvais pour ça ?

— Et alors ?

— Euh... oui, pourquoi pas ? N'avez-vous pas dit que quand quelque chose est possible, on doit le faire ?

— Exact.

— C'est juste que... Pouvez-vous l'habiller ? Nous sommes en manque de personnel. Je dois m'occuper de Märta ici, qui est d'ailleurs la nouvelle voisine de chambre de Flora.


Elle n'était pas plus épaisse qu'une poupée de papier et ne contrôlait ni ses jambes ni ses bras. Si on les pliait d'arrière en avant, ils se déboîteraient.

Justine la porta sur son lit. Elle ne pesait guère plus que l'oiseau. Elle lui enfila des chaussettes, un pantalon de flanelle, un cardigan et une veste. Elle lui mit des charentaises aux pieds et un châle sur la tête.

Elle appela l'infirmière.

— C'est suffisant, d'après vous ?

— Bien sûr. Mais c'est plus facile de les habiller en position assise.

Justine souleva sa marâtre dans ses bras. Le corps émacié tremblait à travers les vêtements. Un goût étrange lui monta à la bouche.

— Utilisez le fauteuil roulant pour la descendre ! lui dit l'infirmière.

— J'y arriverai comme ça. Elle n'est pas plus lourde qu'un moineau affamé.

— Un fauteuil roulant est plus approprié.

L'infirmière tira légèrement sur le nœud sous le menton de Flora.

— Flora, dit-elle en riant. Vous avez l'air d'un œuf de Pâques.

Elle emprunta l'ascenseur pour descendre avec le fauteuil.

Deux femmes en blouses blanches montèrent en même temps qu'elles.

— Oh, comme ce sera agréable de sortir un moment. Vous ne pensez pas ?

— Elle ne peut pas parler, répondit Justine.

Un son émana de la gorge de Flora, une espèce de gargouillis.

Les femmes avaient déjà changé de sujet. Arrivées en bas, elles aidèrent Justine à sortir le fauteuil roulant de l'ascenseur.

Elle le plaça devant l'entrée pendant qu'elle allait chercher la voiture. Elle se gara juste devant les portes vitrées. Elle glissa ses mains sous le corps de Flora et l'installa sur le siège passager. Elle boucla la ceinture de sécurité. Les yeux de Flora erraient de-ci de-là, et son châle glissa sur son front.

— Il y a longtemps que tu n'es pas sortie, pas vrai ? Est-ce que tu es sortie une seule fois depuis ton...

Elle appuya sur l'accélérateur et dérapa immédiatement.

— Oups ! Voilà qui peut vraiment se révéler dangereux. Où veux-tu aller ? Pas à la maison, en tout cas, tu y as passé trop de temps. Non, rejoignons plutôt l'autoroute. Il faut que je vérifie les performances de ce bijou.

Dans le virage menant à la E18, après le magasin Ikea, elle dérapa si violemment que la voiture effectua une volte-face et fit un tête-à-queue. Elle entendait des hoquets et des halètements en provenance de Flora, dont les mains reposaient telles des feuilles flétries sur ses genoux. Justine les toucha ; elles étaient glacées. Elle appuya sur des boutons pour enclencher le chauffage. Puis elle fit pivoter la voiture et s'engagea sur l'autoroute.

Elle alluma la radio sur la station diffusée à la maison de retraite, Megapol. Elle reconnut la mélodie, une chanson datant de la période où elle était avec Nathan, et elle eut l'impression qu'on lui avait donné un coup de poing dans le ventre. Elle augmenta le volume, et il fut avec elle. Assis sur le siège arrière, il se penchait vers elle, et ses mains caressaient ses seins. Tout était comme avant qu'ils prennent l'avion ; il se montrait gentil et tendre à son égard.

Non. C'était Flora qui était là... Justine se faufila sur la voie de gauche et elle cria comme s'il était nécessaire qu'elle couvre le bruit du moteur. Comme si la neige et le vent avaient pu l'affaiblir.

— C'est la première fois que je la conduis. Pour de vrai. Je voulais que tu sois là aussi.

Pied au plancher, toutes ces petites voitures minables, elle était sur la voie express à présent, alors pourquoi pas. Elle les klaxonnait, mais elles restaient où elles étaient comme des obstacles ; elle vira à droite et les dépassa. Puis elle accéléra de plus belle et sentit la voiture partir.

— Ma reine de la cabriole ! cria-t-elle.

Le vendeur lui avait expliqué qu'on appelait ça l'effet turbo. Il avait une voix très particulière, celle qu'il n'employait qu'avec les femmes. Elle avait remarqué qu'il était marié et l'avait imaginé se jetant sur sa femme dans le lit conjugal et introduisant son turbo en elle.

— Ça, c'est de la puissance ! s'était-il exclamé en ouvrant le capot.

Tout était neuf et propre à l'intérieur. Il avait caressé le moteur ; ses mains étaient roses et lisses.

En lui tendant les clés, il avait saisi son poignet et ne l'avait pas lâché.

— Voici ma carte, avait-il dit. Si vous avez besoin de quoi que ce soit, n'hésitez pas à appeler.

La femme à côté d'elle avait baissé la tête comme si elle dormait. Une faible odeur se dégageait de ses pores, se mêlant à l'odeur de la voiture neuve.

— À quelle vitesse crois-tu que nous puissions aller ? cria Justine.

L'aiguille du compteur oscillait aux alentours de deux cent quarante kilomètres/heure, tantôt au-dessus tantôt en deçà. C'était le matin, et la circulation était dense. Des champs, des panneaux de sortie. Elle continua sur la voie de gauche ; il n'y avait plus personne devant elle. Par contre, une voiture se trouvait derrière. La police ? Non. Une Mercedes blanche conduite par un homme seul. Il la collait de près, sans la laisser gagner du terrain. Elle appuya à nouveau sur l'accélérateur et nota sa bouche ronde dans le rétroviseur.

Il était déterminé et vira à droite, s'apprêtant à la dépasser.

Hors de question. On ne doublait pas la reine de la cabriole si facilement.

Elle accéléra, et il lui adressa un doigt d'honneur. Puis elle vit sa voiture sortir de la route et foncer droit dans une clôture de barbelé.

Elle relâcha sa prise sur le volant.

Elle se rabattit sur la voie de droite et y resta jusqu'à ce qu'elles aient atteint Enköping où elle bifurqua vers une station-service. Elle se gara. Elle entendit le rire clair de Nathan derrière elle : Ma chérie, mon amazone.

*Je serais capable de me couper un sein pour toi, tu sais.*

Elle prit la tête de Flora entre ses mains et la redressa. Elle lui caressa les joues de ses manches. À présent, les orbites profondes de ses yeux avaient totalement débordé.

— Ne t'inquiète pas, lui dit-elle. C'est juste le courant d'air produit par la vitesse.

Quand elle lâcha prise, la tête de Flora retomba sur sa poitrine.

— Est-ce que tu veux quelque chose ? Un café ou autre chose ? Nous sommes comme qui dirait en excursion. Réfléchis à ce qui te ferait plaisir, Flora. Je vais aux toilettes, j'en ai pour une minute.

Dès son entrée dans la station, ses jambes commencèrent à trembler.

Non ! Nathan ne le verrait jamais !

Elle trouva les toilettes, et verrouilla la porte. Quelqu'un avait gribouillé des graffitis sur les murs, des mots d'insulte.

Elle prit un comprimé contre les maux de tête et but de l'eau directement au robinet. Elle attendit là un moment et se ressaisit.

Elle vit ses yeux dans le miroir, son visage sévère et fermé. Elle se ressemblait, mais pas tout à fait.

— *You bastard*[1], dit-elle.

La femme dans le miroir éclata de rire.

---

1. Tous les passages en anglais proviennent de la version originale. « Salaud. »

## Chapitre 12

Berit remplit la baignoire et s'allongea dans le bain chaud. Elle était transie de l'intérieur, avec l'impression que tous les os de son corps, jusqu'au plus court, avaient gelé de part en part.

Elle avait dîné avec Tor, une petite pizza à emporter chacun. Elle n'avait pas faim et n'avait grignoté qu'un morceau du milieu. Il s'était abstenu d'émettre un commentaire quand elle avait débarrassé les assiettes.

— Nous aurions dû adopter un chien, tu ne crois pas ? avait-elle dit.

Pour toute réponse, il avait haussé les épaules.

Il s'était ensuite éclipsé dans la petite pièce du second étage qu'il aimait appeler son bureau. Il s'agissait de l'ancienne salle de jeux des garçons. À une époque, une piste de voiture courait d'un bout à l'autre de la pièce, et ses fils y avaient construit des assemblages de Lego avec leurs camarades. Ils avaient ainsi bâti une cité entière. À présent, tout était remisé dans des cartons rangés dans le garage ou à la cave, elle ne se souvenait plus. Elle supposait qu'un de ces jours on les sortirait de nouveau, pour les petits-enfants.

Tor s'était approprié cette pièce, ce qui ne la dérangeait pas. Il y avait toujours des documents dont il devait s'occuper ou des appels à passer. Ils étaient allés chez Ikea et avaient acheté un bureau Kavaljerr, un siège Kristofer et un meuble informatique Jerker. Ils avaient consacré des vacances de Pâques à peindre les murs en blanc et à fixer des carreaux de plâtre au plafond. Berit avait trouvé une chute de tissu assez longue pour servir de tenture. Le bureau privé avait alors été achevé.

Après le dîner, il s'y retirait toujours. Cela lui permettait d'éviter les discussions. Il était incapable de gérer les problèmes ; elle l'avait appris au cours de toutes ces années passées ensemble. Tout était censé se dérouler sans accrocs, et si ce n'était pas le cas, il faisait une grimace et se plaignait d'un début de migraine.

La mère de Berit affirmait qu'elle avait repéré ce trait de caractère bien avant d'apprendre à le connaître.

— Je ne veux pas t'attrister, mon cœur, mais je crois que tu dois te préparer à l'idée que tu seras le membre fort de ce couple.

— Maman... comment peux-tu dire une chose pareille ?

— Les mères discernent certaines choses, avait-elle répondu, énigmatique.

Les mères discernent certaines choses. Berit aussi était mère, et que discernait-elle chez les amies de Jörgen et de Jens ? Qui était le plus faible dans leurs cas ?

Sur bien des points la mère de Berit ne s'était pas trompée. Comme pour la naissance des garçons... Tor l'avait accompagnée à l'hôpital, mais n'avait pas supporté l'attente. Les odeurs du lieu lui attaquaient les muqueuses et le rendaient pâle et nauséeux. Elle avait dû rester seule, combattre seule les douleurs durant de longues heures, et après la délivrance la sage-femme n'avait pas réussi à le joindre à la maison.

Il avait raconté qu'il avait erré toute la nuit en pensant à elle ; qu'il lui avait communiqué des ondes de force et d'intensité. Elle devait bien les avoir ressenties, non ?

Et plus tard, quand les garçons avaient contracté la varicelle et toutes les autres maladies infantiles – Jörgen était sujet aux otites à répétition –, qui avait dû encaisser les coups ? Bien sûr, Berit était femme au foyer les premières années, pour autant une pause aurait été utile et appréciée. Impossible. Il détestait les maladies de toutes formes et se serait probablement retiré à l'hôtel la durée des infections, si cela n'avait pas paru déplacé.

— Ah, les hommes qui passent leur temps à compter, lui disait sa mère, dont le visage revêtait une expression particulière.

Le père de Berit cultivait des concombres.

Elle sortit de la baignoire et se sécha avec soin. Il était vingt et une heures. Autant enfiler sa tenue de nuit tout de suite et se mettre au lit. Elle était réchauffée à présent, et mieux valait se glisser sous la couette sans attendre d'attraper froid.

— Tor, je vais me coucher, lança-t-elle. Tu restes encore un moment debout, je suppose ?

— Oui, la soirée est à peine entamée !

Il était sur le seuil de la porte ; elle resserra timidement la serviette autour d'elle.

— Est-ce que tu couves quelque chose ?

— Non, pas du tout, siffla-t-elle. Je suis juste fatiguée. Cette journée a été un véritable enfer.

Il la surprit en entrant dans la salle de bains et en écartant lentement et doucement la serviette. Il la considéra et retira ses lunettes.

— Qu'est-ce que tu fais ? demanda-t-elle avec irritation.

— À la réflexion, je crois que je vais me mettre au lit aussi.

Avait-il l'intention de faire l'amour ? Elle n'en avait pas la force. Elle réalisa qu'elle ne se souvenait pas de la dernière fois qu'ils l'avaient fait.

Elle était allongée sur le dos dans le lit, avec son pyjama de laine et d'épaisses chaussettes grises. Tor faisait le tour de la maison pour éteindre toutes les lumières. Le lave-vaisselle se mit en route. Oui, bien sûr, il était rempli à ras bord. Quand il arriva, elle ferma les yeux, feignant de dormir.

D'abord, il s'installa dans son propre lit, mais au bout d'un moment, il souleva sa couverture et se glissa à côté d'elle.

— Tor... je ne veux pas.

— J'en avais pas l'intention, mentit-il.

Sa voix était blessée. Maintenant, elle allait devoir l'amadouer et essayer de se rattraper.

— Désolée, murmura-t-elle en se tournant vers lui.

Quelques instants plus tard, elle dit :

— Tor ?

— Oui ?

— Est-ce que tu pourrais envisager de déménager à Luleå ?

Il gloussa sèchement.

— Je suis sérieuse. Est-ce que tu l'envisagerais ?

— À Luleå, parmi tous les endroits possibles ? Absolument pas !

— Alors, je vais être obligée de déménager seule. Enfin, si je veux continuer à travailler. Curt va transférer la maison d'édition entière là-bas.

Son bras émergea de dessous la couverture. Il tâtonna le mur à la recherche de l'interrupteur qu'il finit par trouver. Il s'assit dans le lit et la dévisagea, sans vraiment la voir évidemment, puisque ses lunettes étaient sur la commode.

— À Luleå ? répéta-t-il.

Et à cet instant, elle était si lasse de lui, de tout, qu'elle dut se retenir pour ne pas hurler.

— Oui, à Luleå ! Il reçoit un sacré paquet de subventions, et il a ses maudites racines là-haut. Dans l'enfer des Lapons.

— Berit...

— Voilà ce qu'il en est ! Merde !

— Quand l'as-tu appris ?

— Il nous l'a annoncé lundi. Tu n'étais pas là évidemment. Je n'ai pas eu l'opportunité de te raconter.

— Est-ce que vous allez être virées ?

— Pas du tout. Et c'est ça qui est le plus pervers dans l'histoire, car il n'y en aura qu'une ou deux d'entre nous qui aurons la possibilité de le suivre. Personne ne veut partir volontairement.

— Mais il n'a pas besoin de vous alors ?

— Besoin ! Il va sans doute réduire les effectifs. Et s'il veut s'agrandir là-bas, il y a pléthore de Norrlandais qui voudront le job. En cas de besoin, il les embauchera.

— Tu devrais contacter le syndicat, Berit. Il ne peut pas décider n'importe quoi. Il y a des lois à suivre, des procédures à respecter.

Elle fit une grimace et posa les pieds à terre.

— Le syndicat ! Parce que tu crois qu'on est syndiquées ? Ce n'est pas l'usage dans notre secteur d'activité, tu le comprends ?

Il dit :

— Descendons discuter un moment et boire un cognac.


Il alluma un feu dans la cheminée et l'enveloppa dans une couverture avant de lui tendre un verre de cognac.

— Ça, c'est la merde ! Luleå !

— Je vais me retrouver au chômage, Tor. À l'âge de quarante-cinq ans, presque quarante-six.

— Tu vas redevenir femme au foyer.

— Jamais de la vie !

— Au moins, nous n'aurions pas à manger des pizzas à emporter.

— Quel est le problème avec les pizzas ?

— Ce n'est pas à moi qu'il faut demander.

— Je n'avais pas franchement faim, dit-elle en buvant une gorgée de cognac. Peut-être que maintenant tu comprends pourquoi.

— Berit, dit-il avec douceur. Ne jette pas l'éponge. Tu es encore jeune. Tu devrais commencer à chercher un nouvel emploi. Ça s'arrangera.

— Est-ce que tu es au courant du taux de chômage actuel dans le pays ? Tu ne lis jamais les journaux ? Pas plus tard qu'aujourd'hui j'ai vu un article au sujet d'un jeune homme de vingt-cinq ans au chômage depuis l'obtention de son diplôme d'ingénieur. Un gamin bardé de diplômes et hautement qualifié qui avait postulé pour toutes sortes de jobs. Il avait un dossier plein de lettres de refus... des réponses négatives, quoi. Des quatre coins du pays. Même de Luleå, soit dit au passage.

— Ma chérie, ne te fais pas une montagne d'une taupinière. Pas avant de t'être assurée que la situation est aussi mauvaise que tu le redoutes.

Ils vidèrent leurs verres et retournèrent se coucher. Il n'y avait rien à ajouter.

Depuis son lit, il réussit à lui caresser la joue.

— Il y a autre chose, chuchota-t-elle. Et ça me remplit véritablement d'angoisse.

Il marmonna à demi ; il s'endormait déjà.

— C'était à Hässelby, samedi dernier, quand je suis rentrée si tard. Cette ancienne camarade de classe dont je t'ai parlé… celle avec un nom français…

Qu'est-ce qui lui avait pris ? Pourquoi les événements avaient-ils tourné ainsi ? Qu'est-ce qui avait transformé un enfant en victime ?

Et qu'est-ce que j'avais ? D'où m'était venue cette cruauté ?

Les enfants sont sensibles aux différences, et ce qui était survenu à sa mère la rendait différente de nous. Elle n'avait pas une vraie mère. La sienne était morte d'une manière mystérieuse dans leur maison. Quand Justine était jeune. Puis son père s'était remarié avec sa secrétaire. Les commérages allaient bon train. Nous avions dû en entendre une partie quand les adultes prenaient le café dans les chalets. C'est arrivé à l'école primaire, en CP, qui était dans le bâtiment de pierre à cette époque… On avait placé Justine à côté de moi alors que je voulais m'asseoir à côté de Jill, il y avait eu un malentendu. La maîtresse a dit : Oui, c'est bien, les filles, asseyez-vous là. Justine était laide et grêle, aussi épaisse qu'une limande. Ne l'étions-nous pas toutes… ? Elle se cramponnait à moi. Pour la simple raison qu'on s'était retrouvées l'une à côté de l'autre, elle pensait qu'on serait les meilleures amies du monde. Je crois que je lui ai expliqué d'entrée de jeu que ce ne serait pas le cas, mais elle était un peu lente à la détente et elle n'a pas compris. Toutes les personnes normales auraient compris, pas elle. Pendant les récréations, elle nous suivait Jill et moi : à quoi allions-nous jouer, est-ce que je peux jouer aussi ? Nous étions obligées de la frapper pour nous débarrasser d'elle. Elle avait de l'argent ; son père était aussi riche que Crésus. Elle se faufilait au magasin pour acheter des bonbons en veux-tu en voilà. Elle les cachait à différents endroits pour que nous les trouvions, et nous fouillions partout pour mettre la main dessus. Je me souviens que cela m'exaspérait aussi. Mlle Messer la surprit, alors qu'il était interdit de quitter la cour de l'école et interdit d'y introduire des friandises. Elle dut rester après la classe, je crois ; notre maîtresse n'osa sans doute pas la toucher, mais la força probablement à réfléchir et avoir honte de son comportement.

Elle nous faisait toutes enrager. C'était sa faute. Nous étions des gosses ; nous n'avions guère de discernement…

Elle essayait de m'acheter. Et celui qui doit payer est toujours dans une position d'infériorité.

— Viens chez moi après l'école, Berit. J'ai un carton rempli de pastilles Sandy.

— Et Jill ?

— Jill peut venir aussi, bien sûr.

C'était cette fameuse maison, celle située près du lac, et ils possédaient un ponton derrière et un grand et beau bateau. Son père était l'unique propriétaire du groupe Sandy.

— Flora n'est pas là, dit-elle.

— Flora… c'est ta mère ?

Elle avait haussé les épaules.

— Ta mère est morte, c'est ça ?

— Oui.

— Elle est au cimetière ?

— Oui.

— Elle était étrangère, non ?

— Elle était de France. Et quand je serai grande, je m'installerai là-bas.

— Elle parlait suédois, ta mère ?

— Bien sûr.

— Tu parles français ?

— Papa va m'apprendre. Quand il aura le temps. En ce moment, il a beaucoup trop de travail. Avec les usines.

Quand nous arrivâmes à proximité de chez elle, elle nous enjoignit de ne pas faire de bruit.

— Au cas où Flora ne serait pas encore partie.

Elle n'était pas encore partie. Nous nous cachâmes derrière la grosse pierre et la regardâmes descendre l'escalier. Elle était si différente de nos mères. La mienne était vieille ; je le conçus en voyant Flora. Elle était presque aussi svelte que nous. Elle était maquillée comme une star de cinéma. Elle avait du mal à marcher sur le gravier avec ses talons aiguilles qui s'y enfonçaient. Une voiture l'attendait au bord de la route. Elle monta à l'arrière ; le chauffeur lui tint la portière ouverte et la referma derrière elle.

Elle ne nous remarqua pas.

— Elle va faire des courses, nous expliqua Justine. Elle adore le shopping.

Justine avait une clé pendue à un ruban autour de son cou. Elle devait se tenir sur la pointe des pieds pour ouvrir la porte. Nous éprouvions une certaine répugnance à nous faufiler à l'intérieur de sa maison, comme si nous commettions un acte interdit. Comme si elle-même se livrait à une action répréhensible.

Sa chambre au deuxième étage ressemblait à la mienne. Un lit, un bureau, des livres. Quelques poupées et peluches. Elle s'agenouilla et extirpa un carton du dessous de son lit.

— Ta-lam ! s'exclama-t-elle en ôtant le couvercle, avec un geste digne d'un prestidigitateur.

Le carton était entièrement rempli de petites boîtes de pastilles Sandy.

— Servez-vous !

Nous prîmes quatre boîtes chacune, Jill et moi. C'est tout ce que nous pouvions tenir dans nos mains.

— Bon. On y va maintenant, déclara Jill.

Justine bondit et nous barra le seuil de la porte.

— Est-ce que vous voulez voir l'endroit où ma mère est morte ?

Nous échangeâmes un regard.

— D'accord, dis-je.

— Suivez-moi alors !

C'était près de la grande fenêtre.

— C'est là, par terre, que ma mère est morte.

— Pourquoi elle est morte ?

— Il y a un truc dans son cerveau qui a craqué.

— Est-ce qu'elle était folle, ta mère ? demanda Jill en gloussant.

— Non…

— Tu es folle alors, peut-être que ça vient d'elle, dit Jill.

— Je ne suis pas du tout folle !

Je fixai le plancher marron brillant en essayant d'imaginer la femme qui avait été la vraie mère de Justine gisant là, agonisante, avant de pousser son dernier soupir.

— Est-ce que tu as pleuré ? demandai-je.

— Pleurer quand ça ?

— Quand ta mère était là et qu'elle est morte.

— Sans doute.

Elle dévala les escaliers devant nous.

— Vous voulez voir autre chose ?

— Non.

— Allez. Vous ne voulez pas voir autre chose ?

— Quoi donc ?

— À la cave.

— Mais quoi à la cave ?

Elle avait déjà ouvert la porte qui y menait et s'était engagée sur les marches.

Jill me lança un regard.

— Passe en premier.

150

Il n'y avait rien de particulier dans la cave. Une grande chaudière au fuel, un étendoir avec des draps qui séchaient. Une essoreuse près de la fenêtre et un tas de pavés avec des pots de fleurs vides dessus.

— Qu'est-ce qu'il y a de si intéressant dans cette cave ? demandai-je.

Elle arborait un air mystérieux. Le nœud qui tenait ses cheveux s'était détaché et pendait accroché à quelques mèches. Elle ouvrit une porte sur une pièce plus petite.

— Là ! dit-elle en pointant du doigt.

Il y avait une grande cuve dans la pièce, comme celles qu'on utilise pour faire bouillir le linge. Rien d'autre.

— Qu'est-ce qu'elle a de spécial ? Mes grands-parents en ont une aussi.

— Flora me met des fois dedans.

— Quoi ?

— Quand elle est fâchée contre moi.

— Elle te met là-dedans ?

— Oui.

— Pourquoi elle fait ça ?

— Elle la remplit d'eau et me fait tremper pour laver mon entêtement. Elle dit qu'elle va faire bouillir mon obstination pour m'en débarrasser.

Des frissons parcoururent ma moelle épinière, mais il ne s'agissait pas de peur ou de compassion ; c'était un autre sentiment bien plus excitant.

J'y ai beaucoup pensé ces derniers jours. Les enfants semblent dénués d'empathie. Mais est-ce toujours le cas ? Ou était-ce juste moi... et ma famille ? J'avais des parents gentils et bons qui me traitaient bien. Peut-être même qu'ils me gâtaient ; ils étaient très âgés à ma naissance. J'étais une enfant unique ; pas de frères et sœurs à qui j'aurais pu me frotter. C'est sûr qu'en réunissant ces conditions j'étais plutôt choyée.

Mais même un enfant peut choisir ses amis. Elle aurait pu coller aux basques de quelqu'un d'autre et pas tout le temps aux nôtres, à Jill et moi. Elle apportait des boîtes de pastilles Sandy dans son cartable ; nous avions le choix entre menthe et miel, et si on ne parvenait pas à se décider, elle nous donnait les deux. Qu'est-ce qu'on n'aurait pas fait pour nous débarrasser d'elle !

Je crois que c'est moi qui ai suggéré que nous allions au cimetière. C'était loin, il fallait remonter tout Sand-viksvägen si on voulait s'y rendre directement et ne pas courir dans les petites rues latérales.

Elle se cramponnait à nous comme une sangsue. Jill et moi parlions ensemble en l'ignorant ; je savais qu'elle nous suivrait et, en fait, j'y comptais.

Ce devait être fin septembre ou début octobre, parce que les feuilles étaient encore vertes, mais l'air était frisquet. Nous portions des vestes et des pantalons longs, et nous avions nos cartables, que nous emmenions partout. On en était très fières, et ça indiquait qu'on était assez grandes pour aller à l'école.

Nos boîtes de pastilles durèrent jusqu'à notre arrivée au cimetière.

— Qu'est-ce qu'on va faire ? demanda Justine.

— Nous allons dire bonjour à ta maman.

Non sans peine, nous réussîmes à ouvrir le lourd portail de fer, mais fûmes ensuite incapables de le refermer. Nous le laissâmes donc ouvert. Justine connaissait l'emplacement exact de la tombe ; elle nous conduisit tout droit pendant un moment puis bifurqua sur la droite. La stèle était grande et blanche, et un nom dont je ne me souviens plus y était inscrit.

— Je me demande à quoi elle ressemble à présent, dis-je. Il ne reste sans doute plus que les os. Et plein de cheveux. Il paraît qu'ils continuent à pousser sur les morts à l'intérieur de leurs cercueils. Les cheveux et les ongles aussi.

— Je ne veux pas devenir un squelette ! hurla Jill. Je ne veux pas que mes ongles continuent à pousser !

— Personne ne le veut, répondis-je.

— On a tous besoin d'un squelette à l'intérieur de soi, sinon on s'effondrerait en tas, dit Justine.

On déambula vers le bâtiment blanc qui se situait plus loin. Un vieil homme ratissait l'allée juste derrière.

— C'est la maison des morts, déclarai-je. C'est là qu'on met les cadavres ; ceux qui doivent être enterrés et attendent leur tour.

Le vieil homme s'arrêta de ratisser et cria dans notre direction. Nous feignîmes de ne pas avoir entendu et nous cachâmes derrière une haie. Il nous chercha des yeux, la main en visière, puis il accrocha le râteau et s'éloigna. Il franchit le portail qu'il referma soigneusement. Nous étions désormais seules dans l'enceinte du cimetière.

Il y avait un tonneau destiné à recueillir l'eau de pluie à côté de la maison des morts. En regardant dedans, je constatai qu'il était complètement plein ; des algues avaient rendu les parois glissantes.

— Jouons au poisson, proposai-je, parce que je devinais que Jill n'allait pas tarder à déclarer qu'elle voulait rentrer chez elle.

— C'est quoi jouer au poisson ? demanda Justine.

— À l'aquarium, répondis-je. Le tonneau serait notre aquarium.

— Nous ne sommes pas censées jouer ici, répliqua Jill.

— Le vieux bonhomme est parti.

Le silence régnait. Le vent passait à travers les feuilles des bouleaux, mais il n'y avait pas d'oiseaux. Ils devaient déjà s'être envolés vers des pays plus chauds. Je me souviens si bien de tout cela. C'est étrange. Je n'avais que sept ans.

— Justine sera le poisson, dis-je.

Je vis qu'elle s'apprêtait à protester, avant de se recroqueviller comme s'il lui fallait rassembler son courage pour accepter.

— Est-ce que je dois me déshabiller ? demanda-t-elle.

— Qu'est-ce que tu en penses, Jill ? Est-ce qu'elle doit se déshabiller ?

Jill se mordit la lèvre et acquiesça. Puis elle poussa un gloussement ; elle avait cette façon d'exploser soudain en fous rires. Et moi aussi, je gloussais. Nous ordonnâmes à Justine de se déshabiller, et elle s'exécuta. Elle aurait pu refuser. Tout le monde a un libre arbitre après tout. Elle aimait probablement ça d'une certaine manière, non ? Peut-être qu'elle éprouvait un certain plaisir quand Flora la plaçait dans la cuve ? Sinon, pourquoi nous l'aurait-elle raconté ?

Il y avait des traces d'urine sur sa culotte ; je le vis quand elle l'enleva. Elle avait la chair de poule. Elle était incapable de se hisser dans le tonneau toute seule si bien que nous dûmes l'aider. Il y eut un splash au moment où elle glissa à l'intérieur. Elle cria : l'eau était froide contre son ventre nu.

— Maintenant, tu es notre poisson, dis-je.

Elle éclaboussa un peu, prétendant nager.

— Nous allons te nourrir. Que mangent les poissons ?

— Ils mangent... des vers.

Quelque chose se produisit en Justine, elle se tint droite comme un piquet dans le tonneau, les yeux écarquillés.

— Pas des vers ! Jurez-le-moi ! Je suis pas cette sorte de poissons ! Je mange que des feuilles !

— Tais-toi, lui intimai-je. Les poissons ne parlent pas.

Nous arrachâmes quelques feuilles aux buissons et les firent tomber en pluie au-dessus de Justine. Elle se calma. Ses cheveux étaient mouillés, et ses dents commençaient à claquer.

Je ne sais pas qui j'étais, ce qui m'avait pris ; je n'étais qu'une enfant de sept ans. Je vis le tuyau accroché au mur ; je le déroulai et ouvris le robinet.

— On va rajouter de l'eau dans ton aquarium, dis-je à Justine qui faisait des bonds sur place pour protester.

J'y ai repensé depuis. Je voulais vraiment la voir avec de l'eau jusqu'au menton, oui, et même jusqu'à la bouche et au nez. Je savais très bien qu'elle pouvait se noyer, mais cela ne m'affectait pas. Ou plutôt, c'était intéressant de voir comment ça se passait. Le déroulement des actions. Quand les gens se noient. Je tirai le tuyau jusqu'au bord du tonneau et j'y déversai l'eau.

Au début, elle cria en agitant frénétiquement les bras. Je ne pus m'empêcher de viser sa tête avec le tuyau. L'eau dégoulinait sur son visage et dans sa bouche. Ensuite, j'ai pensé que ce devait être vraiment froid. L'eau atteignait son menton.

— Tu devrais couper l'eau, me dit Jill.

J'étais presque incapable de me contrôler.

— Arrête, Berit ! Arrête !

En l'absence de réaction de ma part, elle ferma le robinet elle-même. Justine avait si froid qu'elle était agitée de violents tremblements.

Je m'éloignai de quelques mètres en réfléchissant. Puis je ramassai un bâton sur le sol.

Je le tendis au-dessus du tonneau.

— Regarde ! Je pêche !

Jill courut également chercher un bâton.

— Qui va faire une touche ? criai-je. Qui aura une touche en premier ?

Je pensais probablement que Justine allait attraper les bâtons afin que nous la tirions à l'extérieur et qu'elle se rhabille. Elle n'en fit rien. Elle resta dans le tonneau à trembler. Je lui assenai un coup de bâton juste au-dessus d'une oreille. Jill me regarda avant de m'imiter.

Si seulement elle avait pleuré.


Je me souviens que nous avions alors entendu des pas sur le gravier, et nous avions balancé nos bâtons, et nous avions couru, Jill et moi. Nous nous étions enfuies. Mon Dieu, comme on a dévalé la colline, qui est à présent le jardin du souvenir pour ceux qui ont été incinérés ; on avait franchi le portail et on s'était précipitées dans la forêt sur la droite où on s'était tapies dans la mousse. Je ne pense pas qu'on se soit souciées de Justine un seul instant ou qu'on se soit inquiétées de savoir comment elle allait et si nous l'avions blessée. La seule chose qui nous ennuyait, c'était l'éventualité qu'elle cafte et que nous soyons punies.

Elle n'arrivait pas à dormir. La pendule rétro-éclairée sur le mur indiquait minuit et demie. Le visage de Tor était tourné vers elle ; il ronflait de manière sonore. Elle se leva. Il devait y avoir des somnifères dans l'armoire à pharmacie ; on lui avait prescrit du Sobril quand ses nerfs faisaient des leurs ; elle n'avait jamais ouvert la boîte. Oui, elle était là. Les médicaments étaient peut-être périmés ; elle était incapable de déchiffrer la date sans ses lunettes. Elle fourra deux petits comprimés blancs dans sa bouche et les avala avec un peu d'eau qu'elle avait versée dans son gobelet à dents.

## Chapitre 13

L'appartement de Hans Peter sur Fyrspannsgatan donnait sur le cimetière du secteur résidentiel. Chaque année à la Toussaint, il avait coutume d'allumer deux cierges, puis restait immobile devant la fenêtre du séjour à rêvasser. Dehors, sur les tombes, les bougies votives brillaient d'une lueur voilée et solennelle. C'était le seul jour où le parking du cimetière était plein. Il y avait même des voitures garées le long de Sandviksvägen.

À cette période, alors qu'une cape obscure recouvrait la ville et la campagne, il songeait sans surprise à sa sœur. Elle aurait eu trente-huit ans. Elle serait sans doute la mère épanouie de deux enfants, et serait institutrice de maternelle ou peut-être propriétaire d'un magasin d'alimentation bio. Oui, c'est ainsi qu'il l'imaginait. Elle et son mari habiteraient probablement dans un pavillon à Stuvsta, près de leurs parents. Comme sa mère aurait été heureuse !

Ce matin-là, ce furent le bruit et les phares d'un chasse-neige effectuant des allers et retours pour dégager les trottoirs qui le réveillèrent. Une gêne, presque une véritable douleur, lui taraudait les tempes. Il n'avait pas réussi à s'endormir en rentrant vers chez lui vers cinq heures ; il avait un peu somnolé et avait sombré

dans un rêve étrange et morbide. Quelle heure était-il ?
Dix heures et demie. Autant s'habiller.

Le cimetière était recouvert d'une épaisse couche
de neige semblable à de la crème fouettée. Hans Peter
prépara du café et quelques sandwiches avec du jambon
et des rondelles de tomates assaisonnées de sel et de
poivre noir. Il s'installa à la table de cuisine et feuilleta
distraitement le *Dagens Nyheter*.

Il y était beaucoup question de cette femme qui
allait être exécutée au Texas. Elle s'appelait Karla Faye
Tucker et avait été condamnée à mort ; elle avait exactement l'âge qu'aurait eu sa sœur. Karla Faye Tucker
avait des cheveux épais et de beaux yeux calmes.
L'article stipulait qu'elle avait été convertie et sauvée.
Le pape en personne avait réclamé la grâce, mais elle
ne lui serait vraisemblablement pas accordée. Elle serait
attachée sur la table matelassée dans la chambre de la
mort à une heure du matin, précisément quand lui serait
assis derrière le bureau de la réception. Un bourreau
chercherait la veine dans son bras et, l'ayant localisée,
lui injecterait la solution létale.

On n'a qu'une vie et on doit s'efforcer d'en faire ce
qui nous plaît. Karla Faye Tucker ne l'avait pas compris
avant qu'il soit trop tard.

Il se sentait à nouveau abattu. Cela lui arrivait
plusieurs fois par an, pour autant ce n'était pas une
dépression. Une dépression avérée serait plus lourde,
plus profonde, plus difficile. Non, c'était plutôt une
certaine forme de lassitude. Il était las du rythme de ses
journées et de la monotonie de sa vie.

Une longue promenade l'aiderait sûrement à recou-
vrer une meilleure humeur. Il enfila ses bottes d'hiver

fourrées et l'anorak que Liv lui avait offert en cadeau pour un lointain anniversaire. Bien qu'il ait déjà plusieurs années, il l'utilisait souvent. Il n'était pas si chaud, mais protégeait du vent et, pour peu qu'on mette un pull en dessous, on n'avait pas du tout froid. Il avait l'habitude de pulvériser de l'imperméabilisant après chaque nettoyage, et ça devait aider à sa conservation.

Au moment où il s'apprêtait à partir, le téléphone sonna.

C'était sa mère. Il lui dit qu'il était sur le point de sortir, était-ce important ? Pouvait-il la rappeler ?

— C'est l'anniversaire de ton père aujourd'hui, Hans Peter.

— Oh, merde. Bien sûr !

— Tu ne l'avais pas oublié ?

— Il s'est passé tellement de choses au travail. Oui, j'avais complètement oublié.

— Tu n'as pourtant pas beaucoup de proches auxquels penser. Ou oublier.

Cette remarque le piqua au vif.

— Je sais ! J'ai oublié, c'est impardonnable !

— Il est sorti pour le courrier quand le facteur l'a distribué.

— Arrête maintenant, Maman !

— Est-ce que tu viens ce week-end ? Nous pouvons organiser un repas d'anniversaire à cette occasion. Enfin, si tu as le temps.

— Oui, oui, oui, bien sûr que je viens.


Il marcha entre les arrêts de bus sur Sandviksvägen et bifurqua sur la gauche à la hauteur du kiosque jaune.

La neige rendait la progression difficile à certains endroits. Les voitures roulaient au pas. Une armada de chasse-neige déblayait les trottoirs et sablait la route. Un jeune facteur le dépassa à vive allure sur sa bicyclette lourdement chargée, et il se souvint de l'époque où lui aussi avait travaillé à la distribution du courrier. Heureusement que cette période était révolue. Il était trop vieux pour ce genre de boulot désormais.

Il serait bientôt trop vieux pour tout.

Il descendit la colline en direction des bains publics, qui aujourd'hui ne ressemblaient pas du tout à un lieu de baignade. La neige s'étalait sur la grève et les jetées, par-dessus une couche de glace si épaisse qu'on ne distinguait pas la limite de la plage. Il continuait à neiger en faible quantité, sans ces espèces de petits flocons tranchants qui s'introduisent dans les yeux en virevoltant et provoquent des maux de tête ou aggravent celui dont on souffre déjà. Il enfonça son bonnet et longea le rivage en direction de Riddersvik.

Cela ne lui aurait pas déplu de vivre ici, dans l'une des maisons mitoyennes bénéficiant d'une vue fantastique sur le lac. Bien sûr, elles coûtaient une petite fortune. Et il était célibataire. Parfois, il envisageait d'essayer de se trouver un appartement en centre-ville, mais il aimait la nature ; il n'était pas un citadin. Cette situation un peu excentrée et à proximité du Mälar lui convenait.

Quelques années auparavant, on avait construit une passerelle de planches qui serpentait le long de la paroi rocheuse et s'achevait par un balcon au-dessus de l'eau. Elle constituait un raccourci vers Riddersvik et Tempeludden. On s'y sentait proche de la nature, proche des grands saules. Quand le lac était gelé, de très nombreux skieurs-patineurs s'adonnant au « longue distance skate » se regroupaient ; ils arrivaient en glissant tout le long depuis Enköping, ou de lieux encore plus éloignés. Il se demandait si la glace était assez épaisse pour supporter le poids, mais il ne vit aucune trace humaine, juste les empreintes de pattes de petits animaux légers. Les buissons ensevelis sous la neige et la glace avaient gelé en formant des sortes de coraux figés. Il se pencha pour mieux les observer. Il aurait dû apporter son appareil photo. Pourquoi ne pensait-il jamais aux superbes clichés qu'on peut prendre en hiver ?

Il entendit un bruit ; une femme avançait avec un gros chien noir sur la passerelle. Le chien était puissant, et elle avait toutes les difficultés du monde à le retenir. Son museau velu était constellé de neige, et cette vision était si amusante qu'il ne put réprimer un sourire.

Elle s'arrêta et repoussa quelques mèches sous la capuche de sa veste jaune vif. Son visage était rouge, et elle ne portait pas de maquillage.

— Beau chien, dit-il, sans oser le flatter.

— Oui. Il appartient à ma fille.

— C'est vous qui le promenez ou l'inverse ?

— On est en droit de se poser la question, répondit-elle en riant.

Elle tira sur la laisse et prononça un nom qui sonnait comme Freya.

— Est-ce qu'il s'appelle Freya ? Comme l'émission de radio ?

— Non, son nom, c'est Feja. C'est une femelle et d'habitude elle n'est pas du tout aussi têtue. C'est seulement avec moi... ma fille et son compagnon la dressent pour en faire un chien de sauvetage.

— Ah bon. Quel genre de sauvetage ?

— Euh... fit-elle sur un ton hésitant, des gens qui ont disparu ou sont piégés dans des bâtiments effondrés, par exemple.

— Ça paraît intéressant.

— Mais elle est encore assez jeune ; elle n'a que trois ans.

— C'est un Schnauzer, non ?

— Oui, un Schnauzer géant. Elle est en chaleur, c'est pour ça qu'elle n'écoute pas trop et obéit mal. Nous devons continuer maintenant. Allez, viens, Feja !

Il resta là et les regarda disparaître au-delà de la colline.

Pour la énième fois, il eut envie d'adopter un chien.

S'il en avait eu un, les deux bêtes se seraient reniflées le derrière pendant un moment, pour satisfaire aux usages de la gent canine, et il aurait ensuite poursuivi sa promenade ainsi qu'il le faisait à présent. En haut, sur la droite, se situait le parc de Riddersvik et, en contrebas, tous les jardins ouvriers. Il aurait lâché Bella à cet endroit précis. Elle aurait dévalé et remonté la pente comme un boulet de canon et se serait roulée dans la neige. Il lui aurait peut-être lancé un bâton pour qu'elle le lui rapporte.

Il grimpa jusqu'au sommet où se dressait le pavillon particulier, avec ses colonnes dignes d'un temple tout droit sorti des *Mille et Une Nuits*. Des grilles noires en bloquaient l'accès aux piétons ; elles chantaient et produisaient des sons comme un orchestre au grand complet lorsque le vent en provenance du lac Mälar s'engouffrait entre elles. C'était une musique à la fois belle et lugubre. Un gros crochet était fixé au centre du plafond. Quelqu'un s'était-il pendu là ? Il pouvait presque visualiser la scène et le corps accroché qui se balançait.

Il la découvrit un peu en contrebas de la colline. Elle gisait derrière un arbre creux, à moitié appuyée contre le tronc, et la neige tombait sur elle. Elle l'avait dégagée aussi loin qu'elle avait pu, et là ses bras reposaient sur le sol, et sa tête penchait légèrement.

Il avait failli passer à côté d'elle sans la voir. Par la suite, il songea que s'il avait eu un chien, celui-ci aurait immédiatement détecté sa présence.

Sa première pensée fut qu'elle était morte. Il s'abaissa vers elle et lui prit délicatement le menton. Il était froid, mais elle respirait. Il l'allongea sur le sol et releva ses jambes. Il se souvenait que c'était ce qu'on faisait, du moins s'agissant d'une personne juste évanouie.

Quelques secondes après, elle émit un son et ouvrit les yeux. Son visage était aussi pâle que la neige alentour.

— Dieu merci, vous êtes vivante ! s'exclama-t-il, en tombant à genoux à côté d'elle.

Elle humecta ses lèvres et déglutit à plusieurs reprises.

— Vous devez avoir perdu connaissance. Je vous ai découverte contre ce tronc.

— Je courais… dit-elle d'une voix rauque.

Il vit alors qu'elle portait des chaussures de jogging et une espèce de survêtement.

— Que s'est-il passé ? Vous avez chuté ?

Elle essaya de s'asseoir. Il la prit par le bras et l'aida.

— Allez-y doucement pour ne pas tomber à nouveau.

Elle poussa un gémissement et saisit son pied gauche. Elle se redressa à grand-peine, s'agrippant à son anorak durant la manœuvre.

— C'est mon pied… je me souviens maintenant, il s'est dérobé sous moi.

— Est-ce qu'il peut vous soutenir ?

— Non, pas vraiment…

— Vous l'avez peut-être foulé.

— J'ai une vieille blessure à ce pied. Il me lâche souvent ; j'aurais dû y penser.

— Vous allez devoir vous rendre à l'hôpital.

— Non, ça ira du moment que j'arrive à rentrer chez moi.

Elle était environ du même âge que lui, peut-être plus vieille. Sa voix était haut perchée et enfantine. Il réfléchit qu'il ne serait pas capable de la porter.

— Si vous me laissez simplement m'appuyer sur vous… ? suggéra-t-elle.

— Où habitez-vous ?

— Pas loin d'ici. On voit la maison dès la sortie du pont.

Elle passa un bras autour de son cou, et ils commencèrent à s'éloigner de l'arbre en glissant et dérapant. C'était extrêmement désagréable. Parfois, quand elle se cognait le pied, elle en avait le souffle coupé de douleur.

— Si c'est cassé, il vous faudra un plâtre.

— Ce n'est pas cassé.

— Comment pouvez-vous en être sûre ?

— Je le suis.

— Je devrais peut-être… me présenter. Hans Peter Bergman. J'habite à Hässelby Strand. Je pensais juste faire une longue promenade.

— Vous ne serez pas allé bien loin, je le crains.

— Tant pis pour cette fois.

— Je m'appelle Justine Dalvik.

— Kristin ?

— Non. Justine.

Ils avaient atteint des bâtiments et un enclos où paissaient des chevaux. Les animaux portaient des couvertures humides ; ils grattaient la neige de leurs sabots comme s'ils avaient hâte de rentrer.

— Voulez-vous que nous frappions à la porte pour demander de l'aide ?

— Oh, non… Ce serait bien trop mélodramatique.

Un homme apparut au sommet de l'escalier. Il leur lança un regard indifférent puis se dirigea vers sa voiture qui était mal garée devant le portail.

— Excusez-moi... l'interpella Hans Peter.

L'homme s'arrêta.

— Nous aurions besoin d'aide.

Il avança vers eux, les mains ouvertes.

— Je parle mal suédois, s'excusa-t-il.

— Pas de problème, du moment que vous savez conduire.

— Conduire, je sais. Vous voulez je conduire vous ?

— Merci, ce serait gentil de votre part. Cette dame est blessée au pied. Il s'agit d'un petit trajet ; elle n'habite pas très loin d'ici.

Ils entrèrent enfin chez elle.

— Je ne sais comment vous remercier pour votre aide.

Il y avait un sous-entendu dans sa voix, comme si elle ne voulait pas qu'il parte tout de suite.

Il proposa :

— Je peux jeter un coup d'œil à votre pied ; j'ai appris les premiers soins à l'armée.

— D'accord, si vous voulez… allons à la cuisine.

Un gros oiseau était posé sur le plan de travail. Il buvait de l'eau dans un bol.

— J'espère que ça ne vous donne pas une mauvaise impression, dit-elle tout bas.

— Comment cela ?

— Cet oiseau effraie certaines personnes.

— C'est clairement inhabituel. Il vous appartient ?

Elle acquiesça. Il délaça sa chaussure, s'assit en face d'elle et posa sa jambe sur ses genoux.

— N'est-ce pas une mauvaise idée de courir quand ça glisse dehors ?

Son visage avait récupéré des couleurs.

— C'est évident, répliqua-t-elle d'une voix sèche.

Son pied avait une forme étrange avec des petits ongles incurvés. Il avait un jour lu un article qui expliquait que les femmes ont des ongles de pied incurvés tandis que ceux des hommes sont plats. Il se demanda pourquoi.

La cheville présentait un léger œdème. Il saisit son pied et le plia d'avant en arrière.

— Est-ce que c'est douloureux ?

— Un peu.

— Alors, ce n'est probablement pas cassé. Je vais vous le bander si vous désirez.

— Merci. Dans ma chambre à l'étage, une armoire contient quelques médicaments et du matériel médical. Il me semble qu'il y a notamment une bande élastique. Vous pensez que vous trouverez ? C'est la pièce avec un seul lit.

Il monta l'escalier raide situé dans le couloir. Deux affiches encadrées des années 1940 étaient suspendues au mur. Il s'agissait de publicités pour des pastilles. Au sommet, le hall donnait sur une grande pièce remplie de livres. Il jeta un œil aux titres sans oser s'attarder. La porte de sa chambre à coucher était entrouverte. Le lit était fait, mais le sol était jonché de plumes et de graines. Une grande branche émergeait du sol. Il réalisa qu'elle était fichée sur un pied pour sapin. Elle gardait visiblement l'oiseau avec elle.

— Ça va ? s'enquit-elle depuis le rez-de-chaussée.

— Où m'avez-vous dit qu'était cette armoire ?

— À gauche de la fenêtre. Vous la voyez ?

Oui, elle y était. Il s'accroupit et l'ouvrit. Des quantités de flacons et boîtes et, tout au fond, un rouleau de bande élastique. Au moment où il le prit, il sentit la présence de l'oiseau quelque part derrière lui. Il se percha sur son arbre et émit un son rocailleux. Hans Peter se figea.

— N'ayez pas peur, cria-t-elle. Il ne vous fera pas de mal.

L'oiseau le fixait d'un œil. Il avait retroussé une patte sous son ventre et faisait claquer son bec. Hans Peter se sentait mal à l'aise. Est-ce qu'il fondrait sur lui s'il bougeait ? Il plaça ses bras devant en guise de protection et se rapprocha de la porte en marchant en crabe. L'oiseau battit des ailes, mais demeura à sa place.

— Pourquoi est-ce que vous avez cet oiseau ? lui demanda-t-il.

Il avait bandé son pied et leur avait fait chauffer du lait. Il n'en avait pas bu depuis son enfance. Ils s'étaient installés dans la grande pièce du haut, celle avec les livres. Il lui avait dit qu'il allait partir ; en fait, il l'avait déjà dit plusieurs fois.

— Pour me tenir compagnie, entre autres.

— Est-ce que de gros oiseaux comme celui-là ne se sentent pas mieux à l'extérieur ?

— Ce n'est pas possible. Il est trop marqué par les êtres humains. Si on le lâche à l'extérieur, les autres oiseaux l'attaquent immédiatement.

— Avez-vous essayé ?

Elle hocha la tête.

— Il s'est envolé jusqu'au chêne là-bas, et tout à coup, le ciel s'est empli de pies. Certaines l'ont attaqué, et il a eu de la chance parce qu'il a perdu l'équilibre et est tombé dans mes bras. Depuis, il prend peur à la minute où on ouvre la fenêtre.

— Personne d'autre ne vit avec vous ?

Elle secoua la tête.

Ici aussi, il y avait des affiches encadrées vantant les mérites des pastilles Sandy. Il les désigna, perplexe.

— Sven Dalvik était mon père. L'usine Sandy, vous savez...

Il ne savait pas, ce qui eut l'heur de la réjouir.

Il fit le tour de la pièce pour examiner les livres.

— Vous aimez lire ? demanda-t-elle.

— Oui, dans ma prochaine vie, je serai bouquiniste.

— Et dans celle-ci, quel métier exercez-vous ?

— Je suis le réceptionniste de nuit d'un hôtel.

— Je vous aurais plutôt imaginé médecin, vu le grand professionnalisme avec lequel vous avez bandé mon pied.

Il la fixa d'un air sérieux.

— Vous étiez là, dans la neige, comme si vous étiez morte. Comme si vous aviez été assassinée.

— Assassinée ! Pourquoi dites-vous une chose pareille ?

— Ça ressemblait vraiment à un meurtre dans un film.

— Oh...

— Si je n'étais pas venu...

— J'aurais repris conscience au bout de quelques minutes. Cela m'est déjà arrivé. Mon pied cède sous mon poids, ça fait horriblement mal, et je m'évanouis à cause de la douleur.

— Comment ça se fait ?

— Je me le suis cassé il y a longtemps. Je n'ai pas vraiment récupéré de cette fracture depuis. J'essaye de la consolider en courant. Maintenant, je vais devoir y renoncer.

— Oh, oui, ce serait indubitablement une bonne idée !

Il continuait à observer les rayonnages de livres.

— Avez-vous acheté tous ces livres vous-même ?

Elle éclata de rire, un rire bref et vaguement dédaigneux.

— Vous me croyez incapable de le faire ?

— Ce n'est pas ce que je sous-entendais !

avaient ramassées, ce qui ne l'empêcha pas de continuer à décrire des cercles au-dessus de l'arbre pendant un long moment.

— Flora, c'est bien toi, non ? Tu te souviens de moi, non ?

Elle tourna la tête. C'était le matin.

La femme dans l'autre lit la dévisageait. Depuis combien de temps ?

— Je comprends… que tu ne peux pas parler, mais tu dois me reconnaître : c'est moi, Märta Bengtsson. Ton père était le propriétaire de la jardinerie Klintgården ; nous venions régulièrement acheter des betteraves rouges.

La chair grise et flasque sous son menton, ses yeux larmoyants, son bras aux veines apparentes qui la désignait.

— Dire que nous avons atterri ici… et dans la même chambre par-dessus le marché. La magnifique Flora Dalvik et moi.

Oh, oui, elle se souvenait très bien de cette gosse négligée qui se cramponnait à ses parents et ne cessait de brailler. Le nom de sa sœur était…

— Vous alliez danser ensemble, ma sœur et toi. Qu'est-ce que j'étais jalouse ! Vous étiez si ravissantes avec vos robes… Et tu portais toujours du rose. Oui, c'était bien du rose… même si tu disais abricot. Abricot ! On savait que c'était le nom d'une espèce de fruit, et c'était tout.

Märta Bengtsson avait réussi à attraper la barre au-dessus du lit et essayait de se redresser. Ses bras tavelés se raidirent, mais elle n'avait pas assez de force. Elle retomba dans les coussins en émettant un pet sonore.

S'ensuivit un gloussement édenté.

— Penser qu'on finit ainsi toi et moi ! Qui l'aurait cru ?

Flora ferma les yeux. Siv, voilà comment elle s'appelait. Siv aux longs orteils. Elles avaient appris à danser dans sa chambre, et les sœurs de Flora étaient également de la partie. En tout cas, l'une d'entre elles. Laquelle ? Rosa, celle qui aimait le plus danser ?

Elle avait fini par tomber enceinte, Siv. Ça devait arriver. La peau tendue sur son ventre. Pourtant, elle n'en mourut pas, non, elle continua à sourire. À sourire et à rire tout le temps de sa grossesse jusqu'à ce qu'une nuit, le gosse se pointe.

Une honte pour la famille ? Bien sûr, c'était toujours un scandale quand c'était dévoilé. Qu'une fille avait enlacé un homme sans la bénédiction d'un prêtre. Pour sa part, elle avait souvent enlacé Sven Dalvik avec toutes les bénédictions du prêtre… En vain.

— Tu sais que Siv est morte, j'imagine ? Il y a de ça quelques années, en 1992. Elle s'est couchée, et elle est morte sur son oreiller. Juste comme ça. Pourquoi on nous permet pas cette chance ? Se coucher et mourir dans notre sommeil.

Les blouses blanches. Des clapotis et la puanteur des pots de chambre. L'humidité entre les jambes, disparue. Elle était toujours glacée quand on lui retirait ses couches, une vague de frissons parcourait son ventre et ses cuisses. Rester là à exhaler une odeur fétide comme un poisson fraîchement tranché. Elle observait leur

174

jeune visage, se demandant si elles parviendraient à se contrôler, si elles seraient capables de dissimuler ce qu'elles ressentaient vraiment ? La mixture marron et gluante. Oui, ses intestins lui avaient joué de mauvais tours, que ce soit en cauchemar ou dans la réalité. Elle avait entendu les pas de la fille au cours de la nuit ; ils s'étaient rapprochés au rythme des soldats qui défilent, et elle avait fixé la porte, mais celle-ci ne s'était pas ouverte. C'était la nuit.

— Avez-vous mangé un aliment qui ne vous convient pas, Flora ? Je pense que nous allons vous donner du thé aujourd'hui, plus de café.

— Bon Dieu, qu'est-ce que ça pue !

— Ne vous inquiétez pas, Märta, nous allons ouvrir la fenêtre.


À présent, elle était installée dans le fauteuil jaune vif, et Märta Bengtsson était en face d'elle. Comme un couple de vieilles amies.

— Il y a un truc qui me chiffonne. Pourquoi es-tu dans ce genre de service ? Non pas que ce soit mes affaires, mais… tu sais, il y a des maisons de retraite privées. Bon, d'accord, ici, c'est censé être privé, mais je te parle de ces établissements haut de gamme où on dispose quasiment de son infirmière personnelle. Tu dois avoir les moyens de te payer ça. Vu l'importance de la fortune Dalvik. Vous ne l'avez quand même pas dilapidée de votre vivant ? Enfin, je veux dire du vivant de Sven Dalvik ? C'est sûr que vous aviez un style de vie si différent des autres… Du mien au moins. C'est ce qu'on lisait dans les journaux. Une vie de fêtes et de galas. Tu as vécu une vie riche, Flora. Alors, je le répète : penser qu'on finit ainsi !

Une vie riche ? Oui. Pour ce qui est de l'argent. Oui. Très riche.

Et après qu'elle avait mis cette gamine au pas, c'était devenu un peu plus facile. Elle avait offert de l'amour, prête à prendre la fille contre son cœur et à l'aimer. Mais cela s'était révélé une mauvaise méthode. La tactique du siège était plus appropriée. Le siège et la conquête.

Elle emmenait parfois Justine à la cave pour lui donner une leçon : elle l'installait dans la cuve et allumait le feu. Jamais assez chaud pour la brûler, jamais à ce point.

Un enfant doit apprendre les limites.

La manière dont Sven courbait l'échine devant sa fille commençait à lui taper sur les nerfs. L'éclat dans ses yeux quand il la prenait dans ses bras et la couvrait de baisers et de caresses. Les yeux de la fille ne la quittaient pas ne serait-ce qu'une seconde. Ils la scrutaient, brillant de triomphe.

Cette fille avait quelque chose de malsain. Qui s'apparentait à une maladie mentale.

Elle avait essayé d'en parler à Sven. Après qu'ils avaient fait l'amour et seulement dans ces moments-là. Il était alors attentif et ouvert aux suggestions, même s'il ne partageait pas son opinion.

— Non ! répondait-il. Il n'y a rien d'anormal chez elle. Tu dois essayer de la comprendre, Flora. Elle est toujours en deuil de sa mère.

— Sven, mon chéri, elle ne peut décemment pas se souvenir de sa mère.

176

— C'est ce sentiment de perte. Il la ronge de l'inté-rieur jusqu'à la rendre complètement vide. Nous ne pouvons pas laisser faire cela. Il faut que nous la préservions en lui donnant tout notre amour.

Tout ? pensait-elle. Tout notre amour ?

Elle lui ouvrait alors à nouveau ses bras et ses jambes. Viens et prends-moi encore, mon chéri, ensemence-moi et féconde-moi.

— Elle entend bien ce que nous disons, n'est-ce pas, infirmière ?

— On ne sait pas. Mieux vaut peser ses mots.

— Savez-vous qu'elle a été une amie très proche de ma sœur Siv ?

Non, nous n'avons jamais été des amies si intimes. Seulement en surface, si tu es capable de concevoir ça dans ta petite cervelle ratatinée. Elle était grossière et maladroite, exactement comme toi et toute ta famille. Je revois ton père qui rentrait chez vous en titubant le samedi après-midi, avec cette démarche saccadée et mal assurée... vous vous sauviez telles des souris. Il battait parfois Siv qui se précipitait chez nous en pleu-rant. Comment peut-on s'abaisser à raconter des choses aussi honteuses ? Elle était presque fière d'exhiber ses ecchymoses. Mais, pendant sa grossesse, il a viré de bord. Comme s'il avait été touché par la grâce ; il devint une sorte de papi gâteau pour le garçon.

Mais avant ça… Il jetait dehors dans le froid femme et enfants. Attention, c'est moi, j'arrive, moi, le grand maître de la maison. Ma mère ne se serait jamais, jamais laissé chasser de cette façon de son propre foyer. Si mon père s'était amusé à boire de l'eau-de-vie dans le seul but de s'enivrer… je crois qu'elle l'aurait enterré dans le champ à patates.

Ta mère avait du sang tsigane. C'est pour ça qu'elle était incapable de résister. La culpabilité était inscrite en elle, le sceau tsigane. Un jour, il la frappa à la bouche avec une telle violence que sa lèvre éclata et le sang gicla. Nous le vîmes par la fenêtre, Siv et moi. Espèce de putain tsigane ! lui hurlait-il à la face ; elle était pieds nus et à moitié dévêtue. Dire qu'elle se laisse faire, dis-je plus tard à Siv. C'en fut alors vraiment fini de notre amitié.

— Ensuite tu as épousé ce charmant directeur veuf, Dalvik. Tu lui as mis le grappin dessus, en deux temps trois mouvements ! Après, tu ne venais plus nous rendre visite. Ma fille Marie était dans la même classe que la sienne. Nous nous croisions aux réunions parentales. Tu tenais son bras de manière si correcte. Tu feignais de ne pas me connaître. Mais ce n'était pas moi qui avais tant changé, Flora, c'était toi. Moi, je n'avais eu aucune difficulté à te reconnaître. On ne peut pas se cacher, tu sais, quelle que soit la qualité de l'étoffe qu'on revêt. Qu'on soit drapé de soie, de velours ou de haillons.

Elles ressemblaient toutes à leur père avec sa carrure grossière et sa peau grasse et sombre. Flora, elle, était si gracile.

— Tu es aussi petite qu'une gamine, lui disait Sven Dalvik en la prenant dans ses bras.

Sa fille s'était enfin endormie. Ce n'est qu'alors qu'il pouvait se consacrer entièrement à son épouse. Il attrapait ses hanches étroites ; étaient-elles assez larges

178

pour porter un enfant ? Les petits mamelons roses ; elle était aussi plate qu'un garçon. Elle avait les cheveux courts à cette époque-là. Il l'appelait son petit gars.

La fille dormait, mais on n'en était jamais tout à fait sûr. Elle pouvait se lever et apparaître sur le seuil de leur chambre, avec ces yeux étincelants et parfaitement éveillés, ce regard interrogateur : que-fais-tu-avec-mon-père ?

Elle n'atteignait plus l'orgasme.

Cela ne semblait pas le contrarier. S'en rendait-il seulement compte ?

— Je n'arrive pas à me détendre ; tout est bloqué ; tout s'est bloqué en moi.

— Ne t'inquiète pas pour ça. C'est parce que tu y penses trop que ça ne fonctionne pas.

— Partons de nouveau en voyage. Notre périple à Londres a été abrégé. Poursuivons-le, choisissons Paris cette fois-ci.

Il ne voulait pas quitter la fille. Pas de manière si rapprochée. Il voyageait déjà tellement. Pour ses affaires. Plus tard, Flora. Plus tard.

Et le temps s'écoula, et Justine entra à l'école.

— Qui prendrait soin d'elle ? disait-il. Si nous partions tous les deux en voyage, toi et moi ? Qui l'habillerait et l'enverrait à l'école avec son cartable ?

— Tu as trouvé une solution la dernière fois.

— C'est différent à présent. Je ne peux pas la trahir à plusieurs reprises.

Il s'en allait donc seul et revenait avec des cadeaux onéreux. Une bague en diamants en guise de compensation et cette espèce de trompette pour la fille.

— Si tu joues de cette chose à l'intérieur, je m'en vais !

Si toutefois le terme jouer était adéquat !

La fille allait sur la plage et soufflait jusqu'à ce que son corps tout entier soit plié en deux. Les canards s'approchaient, attirés par le son ; ils auraient dû avoir meilleur goût. Mais cela semblait la rendre heureuse.

— Je joue pour les oiseaux, Papa !

— Mon petit génie. Plus tard, tu formeras un orchestre.

Les canards montaient sur le ponton et le salissaient avec leurs excréments. Et qui, selon lui, allait nettoyer ? Crois-tu que j'ai accepté d'emménager ici pour nettoyer de la fiente d'oiseau répugnante sur un vieux ponton !

Non.

Impossible de se quereller avec cet homme. Il se mordait la lèvre et restait silencieux. Au bout du compte, c'était elle qui devait céder et demander son pardon.

La gamine. Tout était de sa faute. Surprotégée et gâtée.


Elle avait glissé sur son fauteuil. Elle était très fatiguée. Märta Bengtsson ne l'avait pas quittée des yeux, lui ôtant tout repos.

— Mademoiselle l'infirmière ! Venez un instant, je vous prie ! Je crois que Mme Dalvik s'est évanouie.

— Non, c'est juste une impression. Il faut simplement qu'on la redresse, comme ceci.

— Elle est peut-être fatiguée et aimerait s'allonger.

— Non, c'est bon pour vous de rester debout. Ainsi, les journées paraissent moins longues.

180

En tout cas, c'était bienveillant de la part de Märta Bengtsson. Flora lui adressa un hochement de tête. Märta le lui rendit.

— Qui l'aurait cru ? Que nous finirions ainsi.

Parfois, une colère noire l'envahissait. Pas à l'encontre de Märta ou des soignantes. Non, envers Sven. Soixante-dix ans et en pleine forme jusque-là, un après-midi, il avait agrippé son cœur et s'était effondré en haut des marches. Elle était à la fenêtre, l'avait vu et avait immédiatement appelé une ambulance. Il bloquait le passage devant la porte, si bien qu'elle avait dû employer toute sa force pour le repousser lentement afin que l'ouverture soit assez grande pour qu'elle puisse se faufiler à l'extérieur. Il gisait là, sur le perron, et une espèce de mousse s'échappait de la commissure de ses lèvres.

Le lendemain matin, il était mort.

Elle était assise à côté de lui et lui tenait la main. Justine était de l'autre côté. Il les avait toutes les deux près de lui, ce qui ne l'avait pas empêché de les quitter.

Qui sera assis à mon côté quand l'heure viendra ?
Je ne veux pas mourir.
Je veux vivre.

## Chapitre 15

Certains jours, ils se liguaient tous contre elle. Tous les élèves de la classe sans exception. Ils se tenaient par la main, des mains couvertes de gants aux pouces mouillés, et formaient un cercle. La maîtresse n'y voyait rien d'autre qu'une scène banale : les enfants faisaient la ronde, le souvenir de l'ouverture des cadeaux au pied de l'arbre de Noël encore frais dans leur mémoire. Le vent agitait leurs écharpes, leurs voix aiguës résonnaient. En se rappelant la petite fille innocente qu'elle était alors, elle sentit une vague de chaleur envahir sa poitrine.

— *Justine a disparu, Justine a disparu, Justine a disparu et la pisse est apparue.*

En fait, Justine avait constamment envie d'aller aux toilettes, mais elle oubliait d'y aller ou plutôt y répugnait. La seconde hypothèse était la plus probable car les filles l'y avaient retenue et placée dans une situation embarrassante.

Flora se mettait évidemment en colère et lui agitait sa culotte souillée d'urine sous le nez.

À force d'avoir le bas-ventre humide, elle avait développé des irritations, et des marques rouges étaient apparues.

182

Elle était étendue dans la neige. Personne ne l'avait poussée. Elle s'était allongée volontairement, et ils n'en finissaient plus de tourner avec leurs après-ski usés. Elle gisait là tel un agneau sacrificiel.

Elle avait senti quelque chose de dur s'enfoncer dans son flanc. Le temps était relativement clément et la neige malléable. Ils élevaient une construction autour d'elle ; ils bâtissaient un puits, et elle était au fond.

Les murs blancs irréguliers. Tout là-haut, elle percevait de la lumière, grise et blafarde. Elle entendit la cloche sonner, qui les appelait à rejoindre leur classe.

— Allons-y, maintenant, cria Berit.

Elle était l'ange aux cheveux blonds, celle qui décidait.

— Dépêchez-vous pour que la maîtresse ne vous gronde pas.

Elle aurait pu se lever et s'arc-bouter contre la paroi qui se serait effondrée ; ce n'aurait sans doute pas été difficile.

Elle n'avait pas bougé.


La maîtresse, Flora et elle. Le tic-tac de l'horloge murale.

— Regarde-nous quand nous te parlons !

— Il faut dire qu'elle a perdu sa mère...

— Mais cela ne date pas d'hier, et elle a une nouvelle mère désormais. Elle ne peut pas se réfugier derrière cette vieille histoire pour le reste de sa vie. Il faut que nous l'aidions à passer à autre chose. Sinon, cette petite rencontrera beaucoup de problèmes par la suite.

Flora portait son chemisier blanc.

— Nous voulons seulement ton bien, Justine, tu le sais.

La maîtresse aux mains couvertes de craie blanche.

— Elle n'est pas dénuée de talent. Elle pourrait faire davantage d'efforts et participer au lieu de rester si silencieuse pendant la classe. Je sais qu'elle a des ressources. Et elle est responsable de sa propre vie, comme le sont tous les êtres humains, même les écoliers.

— Nous allons devoir en parler à Papa sinon, Justine. Et tu n'y tiens pas, je me trompe ?

Non, là, elle touchait un point sensible. Son père devait être épargné. Il ne fallait pas qu'il sache. Il avait déjà assez de problèmes avec cette sorcière qui partageait sa maison et son lit.

*Pensons à quelqu'un, Justine, quelqu'un que seuls toi et moi connaissons.*

*Oui. À Maman.*

Flora lui infligeait des corrections, mais jamais quand son père était là. Elle l'enfermait à la cave avec ses livres d'école, mais elle n'avait plus la force de l'obliger à rentrer dans la cuve.

— Je t'écouterai réciter tes leçons plus tard, bien que cela soit inutile. Tu es un cas désespéré de toute façon.

Comment ça, un cas désespéré ?

Parfois, elle s'enfuyait de la cour d'école. Ce n'en était que plus difficile après, quand ils la retrouvaient. Berit l'empoignait et désignait son corps.

— Regardez le nez français de Justine !

— Beurk ! Quel nez affreux et répugnant !

— Regardez le menton français de Justine !

— Beurk ! Quel menton affreux et répugnant !

— Regardez le cou français de Justine !

— Beurk ! Quel cou affreux et répugnant !

Des mains qui tiraient sur ses vêtements, ses boutons et baissaient ses fermetures Éclair. Elle se dégageait et courait aussi vite qu'elle le pouvait. Ces mouvements inattendus les surprenaient ; elle jouait habituellement le rôle de la victime avec tant de bonne grâce.

Mais, là, elle était en fuite, elle leur échappait.


Un enchevêtrement de racines et de taillis. Elle était venue ici une fois avec le Chasseur. Quand elle s'enfuyait de l'école, elle le retrouvait souvent à cet endroit. Il portait une veste en cuir et sentait les feuilles et l'humus.

Le Chasseur s'accroupit et l'observa.

Il était le seul à le faire.

Il l'emmena chez lui. Il y avait un chat avec des vibrisses blanches et un poêle à bois en fer. Derrière la maison, il fendit des bûches pour alimenter le feu. La cuisine grondait sous l'effet de la chaleur.

Il ne lui dit pas qu'elle ne devait pas leur prêter attention. Il ne dit rien.

Il lui caressa doucement le dos.

Ils s'installèrent à sa table et jouèrent au solitaire. Il avait de toutes petites cartes avec des fleurs japonaises au verso. Ils se mesuraient pour déterminer qui aurait posé toutes ses cartes en premier. Le chat traversa la table de sa démarche gracieuse et légère. Quand il se couche, le Chasseur lui gratta les coussinets du bout des ongles, et tout son corps trembla.

— Est-ce que tu es aussi chatouilleuse que lui, Stina ?

Il l'appelait toujours Stina, jamais son Justine français.

Quel était le nom du Chasseur ?

Elle ne parla jamais de lui à personne. Une sorcière habitait chez elle. Son mauvais œil aurait pu tomber sur lui, et toute prière pour le sauver se serait alors révélée inutile.

Quelques fois, son père voulait lui parler sérieusement. Elle le remarquait à sa manière de hausser les épaules. Elle le pressentait déjà alors qu'ils étaient attablés et en perdait l'appétit.

Le soir, il venait dans sa chambre.

Elle s'empressait de lui demander :

— Tu pars encore en voyage ?

— Non, qu'est-ce qui t'amène à le croire ?

— Si tu pars en voyage, est-ce que je pourrais t'accompagner ?

— Je ne vais nulle part, ma puce.

— D'accord, mais au cas où.

— Un jour, tu pourras sûrement venir avec moi.

— Où irons-nous ?

— Peut-être en France.

Elle tripotait son sous-main sur lequel elle avait dessiné des fleurs et des animaux endormis. Si seulement il voulait continuer à parler, à ajouter des détails sur tout ce dont ils auraient besoin pour le voyage, les passeports, les valises, et il faudrait aussi lui acheter de nouveaux vêtements !

Mais son père toussotait comme s'il avait attrapé froid.

— Tu as bien fait tes devoirs ?

— Oui.

— Et tout va bien à l'école, Justine ?

— Oui.

— Tu dois me le dire sinon. Promis ?

— Oui.

— Les années d'école sont si courtes, et si importantes. Il faut en tirer le meilleur parti possible. Si tu comprends ce que je veux dire.

Elle ne saisissait pas vraiment, mais acquiesçait tout de même.

— On doit également profiter de son enfance. Malheureusement, on ne s'en rend généralement compte qu'une fois qu'elle est finie. Les problèmes qu'on rencontre quand on est petit... ne sont rien comparés à ceux auxquels on est confronté en tant qu'adulte. Est-ce que tu me comprends bien, Justine ?

Elle hochait à nouveau la tête.

Après son départ, elle fondait immédiatement en larmes. Aussi longtemps qu'il se trouvait dans la pièce, elle était pleine d'espoir, comme s'il allait voir clair en elle et l'arracher à la chaise et la soulever dans la lumière.

Tout était devenu si lourd et sale.

Elle était allongée sur le ventre dans son lit, et son oreiller était chaud et mouillé.

Justine se précipitait vers l'arbre déraciné dans la forêt. Il ressemblait à un essaim de fragments brillants. La neige avait fondu et dévoilait une herbe marron et humide. Elle percevait le bruit d'un pic tapant contre un tronc.

Chez le Chasseur, le sapin de Noël se dressait encore avec ses douces aiguilles vert clair.

Il la nommait Stina.

Autrefois, il avait eu une femme qui s'appelait Dora. Un événement s'était produit qu'il mentionnait parfois, et son visage en paraissait vieilli. Dans ces moments-là, il était quelqu'un d'autre, plus seulement le Chasseur, et ça la perturbait car elle n'avait d'autre choix que d'écouter son histoire, encore et encore.

Ils possédaient une petite entreprise qui vendait du matériel de jardinage. Il la dirigeait avec son meilleur ami, Jack. Dora s'occupait de la comptabilité ; elle était très douée pour les chiffres.

— Vous n'aviez pas d'enfants ?

Elle devait poser des questions pour prolonger le récit.

Il faisait une grimace affreuse.

— Non. Nous n'en avons pas eu le temps.

Il s'approchait de la partie aussi difficile qu'inévitable.

— Un jour, en entrant dans la remise...

Elle visualisait la scène. Il la lui avait racontée si souvent qu'elle se la représentait, les détails, les couleurs, jusqu'à l'odeur du talc parfumé au muguet que Dora se mettait sous les aisselles après sa toilette du matin.

Elle voyait l'autre homme, l'ami du Chasseur, penché au-dessus de la femme. Elle le voyait comme sur la jaquette d'un roman-photo. Les cheveux de la femme coupés au carré, noirs et soyeux qui se répandaient sur le banc. La chemise en daim de l'homme en partie ouverte. Elle voyait leurs lèvres se rapprocher.

Tremblant de désir, les doigts froids soudain, le souffle anormalement court.

— Qu'est-ce qui s'est passé après ? murmurait-elle.

Le chat sautait à terre et s'éloignait sur ses pattes aux poils en bataille.

— Je ne sais pas, répondait-il d'une voix pâteuse. Je n'ai aucune idée de ce qu'ils sont devenus.

Elle approchait alors du Chasseur et lui touchait la joue. Il faisait chaud dans la cuisine, et le poêle avait commencé à rougeoyer.

— Quand tu seras grande, tu m'oublieras, disait-il, les cartes disparaissant totalement dans ses énormes mains.

— Jamais tant que je vivrai ! s'exclamait-elle avant de se mettre à pleurer, parce qu'elle grandissait à présent, qu'elle devenait une adulte.

— Je monte régulièrement au sommet de la falaise pour crier, disait le Chasseur. En général, ça m'aide. Les gens me prennent pour un fou, et un jour, c'est sûr qu'ils me passeront une camisole pour m'enfermer dans un asile. Mais ça m'aide de grimper là-haut et de hurler.

Elle s'éloigna. Il y avait une lumière à la fenêtre ; il ne la regarda pas s'éloigner. Il était installé à la table recouverte de la toile cirée à fleurs et faisait réussite sur réussite. Elle avait grimpé tout en haut, jusqu'au bord. Elle avait senti le vent dans ses yeux et dans sa bouche quand elle l'avait ouverte toute grande, comme chez le dentiste.

Mais aucun son n'était sorti.

— Que disent tes parents que tu viennes ici ? lui demandait-il en penchant légèrement la tête pour la voir par-dessus ses lunettes.

Elle faillit mentionner la sorcière, mais elle était plus âgée à présent, et ce mot commençait à perdre de sa force.

— Un homme célibataire n'a toujours qu'une idée en tête ; pas forcément innocente, marmonnait-il.

— J'ai fini ! Regarde ! J'ai gagné !

— Je ne parle pas de ça.

Non, elle le savait bien. Il avait des pensées d'homme adulte qui emplissaient sa tête et qui menaçaient de déborder.

Elle prenait alors son manteau et partait.

Elles l'avaient pourchassée sur l'éperon rocheux à proximité des bains publics, situés non loin de sa maison. Cependant, elle ne l'avait pas encore atteinte. Berit, l'ange blond dont les boucles volaient au vent, suivie par Evy et Gerd, une fille de Stockholm, étaient à ses trousses. Cette dernière avait été recueillie par une famille d'accueil. Ses parents s'étaient séparés et s'étaient volatilisés. Du moins, c'est ce que Justine avait entendu Flora dire à son père.

Volatilisés.

Gerd était grande et maigre, et n'avait pas la langue dans sa poche. Elle avait été entraînée dans le rayon de Berit dès le premier jour. Elle avait vite appris leurs quolibets et leurs chansons moqueuses.

Elles n'avaient pas encore réussi le pire : la déshabiller, l'exposer au grand jour et tourner son physique en ridicule. Elle savait qu'elles finiraient par y arriver, ce qui lui donnait l'énergie nécessaire pour fuir.

Mais Gerd avait de longues jambes puissantes. Elle se rapprocha, la rattrapa et la fit tomber. Elle hurla et se défendit, sentant des morceaux de peau et de chair s'accumuler sous ses ongles.

— Regarde comme elle t'a griffée ! cria Berit. Tu saignes jusqu'au cou !

Gerd était assise sur le ventre de Justine, et lui bloquait les bras derrière le dos. Gerd la frappa au visage, une, deux, une, deux. Elle releva sa veste pardessus sa tête pour la neutraliser complètement. Elles faisaient quelque chose avec son pantalon, avec brutalité, et l'air était glacé.

Une espèce de vigueur animale l'envahit, et elle se jeta sauvagement sur le côté. Quand elle essaya de courir tout en remettant ses vêtements, elle se foula la cheville contre les rochers et tomba en contrebas. Dans l'obscurité, elle aperçut leurs yeux pâlir et s'éloigner.

Flora la trouva.

Deux filles étaient allées chez elle et avaient sonné à sa porte. Justine était tombée en contrebas de l'éperon rocheux. Flora avait attrapé son manteau et était venue.

— J'ai pris mon manteau et je suis venue aussi vite que j'ai pu. Pourquoi couriez-vous dans ce secteur, les filles ?

Justine avait repris connaissance. Elle était étendue à fixer la brume ; elle était incapable de marcher.

Qu'est-ce qu'une personne du gabarit de Flora pouvait faire dans une situation pareille ?

— Il faut que nous unissions nos forces pour la porter, les filles. Vous allez soulever ses jambes et moi ses épaules.

Elle se sentit à nouveau glacée lorsqu'elles se saisirent d'elles.

— On jouait ici, et tout à coup, Justine a glissé et a basculé. On a eu vraiment peur, parce qu'elle était si bizarre. Elle ne nous répondait pas, alors on s'est dit qu'il valait mieux aller chercher sa maman en courant, ce qu'on a fait toutes les deux pour plus de sécurité et Evy était censée rester ici.

— Je ne te connais pas, dit Flora en dévisageant Gerd avec curiosité.

— Non, je suis la nouvelle en famille d'accueil chez les Östman.

— Ah, je vois. Et tes parents ?

— Ils se sont séparés, et personne ne voulait de moi.

— Vraiment ?

Flora semblait amusée.

Elles la transportèrent à la maison et la déposèrent sur le tapis bleu. Elles ne la regardèrent pas, déclarèrent qu'elles devaient se dépêcher de rentrer chez elles, car c'était l'heure du dîner.

— Filez, leur répondit Flora.

Quand son père revint à la maison, il emmena Justine à l'hôpital dans la voiture. Elle était étendue sur la banquette arrière. Flora était retournée et lui tenait la main.

— Elles jouaient comme des veaux en liberté dans un nouveau pâturage, dit Flora. Est-ce qu'elles ne sont pas un peu grandes pour ça ?

Son père conduisait en silence, il franchit le pont de Traneberg à grande vitesse. Une fois à l'hôpital, il la souleva et la porta jusqu'à l'intérieur.

Sa cheville était cassée, et on plâtra sa jambe jusqu'au genou. Elle se sentait lourde et heureuse.

— Votre fille a besoin de repos et doit éviter de bouger pendant six semaines.

Son père déclara :

— Je lui trouverai un précepteur. Les vacances d'été sont presque arrivées.

Flora répondit :

— Sinon je peux lui faire la classe.

Son père répliqua :

— Je suis certaine que tu en es capable, mais je connais un jeune homme disponible en ce moment. Mark, le fils de mon cousin Percy. Je lui donnerai un peu d'argent s'il vient chez nous quelques heures par jour.

Les parents de Mark étaient diplomates. Ils avaient vécu à Washington D.C. pendant de longues années et venaient juste de revenir à Stockholm. Ils ne connaissaient pas encore le lieu de leur prochaine mission.

Mark se présenta dès le lendemain avec un bouquet de tulipes jaunes.

— Pour la jeune malade, dit-il en entrant dans la chambre à pas de loup.

Il était mince et petit ; ses mains étaient moites, ses yeux marron comme des noisettes.

— Que veux-tu apprendre, cousine issue de germain ? demanda-t-il avec une voix d'homme adulte.

— Cousine issue de germain ?

— Nous sommes les enfants de deux personnes cousines, ton père et le mien, ce qui fait de nous des cousins issus de germains.

Elle trouva ce mot affreux et décida de l'ignorer.

— Bon, alors, qu'est-ce que tu veux apprendre ?

Elle se fit malicieuse.

— Rien. Je sais déjà tout.

— *Really*[1] ?

— Non... je plaisante...

Mark sortit un livre de la poche de sa veste. Il le feuilleta, s'arrêta à une page et le lui présenta. Les lettres étaient minuscules et s'enchevêtraient presque.

— Lis-moi ce passage en anglais. Après, je t'interrogerai sur le vocabulaire.

Elle rougit et fut incapable de prononcer une phrase, que ce soit en suédois ou en anglais.

Il lui adressa un sourire légèrement railleur.

— Les rumeurs qui circulent au sujet des écoles suédoises sont donc fondées. Elles sont merdiques.

— Mon pied me fait mal, murmura-t-elle.

_____

1. « Vraiment ? »

— Je n'en crois pas un mot, répondit-il.

— C'est vrai !

— Où as-tu mal exactement ?

Elle désigna le plâtre. Il releva l'ourlet de sa jupe et plaqua la paume de sa main contre sa jambe juste au-dessus du genou.

Après son départ, elle reproduisit son geste et plaça sa main au même endroit. Puis elle la fit lentement remonter jusqu'à ce qu'elle sente un gonflement chaud et douloureux se produire entre ses jambes. Une douleur qui battait et envoyait des signaux à son cerveau.

## Chapitre 16

Le samedi suivant, Berit retourna à Hässelby. Elle acheta une bouteille de Gran Feudo et un pot de crocus. Elle n'appela pas pour s'annoncer, elle se mit simplement en route.

Il y avait du brouillard. Elle ne se soucia pas du bus. Elle préféra marcher à partir du terminus du métro et emprunta la route longeant la plage. Elle éprouvait une anxiété grandissante qu'elle ne parvenait pas à réprimer à l'idée qu'elle allait de nouveau être confrontée à Justine.

Au cours de la nuit, elle avait rêvé, et Tor l'avait secouée pour la réveiller.

— Tu fais un cauchemar ? Ou est-ce le patron qui te fait des misères ?

Le rêve était lié à une fête de la société. Tout le monde y était, y compris Justine bizarrement. Berit portait une robe bien trop élégante pour l'événement, avec un profond décolleté et un dos nu. Rien ne cadrait. Elle se mêlait aux groupes et essayait de parler aux gens, mais nul ne semblait la voir.

C'était peut-être un effet secondaire du Sobril. Elle avait continué à en prendre avant de se coucher. Elle avait dorénavant des difficultés à s'endormir sans ça.

Peut-être était-ce toutes ces vieilles histoires de son enfance.

Tor lui avait demandé de l'accompagner dans leur maison sur l'île de Vätö. Il avait l'intention d'y passer la nuit. Il estimait qu'un peu d'air marin lui ferait du bien.

— Je préparerai des blinis, lui avait-il dit. Je pense que nous avons encore un peu de caviar au congélateur.

— Je ne veux pas, avait-elle répondu. J'en suis tout simplement incapable. Je ne veux pas.

Il y avait une fine couche de glace sur l'eau. Des canards arrivèrent en volant et se posèrent en dérapant avant de parvenir à se stabiliser. Une vieille embarcation, une gabarre, était amarrée à la jetée, là où l'eau ne gèle jamais en raison des rejets de la station électrique. Des hommes aux vêtements sombres se mouvaient sur le quai. Elle distinguait à peine le nom du bateau, le *Sir William Archibald* de Stockholm.

Puis elle perçut un son lointain qui ne cessait de croître. Le bruit assourdissant d'un hélicoptère. Le brouillard était trop épais pour qu'elle l'aperçoive déjà, mais il se rapprochait de plus en plus.

Elle ne pouvait entendre un hélicoptère sans songer à la comédie musicale *Miss Saigon* qu'elle avait vue à Londres en compagnie de quelques amis. Ils avaient obtenu d'excellentes places, et avaient été presque effrayés par le vrombissement étonnamment fort de l'hélicoptère dans la scène d'introduction. Elle se souvenait également de la fin, du rideau et de la lumière vive dans leurs yeux. Beaucoup de gens pleuraient.

C'était sentimental, certes, mais avec un côté infiniment tragique.

Après, ils s'étaient rendus dans un pub où Berit avait
engagé la conversation avec un élégant jeune homme
au chômage qui s'entêtait à l'appeler Mum. Elle avait
apprécié l'ambiance festive de l'endroit. Elle était
surprise de la richesse de son vocabulaire anglais, mais
le lendemain, elle n'avait qu'une envie : rentrer chez
elle.

À présent, à quelques mètres au-dessus d'elle dans
les airs, elle devinait deux lumières, et le son s'ampli-
fiait. Elle éprouva une brève panique – et s'il ne la
voyait pas, s'il se posait à cet emplacement précis ?
Elle parcourut quelques mètres en courant en direction
des congères de neige.

L'énorme machine passa si près d'elle que des
gouttes de pluie arrachées aux arbres tombèrent sur
son visage. Il appartenait à la marine. Il se rapprochait et s'éloignait de la plage, et elle distingua
la silhouette recroquevillée du pilote. Quelqu'un
avait-il disparu sous la glace ? Quelqu'un qui à cet
instant luttait pour sa vie dans les eaux glacées du lac
Mälar ?

Justine n'était peut-être même pas là. L'idée lui
traversa l'esprit tandis qu'elle gravit l'escalier et sonna
à la porte. Personne n'ouvrit. Elle attendit un moment
et sonna à nouveau. Elle entendit alors de faibles
chocs à l'intérieur de la maison et recula de quelques
marches.

C'était Justine. Elle était chez elle ; ses vêtements
étaient froissés comme si elle avait dormi avec. À

l'un de ses pieds, elle portait une grosse chaussette de laine.

— Berit ? demanda-t-elle.

— Oui... c'est moi. Est-ce que je peux entrer une minute ? Ou est-ce que je te dérange ?

Justine fit un pas de côté.

— Non, entre.

— Je t'ai apporté quelques fleurs ainsi que... cette bouteille de vin. J'ai bu tout ton vin chaud la dernière fois et... je me suis dit... venir sans y être invitée...

— Aucune importance. Avance et accroche ton manteau.

Quand Justine marcha vers la cuisine, Berit nota qu'elle boitait. Elle s'arrêta, les bras ballants.

— Qu'est-ce que tu t'es fait ?

— Oh... j'ai juste glissé en faisant mon jogging. C'était une chose stupide, je sais, aller courir en plein hiver. Mais ça passera vite ; j'ai déjà beaucoup moins mal.

— Tu n'as rien de cassé au moins ?

— Non. Ce pied est un peu faible, c'est tout. Il l'a toujours été, et du coup, je me le foule très souvent.

— Vraiment ?

— La prochaine fois que tu viendras, il sera complètement rétabli, et nous pourrons peut-être faire une promenade et retourner sur les lieux de notre enfance. Notre ancienne école et...

— Oui... au fait, es-tu occupée ? Est-ce que je t'ai interrompue dans une tâche importante ?

— Pas du tout.

— Cela ne te dérange pas si je reste un moment ?

— Non, absolument pas. Ouvrons cette bouteille de vin et goûtons-la, qu'est-ce que tu en penses ? Quelle heure est-il d'ailleurs ?

Justine gloussa.

— Ce bon vieux Luther qui regarde constamment par-dessus notre épaule !

— Je pensais évidemment que tu boirais ce vin seule. Je n'avais pas l'intention de le siphonner avec toi.

— Ouvre la bouteille, s'il te plaît ! Le tire-bouchon se trouve dans le tiroir du haut dans la cuisine. Installons-nous ensuite à l'étage dans la bibliothèque comme la dernière fois. C'est la pièce la plus agréable.

Dans la cage d'escalier, Berit remarqua les affiches de la fabrique de bonbons du père de Justine. Suspendues à la même place. Les souvenirs affluèrent.

— Tu te souviens de toutes ces boîtes de pastilles Sandy que tu nous donnais ? demanda-t-elle d'un ton hésitant.

— Je vous en ai peut-être donné quelques-unes.

— Tu en avais toujours des cartons pleins.

— Mon père les ramenait à la maison. J'ai fini par en être écœurée. Parfois, on a envie d'autre chose que ce vieux goût de Sandy dans la bouche.

— En tout cas, les enfants étaient jaloux de toi... un père propriétaire d'une usine de bonbons !

— Certes !

Dans la bibliothèque, l'oiseau était perché sur le rebord de fenêtre. Il tourna la tête dans leur direction et crailla. Berit sursauta au point qu'elle manqua de lâcher la bouteille.

— Oh, il t'a fait peur ?

— Lorsqu'il crie ainsi...

— Il signale simplement sa présence.

— Pourquoi ça ?

— Pour que nous n'oubliions pas son existence.

— Aucun risque ! Il ne t'attaque jamais ?

— M'attaquer ? Pourquoi donc ?

— Je ne sais pas. Je ne me fierais pas à un animal sauvage comme lui.

Justine lui prit la bouteille des mains et les servit. Elles levèrent leurs verres et trinquèrent. Elles sirotèrent le vin.

— Mmmh, dit Berit. Pas mauvais du tout, si je peux me permettre. Je bois sans doute un peu trop de vin. Mais c'est tellement bon, si apaisant pour l'âme.

L'hélicoptère était à nouveau là ; il semblait juste à l'extérieur de la maison. L'oiseau battit des ailes et balança la tête d'avant en arrière.

— Quelqu'un est passé à travers la glace, dit Justine.

— Comment le sais-tu ?

— Je l'ai entendu à la radio locale.

— C'est affreux !

Justine acquiesça.

— Ça arrive tous les ans. Je vis si près que je m'en rends compte.

— Est-ce que la glace n'est pas trop fine pour marcher dessus ?

— Elle tient à certains endroits et, soudain, elle cède. Les gens devraient se montrer plus prudents, mais ce ne sont pas les idiots qui manquent.

Justine rit et leva son verre.

— Santé ! dit-elle. À la santé des idiots !

Au bout d'un moment, elle interrogea Berit sur son travail.

— Est-ce que tu as été licenciée ? Que s'est-il passé ?

— Le siège de la maison d'édition déménage à Luleå. Mon patron dit que nous pouvons suivre, mais qui voudrait bouger à Luleå ?

— Est-ce que tu as le choix ?

— Je ne sais pas... Je ne sais plus rien... Je ne dors plus la nuit, je...

Les larmes jaillirent dans ses yeux, la rendant faible et exposée.

— On dirait que je viens ici pour me mettre à... pleurnicher.

— Tu portes un certain désespoir en toi. Comme nous tous...

Justine tendit un bras et émit une espèce de roucoulement. L'oiseau piétina un moment sur le rebord de la fenêtre avant de venir à elle de quelques mouvements d'ailes maladroits.

— Même cet oiseau, dit-elle. Il lui faut une femelle. Il ne le comprend pas vraiment, mais cette chose croît en lui et l'affaiblit. Bientôt, la lumière reviendra plus claire, le printemps sera là. À cette saison, le manque se transforme alors en langueur ; cela vaut pour tous les êtres vivants.

— Justine... quand nous étions petites...

Ses sanglots étaient irrépressibles, et les mots restaient coincés dans sa gorge.

Justine s'empressa de dire :

— Parle-moi de tes garçons.

— Mes... garçons ?

— Oui, comment vivent-ils leur vie, ces jeunes gens qui ont cette vie tout entière devant eux ? Est-ce qu'ils ressentent parfois cette langueur ?

Berit extirpa quelques mouchoirs de son sac et se moucha. Ses tempes battaient.

— De la langueur ? Non, je ne le pense pas.

— Est-ce qu'ils travaillent ?

— Ils... sont encore étudiants tous les deux. Au moins, ils ne se destinent pas au milieu de l'édition. Je les en ai dissuadés.

— Est-ce qu'ils ont des petites amies ?

Elle hocha la tête.

— Elles appartiennent à un autre monde. Jeunes, minces, belles. Quand je les vois, je réalise avec plus d'acuité que je ne suis plus dans la course.

Justine plaça l'oiseau entre elles. Il tourna le bec vers Berit et émit un sifflement.

— Oh, Justine... tu ne peux pas...

— Tu as peur de lui. Il le remarque immédiatement. Essaie d'être naturelle, détends-toi.

Berit but un peu de vin et lui tendit une main hésitante. L'oiseau ouvrit son bec qui était rouge et grand à l'intérieur.

— Il voit en moi, murmura-t-elle. Il ne m'aime pas.

— Ne t'inquiète pas. Contente-toi de l'ignorer. D'ailleurs, je peux le déplacer.

Elle se leva et boita jusqu'à la bibliothèque. L'oiseau la suivit et se posa sur sa main. Elle le souleva jusqu'à l'étagère supérieure où il se nicha, tel un animal préhistorique en pleine rumination.

Les falaises, le rocher rond, le corps de Justine. Sa veste relevée par-dessus sa tête. Sa poitrine avait commencé à se développer ; elle était déjà importante. Cette enfant en famille d'accueil était assise à califourchon sur Justine et avait entrepris de lui retirer son pantalon. Tout avait alors subitement changé parce que Justine s'était dégagée et mise à courir, avant de glisser et de tomber sur les rochers en contrebas.

Elles avaient couru sans s'arrêter.

— On l'a tuée !

— On se barre !

— Vous êtes folles ? Il faut qu'on aille chercher quelqu'un, sa mère.

— Non, non, on se barre !

— On ne peut pas, on doit aller chercher de l'aide !

— Tu n'en voudras qu'à toi-même si on nous envoie en prison !

Elle s'appelait Gerd, son nom lui revint tout à coup. C'était Gerd qui les avait obligées à courir à la maison.

— On dira qu'elle a trébuché, qu'on jouait et qu'elle est juste tombée.

Elles avaient sonné plusieurs fois à la porte. Avec insistance. Au bout d'un moment, Flora était apparue, des bigoudis plein les cheveux. Elle les avait examinées avec défiance et leur avait dit qu'elle était pressée.

Elles avaient dû attendre pendant qu'elle s'occupait de ses cheveux, debout, dans le hall, au milieu des odeurs de shampoing et de cigarette. La femme avait attrapé son manteau et jeté un regard à ses mollets.

— Regardez mes bas ! Ah, tant pis !

— S'il vous plaît, dépêchez-vous, madame.

Gerd tirait sur son manteau. Qu'elle ait osé !

— Où est-ce arrivé ?

— Là-bas, près des falaises.

— Je lui ai pourtant bien dit que vous deviez être prudentes. Elle n'écoute jamais ; vous êtes certainement aussi désobéissantes qu'elle.

Ce mot précis. Désobéissantes. Elle continua à grommeler en marchant avec ses bottes en caoutchouc et son manteau. Justine étendue sur les rochers. Elle avait remis ses vêtements, mais sa veste était à côté d'elle, les manches nouées ensemble. Elle les regardait comme une victime sacrificielle.

— Regarde. Nous avons vidé cette bouteille en un temps record, dit Berit. Elle était réservée à ton usage personnel ; c'était un cadeau.

— Tu n'as pas l'impression qu'ils mettent moins de vin dans les bouteilles de nos jours ?

Berit fit une boule de son mouchoir et le fourra dans son sac.

— Si, je l'ai remarqué aussi.

— Il y a encore du vin à la cave.

— Vraiment... ?

— Tu vas devoir aller le chercher... Je n'aurais pas la force de descendre jusque-là.

— Oui, mais est-ce que tu y tiens... est-ce que nous allons vraiment... ?

— C'est en bas, sur la gauche... dans la même pièce que la vieille cuve. Oui, tu vois sans doute où.

Elle se leva avec raideur, de peur que ses mouvements dérangent l'oiseau et qu'il fonde sur elle. Justine rit d'une intonation que Berit n'avait jamais entendue auparavant.

— Tu marches comme un automate ! Ne sois pas si trouillarde, bon sang ! Ce n'est qu'un oiseau, merde !

Ce n'était pas seulement l'oiseau. Elle était de retour dans le passé, sur ces marches-là, elle et Jill, la force que leur prodiguait leur union, l'odeur de la soumission, de l'avilissement. Et elle se souvenait de ce que l'enfant Justine leur avait raconté au sujet de cette cuve. Flora. C'était le nom de cette femme aux yeux maquillés, la femme-poupée qui jouait le rôle de mère.

Elle trouva tout de suite les bouteilles de vin. Elles étaient alignées sur une étagère, conformément aux indications de Justine. Il faisait sombre ici ; elle n'avait pas repéré l'interrupteur. Timidement, elle lorgna du côté de la cuve et la vit avec les yeux d'une petite fille. L'espace destiné au bois ; plaçait-elle réellement une petite fille là-dedans avant d'allumer le feu ? L'abandonnant là, à attendre la chaleur. La chaleur brûlante.

Elle pressa la bouteille contre sa poitrine et remonta à la hâte.

— Justine... il y a beaucoup de choses que nous devons démêler.

Justine secoua la tête.

— Si ! Il le faut ! Il faut que tu m'écoutes ! Ça me ronge ! Je ne trouve pas un instant de paix.

Une expression particulière était apparue dans les yeux de Justine.

— Tu voudrais que je tire un trait sur le passé comme si rien n'avait jamais été vécu, c'est ça ?

— Oui...

206

— Que j'apprenne la difficile énigme de la vie : aimer, pardonner et oublier.

— À peu près... oui. Une forme de pardon... ou... de réconciliation...

Justine la considéra sans mot dire. Elle passa ses doigts dans ses cheveux. Ils se dressaient littéralement sur son crâne. Elle éclata d'un rire sauvage et discordant.

— Tu vas l'ouvrir cette satanée bouteille ou quoi !

## Chapitre 17

Mark venait la journée et il la faisait lire. Il ne la touchait guère. Pour lui, elle n'était qu'une enfant.

Cela l'agaçait. Ses seins avaient changé, ils s'étaient arrondis, et la peau dessus était douloureuse et tendre. Elle se débarrassa de son diadème d'enfant et le rangea pour ne plus jamais le ressortir.

— Parle-moi de l'Amérique, lui demanda-t-elle.

Il se mit alors à parler anglais à une telle vitesse qu'elle n'avait pas la moindre chance de le suivre. Elle lui balança son oreiller, droit dans son visage narquois.

Il s'allongea sur elle et lui bloqua les bras.

— Tu n'es qu'une petite merdeuse.

Enragée, elle déplaça sa jambe valide et lui donna un coup de genou dans l'entrejambe. Il devint blanc et tomba à côté du lit.

Il avait une petite amie à Washington.

— De quoi elle a l'air ?

— De quoi a-t-elle l'air ? la corrigea-t-il.

— D'accord, elle a l'air de quoi ?

— Des yeux marron, des gros nichons.

Ce mot était vraiment affreux.

— Elle s'appelle Cindy. Elle m'écrit une semaine sur deux.

— Est-ce que tu l'aimes ?

Il ricana.

— Allez ! Réponds ! Oui ou non ?

Il se posta devant la fenêtre et agita sa main devant sa braguette.

— Commence à lire ton livre maintenant. Je ne suis pas payé pour bavarder.

— C'est beaucoup trop difficile. Je n'y arrive pas.

— Lis !

— *The new man stands looking a minute, to get the set-up of the day room*[1].

— Niou. Pas ne. Niou.

— The Niou man...

— C'est un livre remarquable, Justine, mais tu es peut-être trop jeune. Malheureusement. Tu es bien trop jeune, tu rates tellement de choses.

Il la décontenança complètement.

— Qu'est-ce que je dois faire alors ?

— Il n'y a rien à faire. C'est comme ça, c'est tout !

— Ce que tu peux être idiot !

— Comment va ton pied ? Il est en train de guérir ?

— Bien sûr que oui.

— Qu'est-ce qui s'est passé en réalité ?

— Je suis tombée. Dans les rochers.

— Tu devrais marcher comme les gens normaux.

— Je marchais normalement, mais je suis tombée !

---

1. « Le nouvel arrivant reste une minute à regarder, pour s'imprégner de l'agencement de la salle. »

Non. Elle n'était pas du tout trop jeune. Le soir, elle se tournait contre le mur et imaginait le couple qu'ils auraient pu former. Mark et elle. D'une tout autre manière. Elle se palpait les seins, pour voir s'ils avaient grossi, et sa main descendait subrepticement vers ce point entaché de péché néanmoins si merveilleux à toucher. Une certaine agitation l'envahissait, et elle aurait voulu sortir. Son plâtre était un boulet : certes, il la protégeait de ce qui se trouvait à l'extérieur, en même temps, il la transformait en prisonnière.

Puis vint le jour, alors que l'hiver n'était plus qu'un souvenir, où on le lui retira en le sciant. Une jambe frêle et atrophiée apparut ainsi qu'une odeur aigrelette.

Sa vie reprenait son cours normal. L'école était finie, et la cour avait été envahie d'élèves aux vêtements colorés ; toutes les maîtresses étaient allées chez le coiffeur, et on avait sorti et hissé les drapeaux.

Elle avait réussi à éviter tout cela.

Elle pensait qu'il serait difficile d'utiliser cette jambe aussi fine qu'une baguette ; elle remarqua qu'au plus profond elle n'avait rien perdu de sa force d'antan. Si le soir sa cheville était parfois un peu enflée et douloureuse, elle pouvait marcher et courir comme avant.


Elle était au creux de l'enchevêtrement de racines. Des papiers de bonbons jonchaient le sol.

Elle était seule.

Elle suivait les chemins et les sentiers.

Le Chasseur était assis sur les marches et taillait un morceau de bois.

Elle pénétra timidement dans la cour.

Il la vit et demeura silencieux.

Elle prit place juste à côté de lui et sentit son dos tendu. Il poursuivit son œuvre.

Elle se colla à lui et posa la main sur son bras. Sa peau était brune et vieille.

Non.

Pas vieille.

Elle entra dans sa cuisine rutilante de propreté. La toile cirée avait été essuyée, et rien ne traînait sur le plan de travail. Le sol balayé était blanc.

Il se leva et la suivit.

— Que cherches-tu ici ?

— Pardon, chuchota-t-elle. Ce n'était pas de ma faute.

— Je veux que tu t'en ailles.

— Non...

— Je veux que tu t'en ailles immédiatement.

Il se tenait près du mur. Elle fonça sur lui, les hanches contre le tissu de son jean.

— Stina !

— Prends-moi dans tes bras, j'ai été si seule.


Elle ferma sa porte et la verrouilla. Elle s'allongea sur sa couverture qui était grise et chaude après le passage du chat. Elle remonta ses genoux sous elle, formant une boule.

Son corps se découpa à contre-jour.

— Je me suis cassé une jambe, murmura-t-elle bien qu'elle n'ait pas eu l'intention d'en parler.

— Stina...

— Viens, allonge-toi contre moi, réchauffe-moi.

Il s'exécuta.

— Je t'avais dit de partir.

— Chut !

Son menton contre sa poitrine et les petits poils bouclés. Le goût d'air et de sel.

Ses mains étaient si puissantes à présent. Elle était jeune ; lui était vieux. Oh, son ventre, si faible et fragile, à sa merci ! Elle y plongea la langue et les lèvres.

Ensuite.

L'homme.

Elle le fit pleurer, ce qui l'effraya. Lorsqu'il vit sa peur, il reprit de la vigueur et tint sa taille de manière que ses jambes forment une paire de ciseaux autour de lui.

— Stina, souffla-t-il. Est-ce que tu sais que c'est mal et interdit ?

— Qui en décide ?

Elle se laissa tomber sur lui et ils le firent à nouveau. Il bougeait en elle ; elle se tortillait, et le laissait rester.

Après, il s'en voulut, il était envahi par le remords.

Elle dut le caresser et chercher les mots appropriés ; elle dut pleurer et l'attendrir.

— Je reviendrai vers toi ; je ne te quitterai jamais.

Jour après jour. L'enchevêtrement de racines. La maison.

Parfois, il n'était pas là et fermait la porte à clé. Elle l'attendait dans la cour. Par la suite, elle apprit à forcer le loquet de sa fenêtre. Elle s'allongeait dans ses draps, son odeur contre ses reins.

Un courant d'air froid. Il se dressait dans la lumière, une couverture à la main. Il détourna d'elle son visage.

212

Il cogna du poing sur la table. Non !

— Tu ne peux pas, geignit-elle, sa bouche et sa mâchoire étant douloureuses. Tu ne peux pas me rejeter.

Nue sur ses genoux, les coutures de son jean. Un jour où la pluie tombait sans bruit.

— Tu entends le merle ? chuchota-t-elle.

— Tu veux dire les grives.

— Tu entends leur chant ?

— Pourquoi me rends-tu si faible ; pourquoi est-ce que tu me... ?

L'étoffe gonflait contre sa cuisse.

— Pas si faible que ça... si ?

Des éclats de rire, de joie. Il la soulevait comme un papillon voltigeant les ailes déployées. Il tournoyait avec elle entre les murs.

Chaque fois, elle était époustouflée. Elle était aussi fine qu'un roseau et lui...

— Je crois que tu me fends en deux...

À cet instant précis, il était incapable de saisir ses paroles ; il n'était plus qu'un poisson frétillant qui glissait sur son ventre.

Puis il se redressa et rapetissa.

Un jour, elle fut obligée de lui parler de l'île.

— Demain, nous partons dans l'archipel. Nous allons habiter dans une vieille demeure qui appartenait à mes grands-parents. Elle se trouve sur une des îles. Il faut emprunter un bateau car il est impossible de la rallier d'une autre façon.

Si elle avait cru qu'il se tairait, elle s'était trompée.

Il voulait tout savoir.

— Mon père a pris des vacances. Nous allons séjourner là-bas pendant un bon moment. Il n'y a pas beaucoup de maisons sur l'île, juste quelques-unes. Les provisions sont amenées par le bateau qui ravitaille l'archipel. Pourtant, il y a des gens qui y vivent toute l'année. Est-ce que tu crois qu'ils pêchent ? Comment ils s'en sortent l'hiver ? J'aurai le droit de décorer ma propre chambre ; elle n'appartiendra seulement qu'à moi. Je vais aider à la peindre. Mon père a rapporté des catalogues de papiers peints, et j'en ai déjà choisi un.

Il la regarda d'un air grave.

— Maintenant, je veux que tu m'écoutes. Quand tu reviendras, je serai parti et, d'une certaine manière, c'est toi qui m'y forces, mais je ne te le reproche pas, pas du tout.

Elle était trop absorbée par ses projets d'avenir pour comprendre. Elle était assise sur ses genoux et caressait ses oreilles si douces.

— Quand les pommes seront mûres, nous les ramasserons. Je te ferai cuire entier dans une tarte ; je te couperai en petits morceaux et après je te mangerai avec de la sauce à la vanille et de la glace. Pour le moment, il faut que je rentre chez moi.

# Chapitre 18

Les parents de Sven avaient toujours surpris Flora. Ils avaient un aspect vulgaire, en décalage avec leur rang et leur statut social. Ils étaient tous les deux de grande taille et parlaient fort. En outre, son beau-père souffrait d'un important problème d'audition qui obligeait sa belle-mère à élever la voix davantage pour qu'il l'entende. Ils usaient l'un et l'autre d'un vocabulaire émaillé de mots et d'expressions grossières, ce qui les amusait et semblait destiné à choquer. Avec une impatience puérile, ils guettaient les réactions de leur entourage.

Sven l'avait préparée.

— Ils sont un peu spéciaux, je voulais juste te prévenir pour que tu ne sois pas surprise.

À l'époque où elle travaillait à l'usine en qualité de secrétaire, Ivar venait occasionnellement dans les bureaux, et ils avaient été présentés. Il lui avait serré la main avec force et lui avait demandé à deux reprises son nom.

— D'accord, Flora... et peut-on ajouter mademoiselle ? avait-il plaisanté. Si on veut en apprendre plus sur la partie intime de la fleur.

Elle avait du mal à supporter ce genre d'humour.

Elle ne rencontra sa future belle-mère qu'après ses fiançailles avec Sven.

Elle ne se sentit jamais réellement acceptée par eux. Elle en discutait parfois avec Sven. Il ne la comprenait pas. Selon lui, elle prenait cela trop à cœur.

— Ils estiment que je suis trop simple pour leur distingué fils, que je viens d'un milieu populaire, voilà ce qu'il en est.

— Non, Flora, tu te trompes. En réalité, ils se fichent totalement du genre de personne que j'ai choisi d'épouser. Je sais, c'est étrange, mais c'est vrai. Ils sont comme ils sont, deux vieux égocentriques, pourquoi te soucies-tu d'eux ? Nous vivons notre vie et eux la leur.

Ces propos ne l'aidaient pas. Elle gardait l'impression de ne pas convenir. Peut-être aurait-elle dû se montrer exubérante, faire de grands gestes pour être plus ou moins à leur image.

Certes, elle n'avait pas beaucoup de contacts avec eux, ce qui se révélait à double tranchant. D'un côté, elle les méprisait, d'un autre, elle aurait souhaité qu'ils la voient, la reconnaissent en tant que femme active et travailleuse.

Ils adoraient Justine, lui envoyaient sans cesse des petits cadeaux, et chaque fois qu'ils la rencontraient, ils l'assommaient de questions sans avoir la patience d'attendre ses réponses. D'une certaine manière, ils appartenaient à une époque révolue. Les filles étaient jolies à admirer, mais il était vain de miser sur leur avenir. Il ne fut, par exemple, jamais question que Justine soit éduquée pour reprendre l'entreprise familiale. On préférait chercher une personne extérieure. Un homme.

Passé la soixantaine, ils ne s'intéressèrent plus guère au groupe Sandy. Ils l'avaient placé entre les mains de leur fils unique. Désormais, il lui incombait de continuer à diriger la société et de veiller à sa rentabilité. Ils ne se souciaient aucunement des méthodes qu'il déployait pour y parvenir.

Ils décédèrent pour ainsi dire en même temps – son beau-père le premier. Ils voyageaient en Italie quand cela s'était produit. Il était encore en vie en revenant au pays, et s'était éteint dans une chambre de l'hôpital Karolinska quelques jours plus tard.

Flora en conservait un souvenir précis et détaillé : l'appel téléphonique, Sven avait répondu ; l'extrême attention dont il avait soudain fait preuve. En raccrochant, il s'était tourné vers elle et lui avait dit sur un ton neutre :

— Son heure est proche à présent. Il est temps que nous y allions.

Sa mère les attendait à l'entrée. Elle avait un chemisier sans manches bleu ciel, qui révélait ses avant-bras flasques. Elle était debout devant les portes, occupée à fumer. Elle avait manqué tomber au moment où elle les avait précédés dans l'ascenseur ; elle avait du mal à parler ; sa voix s'était presque éteinte, il n'en restait qu'un filet.

Flora n'avait jamais assisté au décès d'une personne. Pas même au cours de l'été où elle avait travaillé dans un hôpital psychiatrique. Les femmes internées là-bas étaient sournoises et méchantes ; elle en venait parfois à souhaiter leur mort. Elles se moquaient d'elle et la traitaient de putain. Bien sûr, il ne s'agissait pas de femmes normales : elles étaient malades ; leur cerveau était dérangé, et elles ne pensaient pas ce qu'elles disaient, mais cela ne la consolait pas. Elle avait beau se le répéter à longueur de temps, un sentiment de malaise l'envahissait chaque matin, à l'approche des bâtiments de l'hôpital.

Au premier pas dans la chambre de son beau-père, elle sentit cette odeur particulière, celle qui annonce que la vie d'un être humain est sur le point de s'achever. Elle le sut immédiatement. Elle aurait été incapable de la décrire, mais elle était présente.

Le vieil homme reposait sur le dos, relié à des perfusions et à des appareils. Son nez pointait tel un crochet au milieu de son visage émacié. L'espace d'un instant, ses paupières se soulevèrent sans qu'il les voie ; son regard erra sur le plafond. Ses mains s'agitèrent et tâtonnèrent en quête de quelque chose qui aurait pu le retenir.

Sa belle-mère s'effondra.

— Ivar ! cria-t-elle. Tu ne peux pas m'abandonner comme ça, merde ! Je ne plaisante pas ; je te l'interdis...

Son corps fut secoué de tremblements ; sa mâchoire s'ouvrit et se referma. Alors, elle se cramponna aux draps, agrippa la barre du lit et se mit à hurler.

Ce comportement n'était pas très digne. Deux infirmières durent l'emmener et lui injecter une dose massive de tranquillisants. Son mari gisait là, mort et seul.

— Nous allons le préparer et allumer des cierges, dit une infirmière. Veuillez attendre et vous occuper de son épouse.

Sven était manifestement épuisé.

— Les bougies ne sont pas nécessaires, nous nous sommes... déjà fait nos adieux...

Il voulait quitter ce lieu au plus vite.

La semaine suivante, ce fut le tour de sa belle-mère. Une sévère épidémie de grippe balaya le pays. Elle s'attaqua à elle qui, écrasée par le choc et le chagrin, ne parvint pas à mobiliser ses défenses immunitaires.

Les doubles funérailles furent une orgie de musique et de roses. Ils en avaient décidé ainsi et l'avaient stipulé dans leurs dernières volontés. Comme s'ils avaient été conscients qu'ils mouraient en même temps.

Ils laissaient derrière eux nombre de biens immobiliers dont Sven ordonna immédiatement la vente. Il y avait un appartement de six pièces sur la très distinguée Karlavägen, une villa en Espagne sur la Costa del Sol, un chalet à Årefjällen et enfin la maison jaune aux vérandas et aux fenêtres en encorbellement dans l'archipel.

Flora et Sven y avaient séjourné à deux reprises. Elle avait éprouvé un certain bonheur là-bas, une forme de contentement, et avait demandé à Sven de la conserver. Il lui avait pris l'envie de réellement se l'approprier, d'y apposer sa marque. Sven partageait ce sentiment. Pendant quelques semaines lumineuses et trépidantes, ils y avaient travaillé ensemble, tant en projets concrets qu'en fantasmes.

Ils avaient fait acheminer plusieurs chargements de matériaux nécessaires : du bois, du mastic, des grattoirs, de la peinture. Un des résidents de l'île avait promis son aide, pour pallier les lacunes de Sven en bricolage et étayer son sens pratique défaillant.

Le crépuscule de février envahissait la pièce. L'odeur du poisson en train de frire. De l'agitation dans le couloir, à nouveau l'heure du repas.

— Que vont-ils nous servir aujourd'hui ? marmonna Märta Bengtsson.

Le dîner constituait l'événement de la journée pour la voisine de chambre de Flora. Elle possédait un appétit presque grotesque tant il était pantagruélique. Quelque chose en elle lui rappelait sa belle-mère.

Installée dans son fauteuil roulant, la serviette nouée autour du cou, elle s'efforçait d'amener les aliments à sa bouche de sa main tremblante. Elle mangeait bruyamment avec force éclaboussures et coulures.

Une blouse blanche avait tiré une chaise jusqu'au lit de Flora et commençait à la nourrir. Elle était pressée, on le remarquait à sa façon d'enfoncer la cuillère entre les lèvres de Flora et de quasiment racler la purée de pommes de terre sur sa langue. Elle était très jeune. Flora l'avait-elle jamais été à ce point ? Elle avait un anneau dans le nez, et un petit animal tatoué rampait sur son avant-bras.

Elle discourait sans interruption, comme si elle avait lu dans un manuel que c'était la façon de traiter les êtres humains en semblables et non en patients ; on devait leur parler et non parler d'eux.

Märta Bengtsson essayait de répondre, mais elle avait du mal à coordonner les actions, deviser et manger. Elle ne cessait de s'étouffer, et la blouse blanche devait voler à son secours.

— On est bien samedi aujourd'hui, non ? parvint-elle à dire entre deux bouchées. Mademoiselle l'infirmière sort-elle faire la fête ?

La blouse blanche n'était pas une infirmière. N'importe qui aurait vu qu'il s'agissait d'une aide-soignante à la formation plus que limitée.

Elle pouffa.

— Oui, oui, je vais bien m'amuser, ça, c'est clair.

— La demoiselle a peut-être un ami de cœur ?

— Un ami de cœur ? Qu'est-ce que c'est ?

Nouvelle quinte de toux. Flora détourna la tête, écœurée. Elle fixa le plafond, blanc et immaculé.


C'était sur l'île que Flora s'était rendu compte qu'il se passait quelque chose de grave avec Justine. Cela avait commencé sur le bateau. Elle ne supportait pas de rester dans la cabine, elle devait être dehors, la tête penchée au-dessus du bastingage de sorte que les embruns mouillaient son visage et ses vêtements. Le temps était venteux, et des oies blanches flottaient à la surface de l'eau.

Flora avait échangé un regard avec Sven.

— Elle a juste le mal de mer, avait-il dit avec irritation en sortant pour tenir compagnie à la fille. Elle n'a jamais supporté le bateau.

La maison les attendait. Il faisait frais ; le ciel était couvert et le temps à la pluie. Dans la cour, le bois était stocké sous des bâches sur lesquelles des petites flaques d'eau s'étaient formées.

Sven avait sorti la clé en déclarant :

— Voilà, les filles. Nous voici arrivés dans notre paradis d'été.

Justine avait eu le droit de choisir sa chambre. Elle avait jeté son dévolu sur une pièce orientée à l'est, pas très grande, étroite et haute de plafond. Sa grand-mère l'appelait son bureau. Elle avait des correspondants dans différentes parties du monde, mais étant d'un naturel agité et impatient, elle ne restait jamais assez longtemps sur l'île pour rédiger tant de lettres.

Son secrétaire blanc n'avait pas bougé. Flora avait parcouru les tiroirs, tendue, comme si elle redoutait de découvrir des notes à son sujet ou celui de Sven. Cependant, ils ne contenaient rien d'autre que le papier à lettres rose au monogramme gris de sa belle-mère.

— Souviens-toi, Justine, que ta grand-mère voulait que ce secrétaire te revienne, prétendit-il, comme s'il avait un jour pu évoquer ce genre de disposition avec sa mère.


Après le repas, on allumait toujours la télévision. Les deux filles de Märta Bengtsson la lui avaient achetée et l'avaient installée à côté de son lit. À cet instant, on diffusait un programme relatif aux sports d'hiver, peut-être une compétition quelconque sur un arrière-fond de musique au volume élevé. Des jeunes gens vaillants défilaient à vive allure après des sauts à ski ou sur la glace. Ils faisaient mal à voir. Elle ferma les yeux ; ils étaient aussi douloureux que si elle s'apprêtait à tomber malade.

Tout à coup, le silence régna. L'une des blouses blanches était entrée et avait prié Märta Bengtsson d'utiliser son casque. Elle ne voyait plus que des taches de couleur se succéder sans son.

Oui, ce serait bien qu'elle déclare une maladie, qu'elle ait de la fièvre. On la placerait en isolement, et cela empêcherait Justine de lui rendre visite ou, du moins, de l'emmener dehors. Elle gardait en mémoire la virée en voiture, terrifiante, vertigineuse, un pressentiment de plus en plus prononcé.

Je veux mourir à ma façon.

Non, je ne veux pas mourir... je veux vivre.

Le comportement de Justine était devenu encore plus bizarre sur l'île. Elle prenait une chaise dans la cuisine et l'instant d'après elle s'endormait d'un coup, et sa tête venait cogner sur la table. Un sommeil profond accompagné de ronflements.

— Qu'est-ce qui t'arrive pour que tu t'assoupisses ainsi ? lui demandait Flora.

Justine la regardait sans parvenir à stabiliser ses pupilles qui semblaient déconnectées.

Flora pensa aux drogues et se pencha au-dessus de la fille ; elle ne percevait aucune odeur inhabituelle, uniquement un champ électrique éloigné, de forte intensité.

Alors qu'elle s'était réjouie de participer à la décoration de sa chambre, elle n'en avait soudain plus la force. Au beau milieu de l'après-midi, elle devait s'allonger. Étendue sur le dos, elle dormait à renfort de ronflements, comme une personne adulte ou très âgée. Sa peau devint pâle et boutonneuse. Ses épaules et son cou se couvrirent de plaques qui la démangeaient. Elle les grattait et arrachait des morceaux de peau avec ses ongles.

— Ce n'est pas si anormal qu'elle soit fatiguée, disait Sven, ce qui surprenait Flora car habituellement il envoyait chercher le médecin au moindre éternuement.

— Pourquoi grands dieux serait-elle plus fatiguée que nous ?

— À cause des hormones, tu sais bien. Elle traverse une période délicate.

Aux yeux de Sven, Justine traversait constamment une période délicate.

Un matin, elle entendit du bruit dans la salle de bains. Flora était seule avec la fille ; Sven était parti en bateau. Elle était dans le couloir, et la porte était entrouverte. Justine était accroupie, la tête pliée au-dessus de la cuvette.

À sa sortie, son visage était livide. Elle s'acheminait vers sa chambre quand Flora la rattrapa par le bras.

— Laisse-moi t'observer ! Montre-moi tes yeux !

La fille leva le visage vers elle comme une somnambule. Et là, tout au fond de ses iris aux reflets verts, Flora vit la confirmation éclatante de ce qu'elle suspectait : l'adolescente était enceinte.

Flora la harcela de questions, lui refusant le moindre répit. Qui lui avait fait cela ? Qui l'avait violée ?

— Personne, répondit-elle en pleurant, et en laissant la morve s'accumuler sur sa lèvre supérieure. Personne ne m'a violée.

— Maudite gamine, tu n'es qu'une enfant !

224

Sven se tenait au milieu des pots de peinture, grand en dépit de son dos voûté.

— Laisse-la tranquille ! cria-t-il. Laisse-la en paix !

— Tu ne comprends donc pas ! Il faut l'emmener à l'hôpital pour qu'ils le retirent.

Il y avait bien longtemps qu'il avait renoncé à argumenter. Il haussa la voix et hurla en martelant chaque syllabe :

— Je-te-ré-pète-de-laisser-ma-fille-en-paix !

Lui aussi était devenu bizarre sur l'île.

Elle abandonna tout ce qu'elle avait entrepris et prit le bateau pour retourner en ville.


Elle appela sa sœur Viola qui travaillait au rayon parfumerie du grand magasin NK. Elle lui expliqua qu'elle s'était sérieusement querellée avec Sven et qu'elle avait besoin de s'éloigner. Besoin de temps pour réfléchir.

Elle avait emménagé dans le trois pièces de sa sœur sur Östermalmsgatan. Elle disposait de toute la journée pour elle, et au retour de sa sœur le soir, elles sortaient dîner au restaurant.

Il lui sembla qu'elle avait été enfermée sous une bulle de verre.

Les journées brûlaient au soleil ; le bitume était chaud et poussiéreux. Rien ne se produisait dans sa vie. Elle écoutait sa sœur lui raconter ses histoires à la parfumerie.

— Je vais te teindre les cheveux, déclara Viola en préparant toutes sortes de produits capillaires. Ton apparence a toujours joué en ta faveur, mais ce n'est pas parce qu'on est mariée qu'on doit se négliger, tu

sais. Est-ce que tu crois qu'il en a trouvé une autre ?
Qui est sa secrétaire ? Est-ce que tu as vérifié ? Tu
dois te montrer gentille à son égard et l'aguicher
un peu. Une telle mine d'or et un homme au si bon
cœur !

Fin août, elle retourna sur l'île. Sven l'attendait sur le
ponton ; il était bronzé et en pleine forme. Il fit comme
si rien ne s'était passé. Il la prit par la taille et embrassa
tendrement ses lèvres maquillées.

— Tu es superbe, Flora, tu es ma petite poupée, tu
m'as manqué. Laisse-moi voir. Tu as acheté une nouvelle
robe ? Elle est très belle et te sied à merveille.

Les travaux à l'intérieur avaient été interrompus ; les
pièces étaient à moitié finies. La fille dormait dans le
hamac.

Quand elle se réveilla, cela se voyait.

Pour autant, il refusait d'évoquer le sujet.

À la mi-septembre, ils regagnèrent leur maison en
ville.

— Et l'école ? demanda-t-elle. Y as-tu pensé ?

— Je les ai contactés.

— Que leur as-tu dit ?

— Peu importe. Elle a obtenu une autorisation
d'absence.

Justine cessa de s'habiller et déambula dans la maison
dans sa robe de chambre pelucheuse. D'ailleurs, aucun
de ses vêtements ne dissimula bientôt son ventre qui
s'arrondissait. Lui acheter des vêtements de grossesse
aurait constitué une capitulation.

Toutefois, cela n'avait pas d'importance puisqu'elle ne sortait jamais et ne rencontrait personne.

Le terme serait pour la fin de l'hiver ou le début du printemps.

Qui était le père ? S'agissait-il de Mark ?

Elle garda tout le temps le silence.

Ce silence, cette tristesse envahissaient la maison de la cave jusqu'au grenier récemment aménagé.

Aux premières neiges, elle commença à tricoter. Elle récupéra la laine d'un vieux pull et tricota à partir de cette pelote gris-blanc crépue. Elle travaillait sans modèle, une moue accrochée aux lèvres.

Vers le début de l'avent, Sven partit en voyage d'affaires à Barcelone. Flora s'en souvenait très bien. Il ne voulait pas y aller mais n'avait absolument pas le choix. Il avait tergiversé et fait attendre le taxi si longtemps qu'il avait failli manquer son avion.

Après son départ, Flora avait essayé de rétablir le contact avec Justine.

— Comment vas-tu ? Tu peux au moins répondre à ça, non ?

Les sourcils marron clair de Justine s'étaient rejoints.

— Il neige sur le lac, tu as vu ? On dirait des plumes...

— Ce n'est pas ce que je t'ai demandé.

— J'ai eu un animal à une époque ; tu ne le savais pas.

— De quoi parles-tu, bon sang ? Avec tes animaux et tes plumes. Toute cette histoire t'est montée à la tête.

— Le cerveau... Flora. Est-ce que tu comprends que des roses peuvent vivre dans le cerveau ?

Flora l'avait attrapée par les épaules et l'avait relevée. Cette odeur de transpiration et de crasse. Les cheveux emmêlés, les ongles en deuil. Elle la prit par le poignet et la conduisit sous la douche.

Elle s'attendait à une réaction de peur, mais il n'en fut rien. Le ventre rond et brillant ; le nombril proéminent ; les seins semblables à deux ballons tendus et prêts à éclater. Elle prit du savon dans sa main et enduisit ce corps gris pâle agité. Elle la rinça et lui shampouina les cheveux.

Justine telle une statue enceinte. À présent, elle voyait distinctement le fœtus bouger à l'intérieur, des petits bonds saccadés. Elle plaqua sa paume contre le ventre de la fille, qui sursauta. L'enfant était là, elle le sentait.

Une nouvelle chemise de nuit qui se coinça au niveau du ventre. Flora dut attraper une paire de ciseaux et complètement découdre une des coutures latérales. La fille arborait un sourire énigmatique et un calme hautain.

Puis le peigne et les nœuds impossibles à démêler. Elle fut encore obligée d'employer les ciseaux.

Elle lui coupa les cheveux courts, non par vengeance, mais pour des questions pratiques. Le visage de la fille était arrondi et gonflé.

— Pourquoi pleurniches-tu ?

La fille bougea la tête avec raideur.

— Ne gaspille pas tes larmes. Tu en auras besoin pour la suite.

Puis une nuit, le moment arriva. Pourquoi les accouchements se déclenchent-ils toujours la nuit ?

*Ç'aurait dû être moi. Moi qui aurais rampé contre lui. Moi qui me serais ouverte spasme après spasme.*

La fille était assise dans son lit avec sa chemise de nuit froissée. La bouche ouverte, se mordant la langue au sang. Elle avait crié ; nous avions été réveillés par son cri.

Sven avait dit non avant de me hurler :

— Fais chauffer de l'eau et va chercher des serviettes. Dépêche-toi !

Cela n'aurait pas dû se dérouler ainsi.

Il était trop tard pour envisager de la transporter à l'hôpital.

Je lui dis :

— Si nous ne réussissons pas...

Ces paroles l'avaient mis en rage.

— De si jeunes filles... leur bassin...

Il m'avait alors poussée dans la cuisine, un masque à la place du visage.


Elle avait lutté jusqu'à l'aube, hurlant et se débattant.

Flora avait entendu Sven implorer Dieu.

Elle avait cessé de l'approcher, mais elle observait les hanches de la fille, si étroites et peu développées.

Si l'enfant reste bloqué, ce sera de notre faute. Si elle meurt avec le fœtus en elle, c'est nous qui serons condamnés.

Toutefois, elle ne mourut pas. Elle s'en sortit.

Le bébé reposait sur le drap, c'était un garçon minuscule.

Sven prit les ciseaux et coupa le cordon ombilical au milieu des membranes et du sang. Il lui tendit cette masse qui était un nouveau-né.

Je sentis le corps chaud qui s'agitait, cherchant à respirer. Puis, il se mit à vagir, le nez large et épaté. Je le plaçai dans la bassine, et l'eau se teinta de sang. Je lui lavai les mains ; ses poings étaient fermés. Je dus les ouvrir et découvris des traits et des lignes profondes. Son scrotum imposant et gonflé. Son membre semblable à un tentacule. Ses cheveux sombres et ses yeux voilés. Je le débarrassai des fluides et du sang de sa mère. Je l'enveloppai dans un tissu. Il avait cessé de pleurer. Son visage avait la forme d'un cœur. Sa petite lèvre merveilleusement dessinée qui tournait autour du bout de mon doigt. Je m'assis et ouvris ma blouse, les petites gencives voraces.

Sven était dans l'entrebâillement de la porte. Il me vit, se détourna et sortit.


Elle tendit les bras vers moi pour le prendre. Je lui dis qu'elle était fatiguée. Qu'elle pourrait l'étouffer en s'endormant sur lui. Regarde-le. Est-ce que tu veux t'assoupir sur le beau visage de ce petit garçon ?

Elle était maigre et avait perdu beaucoup de sang.

Je le posai contre ses seins, il cria et battit de ses petits bras délicats. Il avait faim. C'était bon signe. Mais elle était trop jeune, elle n'avait pas de lait à lui donner. Sven dut aller acheter un biberon et une boîte de lait maternisé. Le garçon était lourd. Il était sur mes genoux ; c'est moi qui lui appris à téter. Chaque fois qu'elle le prenait, il se mettait à pleurer. Elle était trop jeune ; elle n'était elle-même qu'une enfant.

230

Malheureusement, le garçon cessa de s'alimenter. Ils étaient au désespoir. Que faire avec un enfant qui ne mange pas ? Elle lui présentait une cuillère et ouvrait sa petite bouche. Ce qui entrait ressortait et coulait le long de ses oreilles. Elle le donna à la fille. Réchauffe-le si tu peux. Mais la fille avait sombré dans la torpeur et n'était plus là.

L'enfant ne survécut que quatre jours. Puis il n'y eut plus rien à faire.

Elle l'enveloppa dans une serviette de lin. Sven arriva avec une boîte à chaussures.

L'enfant était trop petit et était né trop tôt.

Il ne dit jamais ce qu'il avait fait de la boîte.

# Chapitre 19

En arrivant, il discerna la silhouette de ses parents à la fenêtre, dissimulés derrière les rideaux. Ils reculèrent pour ne pas être vus, ce qui l'irrita malgré lui.

Dans le métro, il avait acheté des tulipes et une boîte de bonbons. Que peut-on offrir à un homme aussi âgé ? Son père n'avait jamais été attiré par les livres.

Sa mère le débarrassa de son manteau.

— Va t'asseoir avec ton père ; le repas sera prêt dans une minute.

Un fumet merveilleux avait envahi toute la maison. Elle avait préparé des roulades, son plat préféré, accompagnées de grosses pommes de terre à la parisienne, de petits pois, et de gelée.

Son père se servit une portion.

— Comment ça va ? lui demanda-t-il. Est-ce qu'il y a beaucoup d'activités à l'hôtel ?

— Nous avons été pas mal occupés.

— Tu continues à assurer le poste de nuit ?

— Oui, car les nuits peuvent se révéler difficiles.

— Je ne comprends pas. Les clients ne dorment pas la nuit ?

— Kjell, tu saisirais si tu te donnais la peine d'y réfléchir un instant ! intervint sa mère en pouffant.

Son père siffla :

— Non, bon Dieu, je ne comprends pas.

Sa mère se tourna vers Hans Peter et fit une grimace pour l'enjoindre à expliquer.

— Suppose que plusieurs clients débarquent... notamment des étrangers. Nous aurons beaucoup de formalités à effectuer, de formulaires à remplir avec leurs passeports entre autres. Et puis, il faut les aider en leur fournissant des informations sur la ville. Parfois, on doit leur appeler un taxi. Il arrive aussi qu'ils se perdent.

— D'accord, je vois.

— Reprends des roulades, l'exhorta sa mère.

— Volontiers, Maman, c'est délicieux. Tu sais vraiment ce que j'aime.

Elle lui adressa un sourire crispé.

Après le repas, il l'aida à faire la vaisselle. Son père était installé devant la télé et suivait un programme de ski ou quelque chose de ce genre.

— Il est devenu si susceptible et soupe au lait, marmonna sa mère en rinçant une assiette.

— Ah bon.

— En dépit de mes efforts, rien n'est jamais assez bien.

— Est-ce qu'il est en bonne santé ?

— En bonne santé ? Oui, je pense. Je n'ai rien remarqué de particulier.

— Et toi, Maman ?

— Qu'est-ce que tu veux dire ?

— Est-ce que tu es en bonne santé ?

— Bien sûr. Je me porte comme un charme, quoique je ne sache pas comment se portent les charmes ! Je souffre parfois de petits vertiges, mais c'est normal à mon âge.

Elle ouvrit un placard et en sortit un bocal de café.

— J'ai préparé un gâteau qu'il aime, avec du chocolat.

— Tu le gâtes trop.

Elle plaça soudain ses mains devant son visage et éclata en sanglots.

— Maman, qu'est-ce qu'il y a ?

Il essaya de la prendre dans ses bras, mais elle se déroba.

— Maman... tu penses à Margareta ?

— Oui, répondit-elle en hoquetant.

Cette scène était habituelle. Les souvenirs resurgissaient avec davantage de netteté lors des anniversaires et des fêtes. Elle s'efforçait d'éviter soigneusement le sujet, mais il était toujours sous la surface, prêt à s'imposer.

Il ne savait que dire.

Sa mère resta dans cette position un moment, tournée vers le placard.

— Tu veux que je prépare le café ? demanda-t-il.

Elle s'ébroua légèrement et tourna le robinet.

Il se sentait impatient. Il but du café et prit deux parts de gâteau. À chacune de ses visites, il ingurgitait trop de nourriture.

— Nous ne devions pas avoir quelque chose avec le café ? marmonna son père.

— Kjell, tu as déjà oublié le gâteau que j'avais préparé ?

— Je pensais à quelque chose de plus fort.

Il adressa un sourire malicieux à Hans Peter.

— Qu'est-ce que tu en dis, H.P. ? À moins que tu travailles ce soir ?

— Oui, je suis de service, mais je peux me permettre un verre quand même.

Son père conservait les alcools forts dans un vieux buffet dont les parois et les portes étaient décorées de citrouilles peintes ; il l'avait remporté à une enchère. Il dénicha la bouteille de whisky. Il avait son vieux gilet renforcé aux coudes avec des pièces de cuir. Depuis combien de temps le traînait-il ? Toute sa vie ?

— Je ne vais pas en prendre, dit sa mère.

— Est-ce que tu préfères un sherry ?

— Merci, je veux bien.

— Où sont les verres ?

— Ils n'ont pas bougé depuis la dernière fois.

Hans Peter se leva.

— Je vais les chercher. Je sais où ils sont.

Il avait envie de partir. Il éprouvait un sentiment étrange, inhabituel, entre attente, nostalgie et impatience. Dans la maison de ses parents, l'air lui paraissait suffocant ; il avait du mal à tenir en place dans le canapé du séjour.

Après un demi-verre de whisky, la langue de son père se délia. Il commença à leur livrer un cours sur les parachutes dorés, son éternel cheval de bataille.

— Les journaux parlent sans cesse de grands directeurs licenciés parce qu'ils sont incompétents, mais c'est bizarre qu'au passage ils empochent un beau pactole, des millions de couronnes pour le restant de leurs jours. Est-ce bien raisonnable ? Moi, j'ai fait mon boulot pendant des années ; je me suis bousillé le dos et je ne touche pas des millions de couronnes pour autant. Quelle est la valeur du dos d'un ouvrier ? Que dalle. Tandis que ces grands directeurs, eux, ils sont vautrés dans leurs fauteuils confortables et se baladent dans leurs belles voitures de luxe.

— Kjell, tu nous as déjà dit tout ça...

— Et même si j'ai payé mes cotisations au syndicat, il ne peut pas...

Hans Peter savait que la seule attitude était d'acquiescer, ce qu'il fit. Il resta assis une heure de plus avec eux puis se leva et consulta l'heure.

— Bon, il faut que je me mette en route si je veux arriver à l'heure au boulot. Merci pour tout et encore joyeux anniversaire !

Il se souvint alors que l'anniversaire en question était passé.

Il tendit la main à son père, qui la prit et la pressa. Il grimaça comme s'il avait l'intention de s'exprimer. Puis il se racla la gorge et enfonça ses mains dans les poches déformées de son gilet.

— Porte-toi bien, H.P. Merci beaucoup pour ta visite.

— Tu pourrais l'appeler par son prénom, dit sa mère. On l'avait choisi ensemble !

— Plus maintenant, gloussa son père.

Sa mère s'approcha d'Hans Peter, et le serra légèrement contre elle. Elle mesurait une tête de moins que lui. Ses cheveux se raréfiaient, et il distinguait son crâne blanc. Il l'étreignit brièvement.

Hans Peter emprunta le train de banlieue pour rejoindre la gare centrale et marcha pour effectuer le reste du trajet jusqu'à l'hôtel. Il avait cessé de pleuvoir et il avait besoin d'air.

À la réception, Ariadne nettoyait l'aquarium. Elle était en retard aujourd'hui. Elle lui dit que sa fille était malade et qu'elle avait dû attendre son mari. Elle était penchée au-dessus de l'aquarium, vêtue d'un jean bleu moulant.

Il prit le registre et le feuilleta distraitement.

— Qu'est-ce qu'elle a, ta fille ?

— Je crois que c'est cette grippe.

Son bras plongé dans l'eau, elle déplaçait le tuyau et aspirait les petits excréments qui ressemblaient à des vers.

— J'ai dit à Ulf qu'il devrait acheter des poissons plus gros, râla-t-elle, mécontente. D'après lui, ils ne seraient pas heureux. Moi, je dis que si. Je sais bien qu'ils seraient heureux, je l'ai dit à Ulf, mais il m'a répondu que non, que les gros supportent mal la vie en captivité.

Tout à coup, il fut fatigué d'elle. Il voulait avoir la paix. Il se demandait si elle avait fini le ménage. Sans doute, car elle s'occupait généralement des poissons en dernier, avant de rentrer chez elle.

— Toutes les chambres sont faites ?

Elle se tourna vers lui, le regard interrogateur.

— Les chambres ?

— Oui.

Elle ne devrait pas porter de pantalons aussi moulants. Une question lui vint à l'esprit : Comment était son mari ? Se montrait-il gentil avec elle ?

237

— Non, rien, répondit-il avec irritation. Je pensais à voix haute.

Elle reprit son travail. Elle avait étalé des journaux sur le sol tout autour afin de ne pas le mouiller. Hans Peter transportait le livre dans sa sacoche, celui qu'il avait emprunté à Justine. Dès qu'Ariadne serait partie, il y jetterait un œil. Il était impatient de le tenir entre ses mains. Une sensation étrange l'avait submergé, une sensation de solennité. Il l'avait rangé avec des gestes délicats. Il avait achevé sa lecture en quelques jours à peine et il pensait à la manière dont il allait le restituer. Il voulait rallonger le temps pendant lequel il le possédait, pour pouvoir fantasmer sur le moment où il le lui rendrait.

L'ouvrage lui avait procuré une émotion particulière. Il racontait l'histoire d'un homme d'âge moyen, Dubin, auteur de biographies qui, un jour, se mettait à observer sa propre vie. La ressemblance existant entre Dubin et lui l'inquiétait. Comme s'il n'avait jamais vécu pour de vrai, comme si la vie s'apprêtait à lui échapper sans qu'il puisse l'empêcher. Il avait hâte de discuter du livre avec Justine. Il ne la connaissait pas, mais avait manipulé son pied nu et l'avait tenu sur ses genoux pour le réchauffer.

Ariadne replaça le couvercle en verre et enroula les épais gants en plastique verts. Elle avait l'air triste.

— Je peux retirer les journaux pour toi, lui proposa Hans Peter.

Elle lui adressa un signe résigné.

Il s'agenouilla et les replia. Ils étaient détrempés, et une plante d'eau noircie et gluante gisait sur l'un d'entre eux. Elle était dans la kitchenette et rinçait à grande eau l'évier. Il ressentit une pointe de culpabilité. Il se faufila derrière elle et jeta les papiers dans la poubelle.

— Elle est fort malade, ta petite fille ? demanda-t-il d'une voix brusque.

— Elle a de la fièvre.

— Dis-lui bonjour de ma part et qu'elle doit se rétablir.

Ariadne hocha la tête. Il exerça une légère pression sur ses épaules.

— Passe un bon samedi soir malgré tout, et à lundi.

Il composa son numéro. Il l'avait cherché dans l'annuaire redoutant qu'il n'y soit pas, craignant qu'elle préfère figurer sur liste rouge, mais il y apparaissait. Il le répéta plusieurs fois sans vraiment s'en rendre compte et le mémorisa de cette façon.

Il enregistra des clients, leur donna leurs clés. Vers vingt-deux heures, il souleva le combiné et composa le numéro de Justine. Cinq sonneries résonnèrent. Oh, mon Dieu, elle dort peut-être à cette heure-ci ! Il s'apprêtait à raccrocher quand on décrocha. Le silence complet régnait à l'autre bout de la ligne.

— Allô ! dit-il dans l'expectative.

Pas de réponse.

Il répéta.

— Allô ! Puis-je parler à Justine Dalvik ?

Il entendit un déclic : on avait coupé la ligne.

À son réveil le lendemain matin, il resta allongé un bon moment. Elle lui était apparue dans son sommeil. Elle était pieds nus, en équilibre sur une rangée de rochers acérés, glissant et dérapant. L'oiseau planait au-dessus d'elle et piquait continuellement sur sa tête. Il s'était aussi vu dans le rêve. Il courait en agitant les mains pour éloigner l'oiseau. Mais c'est Justine qui, effrayée par le bruit, perdait son équilibre, et tombait sur l'arête d'un rocher sur laquelle elle s'ouvrait la gorge. Il était coi et la regardait, la tête coincée entre des petits amoncellements de pierres. Un profond désespoir l'étreignait, qui ne l'avait pas entièrement quitté quand il se réveilla.

Il se leva. Dehors, la température était plus douce, et la pluie scintillait sur sa fenêtre. Il resta un quart d'heure sous la douche avant de rappeler son numéro.

Cette fois, elle répondit. Lorsqu'il entendit sa voix, il sentit ses aisselles devenir moites de transpiration, et les mots lui manquèrent.

— Allô, dit-il d'un ton idiot et interrogateur.

Elle semblait avoir attrapé froid.

— Qui est-ce ?

— Oh, désolé, c'est moi, Hans Peter. Vous ne vous souvenez peut-être pas de moi ?

— Bien sûr que si.

— Comment va votre pied ?

— Mieux, bien qu'il ne soit pas complètement rétabli.

— Bien. Je veux dire qu'il aille mieux.

Elle rit, et fut prise d'une quinte de toux.

— Oh, est-ce que vous avez attrapé la grippe ? La femme de ménage à l'hôtel, sa fille...

— Non, non, pas du tout. Je suis juste un peu fatiguée ce matin.

— Je pensais que... ce livre.

— Oui ? Vous l'avez fini ?

— Oui.

— L'histoire vous a-t-elle plu ?

— J'aurais aimé... en parler avec vous. Surtout avec vous et... comment dire... en tête à tête.

Elle laissa échapper un petit rire. Il se la représentait, avec ses joues rondes et ses taches de rousseur sur le nez. Il aurait voulu lui demander comment elle était habillée, à quoi elle était occupée, ce qu'elle espérait...

— Venez, répondit-elle, et nous le ferons.

Elle avait enfilé une paire de collants noirs et un pull qui lui couvrait les genoux. À moins qu'il ne s'agît d'une épaisse robe en laine ; il n'était pas très sûr. Le bout de ses doigts était glacé.

— Il fait tellement froid dans cette maison. J'ai beau entretenir un feu dans la cheminée, ça n'y change pas grand-chose.

— Je ne trouve pas qu'il fasse froid.

— Vraiment ?

— Non, au contraire. Il faut dire que j'ai marché vite et que je suis réchauffé de l'intérieur.

— Que puis-je vous offrir ?

Ils entrèrent dans la cuisine où il remarqua deux verres sur la paillasse. Ils avaient contenu du vin rouge. Il perdit une partie de son énergie.

— Moi, j'ai envie d'un café bien chaud et fort. Je vais en préparer. Vous en voulez aussi ?

— Oui, merci.

Justine avait mis une chaussette sur son pied blessé. Il nota qu'elle avait encore du mal à marcher. Pour l'instant, elle dosait le café dans le filtre. Elle s'appuya contre le plan de travail et inspira profondément.

— En fait, j'ai besoin d'un café pour devenir un être humain. Je me suis couchée tard et j'ai un peu la gueule de bois.

Il ressentit des petits picotements dans les mains et il détourna les yeux des verres.

— Quoi ? Vous n'avez jamais eu la gueule de bois, Hans Peter ?

— Bien sûr que si, ça m'est arrivé. Mais plus depuis un bon bout de temps.

— Je n'aime pas être dans cet état. La journée suivante est plus ou moins fichue.

— Enfin, si la veille, on passe un moment agréable...

— Même dans ce cas, je n'aime pas ça.

— Vous avez organisé un pot ou une fête ?

— Non, pas vraiment. Une de mes amies est venue, une ancienne camarade de classe.

Une joie rayonnante s'empara de lui ; son diaphragme se contracta, et les traits de son visage se détendirent.

— Assez causé. Asseyez-vous pour que je regarde votre pied.

Ses bras tombèrent le long de son corps.

— Vous ne voulez pas ?

— Si...

— Il faut se montrer prudent avec les foulures.

— Pourquoi ne pas s'en occuper en haut ? Si vous prenez le plateau avec les tasses.

— Et l'oiseau ? Où est-il ?

— Il est sans doute perché quelque part à se stresser.

La bibliothèque était poussiéreuse et en désordre. Il vit des traces de verres sur la table et un petit pot de crocus sur le rebord de la fenêtre. Aucun signe de l'oiseau.

— C'est un peu la pagaille, comme vous pouvez le constater.

— Je ne m'en offusquerai pas. Vous devriez voir mon appartement.

Il posa le plateau et tira les chaises de façon qu'ils soient assis face à face.

Il lui retira la chaussette et déroula le bandage. Elle avait verni ses ongles. Son pied tressautait ; elle lui dit qu'elle était chatouilleuse.

La bande avait laissé des marques sur sa peau. Elles ressemblaient à des petites vallées, et il les suivit du bout des doigts avant de placer sa main en coupe autour de son talon doux, dénué de callosités.

— Il semble presque plus enflé que la dernière fois.

— J'ai sans doute forcé dessus. C'est difficile de rester tranquille.

— Vous ne devriez pas tant serrer le bandage.

— Non. Vous avez raison.

— Justine, puis-je vous poser une question sans aucun rapport ? Éprouvez-vous parfois le sentiment que la vie vous échappe ?

— Oui... parfois, ça m'arrive.

— Quand je ne serai plus là... personne ne se souviendra de moi et de qui j'étais.

— C'est pareil pour moi, je le crains.

— Vous n'avez pas d'enfants ?

Elle secoua la tête.

— On se souviendra de vous comme de la petite-fille de l'homme qui a fondé l'empire Sandy.

Elle lui adressa un léger sourire ; sa lèvre supérieure était fine et joliment dessinée, l'inférieure gercée.

— *So what*[1] ? rétorqua-t-elle.

— Avoir des enfants ne garantit pas qu'on se souvienne de vous. Mais, au moins, on est une sorte de créateur, et une partie de soi se perpétue... Y compris dans la génération suivante, sous une forme plus diluée bien sûr.

— On peut mener une vie intéressante sans être un créateur.

— Oui, c'est clair.

— Pourquoi n'avez-vous pas eu d'enfants ?

— Le destin en a décidé autrement.

— Vraiment ?

— J'ai été marié plusieurs années, mais... non. Il n'en est rien sorti. Par la suite, elle en a épousé un autre et a eu une ribambelle de gamins. Il y a peut-être un problème chez moi ; je suis peut-être stérile.

Ses mains s'étaient déplacées le long de son pied. Elle n'essaya pas de le ramener vers elle. Son majeur se faufila sous le bord de son collant. Il sentit son mollet, tiède et lisse contre son doigt.

— Et toi ? lui demanda-t-il à voix basse. Pourquoi n'as-tu pas eu d'enfants ?

— J'en ai eu un. Il est mort à quelques jours.

— Oh.

— C'était il y a très longtemps.

_____

1. « Et alors ? »

Il retira sa main, mais elle laissa son pied où il était et l'effleura du bout des orteils.

— Tes mains étaient agréables. J'appréciais.

Hans Peter lui sourit.

— Tiens, il faut que je te raconte : j'ai rêvé de toi la nuit dernière.

— C'est vrai ?

— Oui.

— Est-ce que c'était un... rêve plaisant ?

— En fait, non. C'était plutôt un cauchemar dans lequel tu étais blessée.

Elle se raidit.

— Ah bon ? ... Et qu'est-ce que j'y faisais ?

— Oh... tu marchais sur des rochers dangereux. Tu trébuchais et tombais.

— C'est très étrange... j'ai pensé à toi depuis que tu es venu ici, murmura-t-elle. Ton appel m'a tellement fait plaisir. Cette journée s'annonçait mal, mais plus maintenant.

— Justine, est-ce que tu as quelqu'un en ce moment, une relation ?

— Non...

— J'ai pensé à toi aussi... j'avais hâte de revenir. Mais si tu as déjà quelqu'un...

— Non, l'interrompit-elle. Il n'y a personne. Ma dernière relation a pris fin.

Il se leva, se plaça derrière sa chaise et caressa ses épaules. Elle leva les bras et passa les mains autour de lui. Il recula, elle ne lâcha pas. La chaise s'inclina et se retrouva en équilibre sur deux pieds. Tout doucement, il se mit à genoux et baissa le dossier jusqu'à ce qu'il touche le sol.

Ils étaient allongés sur le tapis. Leurs yeux plongeaient dans ceux de l'autre sans timidité ni distance.

— Aussi longtemps que l'oiseau ne se montre pas.

— Tu as peur de lui ?

— Ce n'est pas effectivement de la peur... c'est juste que sa présence me rend nerveux.

— Tu n'as pas de raison. Il ne nous dérangera pas.

— Tu en es sûre ?

— Absolument.

— Je crois que lui aussi était dans le rêve...

— C'est mon ami et donc le tien aussi.

— Maintenant, je vais te poser une question qui me vaudra peut-être une gifle. C'est possible ?

— Je ne pense pas. Essaie !

— Est-ce que je peux t'enlever tes vêtements, Justine ?

Ses yeux étaient clairs. Il fit passer l'épais pull par-dessus sa tête et le plia pour qu'il lui serve d'oreiller. Il glissa ensuite les mains derrière son dos et dégrafa son soutien-gorge. Ses seins étaient petits et ses mamelons rentrés. Il se pencha sur eux et les effleura de ses lèvres.

— Ils sont timides... chuchota-t-il. Ils n'osent pas se montrer.

C'est à ce moment qu'il vit ses bras.

— Mon Dieu ! Qu'est-ce que tu as fait, Justine ? Tu t'es battue avec un tigre ou quoi ?

— Tu n'es pas loin, murmura-t-elle. Un chat m'a sauté dessus cette nuit, quand je sortais les poubelles. Il était fou furieux.

— Quoi ? Comment t'en es-tu débarrassée ?

— J'ai carrément dû l'arracher de mon bras. Il a sûrement été dérangé par l'oiseau, et ça l'a perturbé. J'avais peur aussi que celui-ci le voie et qu'il s'effraie. Il a failli être dévoré par un chat quand il était oisillon.

— C'est plutôt rare qu'un chat se jette sur une personne et l'attaque de cette manière... Et s'il avait la rage...

— Ah, non, il n'y a pas de rage en Suède !

— Il ne faudrait pas que tu aies attrapé une cochonnerie, comme le tétanos.

— Aucun risque, je suis vaccinée.

Elle se lova au creux de son bras.

— Embrasse encore mes mamelons... fais-les sortir au grand jour.

Il se pencha et, du bout de la langue, il les durcit et les sortit de leur cachette.

Le contact de ses doigts, agiles et inquisiteurs, sur sa peau. Ils s'étaient réchauffés et s'activaient autour de sa taille. Ils découvrirent la boucle de sa ceinture. Le cliquetis quand elle s'ouvrit. Son membre se dressa contre son avant-bras. Il perçut un bruit qui semblait provenir de ses entrailles près de ses oreilles. Sa main l'entoura, le tint et mesura sa force.

— Attends, chuchota-t-il. Ça remonte à si loin pour moi, attends... il ne faut pas que ça arrive trop vite.

Il lui retira ses collants et sa culotte. Elle était puissante et ronde. Il la saisit par la taille et la plaça au-dessus de lui. Allongée sur lui, elle laissa sa langue courir sur son visage.

— J'aime ton goût, dit-elle, alors qu'il entendait le bruit de sa cage thoracique se transmettre à la sienne.

J'aime ton parfum et la douceur de ton menton... juste avant la naissance de la barbe.

Il caressa son dos, ses fesses et la peau si fine dans le pli à la base des cuisses.

— Hé, chuchota-t-il.

— Mmmh.

— Je veux que tu saches que je ne suis pas venu ici dans cette intention ; je ne suis pas venu ici pour coucher avec toi.

— Non ?

— Tu ne dois pas croire que je vais partir après une partie de jambes en l'air...

Justine pouffa.

— Vraiment ?

Elle se laissa rouler sur le dos en attirant sa main qu'elle guida vers son ventre. La toison en bas, douce et bouclée ; il eut envie de la regarder et s'assit. Elle était blonde comme ses cheveux. Il enfonça son doigt dans sa blondeur. Elle était mouillée. Ces cuisses généreuses. Elle était grande, tout en rondeurs avec les lignes courbes d'une vraie femme. Elle ressemblait à l'un des modèles qu'il avait admirés dans les tableaux des anciens maîtres. Vénus, l'enlèvement des Sabines, suspendues aux chevaux, avec leurs voiles et leur chair pâle. Il ôta son pantalon ouvert et s'allongea nu à côté d'elle par terre. Elle s'accroupit, et il vit son ventre par-dessous. En appui sur ses deux pieds, elle se laissa glisser et sombra sur lui. Il pensa à sa cheville ; il pensa au HIV et il se dit que rien n'avait d'importance. Elle était chaude et dégageait de la vapeur. Ses entrailles se saisirent de son membre et le massèrent ; ces muscles puissants et enthousiastes ; il vit les membranes de chair qui l'enlaçaient et l'aspiraient. Il attrapa ses hanches et jouit dans un spasme qui lui tira des larmes. Quelque part au loin, il l'entendit crier. Elle le chevauchait comme un animal, donnait des coups de talons dans ses flancs, et rugissait vers le plafond.

Ils étaient couchés dans son lit. Elle les avait couverts avec la couverture. Elle le tenait dans ses bras et lui caressait le crâne. L'oiseau était perché sur sa branche, une patte relevée. Il ne leur prêtait aucune attention, émettait juste un petit bruit de temps à autre.

— J'espère qu'il n'est pas jaloux, chuchota Hans Peter.

— Non, il souhaite mon bonheur. Si j'aime quelqu'un, lui aussi. Il perçoit ce qui émane de moi.

— Et si tu n'aimes pas une personne ?

Elle gloussa.

— Dans ce cas, ça peut très mal se passer.

— Justine, dit-il, réalisant à quel point il voulait prononcer son prénom encore et encore pour se l'approprier.

Ses lèvres contre sa nuque et son dos.

— Justine, tu as été si merveilleuse... C'était si bon pour moi.

— Pour moi aussi.

— Quelle part de ta vie veux-tu garder pour toi ?

— Qu'entends-tu par là ?

— Je veux apprendre à te connaître. J'ai envie de tout savoir de toi. Je ne suis que lumière et bonheur. Je ne me souviens pas avoir jamais ressenti ça auparavant.

— Ce n'est sans doute pas la première fois, mais tu as oublié.

Au-dedans de lui, il aurait préféré que Justine réponde en écho à ses paroles qu'elle non plus n'avait jamais ressenti cela pour un autre homme.

Il se souvint de ce qu'elle lui avait dit sur une relation qui avait pris fin.

— Nous trouver au tout début... murmura-t-il. Tout avoir devant nous... les désirs, les espoirs.

Elle se tut. Il était dans ses bras, mais elle ne changea pas de position. Il se dégagea pour pouvoir la contempler. Ces sourcils blonds, la ligne de taches de rousseur sur ses joues et son nez ; ces petits seins à l'aspect puéril. Sa main glissa le long de ses côtes ; sa peau était humide de leurs transpirations mêlées.

— Justine, ma chérie... est-ce que je vais trop vite ? Est-ce que je considère ces choses comme acquises ?

— Non, marmonna-t-elle. Je ne pense pas.

Il continua à parler.

— Ce désir, cette passion... Ce n'est pas seulement cela. Il y a également autre chose, un sentiment d'appartenance que je n'ai jamais éprouvé à l'égard d'une autre personne, même pas avec mon ex-femme... non absolument pas avec elle. Dès que je t'ai vue dans la neige, j'ai su qu'il y avait quelque chose en toi que je ne pouvais pas laisser m'échapper. Est-ce que tu m'autoriserais à entrer en toi, à atteindre ton essence, et je ne parle pas uniquement au niveau physique.

Cependant, tout en avouant, il sentit ses muscles se préparer et son pénis flasque se gonfler à nouveau de sang. Elle le perçut également, regarda vers le bas et sourit doucement. Sa main placée au bon endroit,

il grandit contre sa paume. Vas-y, Justine, oui...
recommence... encore.

Elle déclara qu'ils devaient manger. Il lui emprunta
sa robe de chambre tandis qu'elle enfilait une longue
robe en laine verte et rien d'autre. Dans la cuisine, elle
prépara des œufs au plat et du bacon.

— On a faim après une gueule de bois. Bien sûr,
j'essaie de manger léger, mais là, j'ai trop faim, je ne
peux pas me priver.

— Ne cherche pas à maigrir. Tu es très bien comme
tu es.

L'oiseau les accompagna en bas. Elle lui servit la
même nourriture, et il l'ingurgita avec gourmandise.

Elle leur versa de la bière. Ils étaient assis à la petite
table de la cuisine et regardaient la colline. Il avait cessé
de pleuvoir. Il s'entendit commenter le temps. Cela
paraissait si banal, pourtant il ne put s'en empêcher.

— On dirait que l'hiver est fini. Certes, il y a encore
de la glace, mais elle ne tardera plus à se rompre. Selon
les journaux, un homme s'est noyé dans le lac Mälar.

— Ils le recherchaient hier. Ils doivent l'avoir
retrouvé.

— Je ne comprends pas comment les gens prennent
de tels risques.

— Moi non plus.

— Est-ce que tu vivais ici... avec cet homme ? Celui
avec lequel tu as rompu ?

— Non, répondit-elle. Il avait un appartement en
ville.

— Vous êtes restés ensemble longtemps ?

— Plus d'un an.

— Pourquoi ça a cassé ?

Elle ramassa des miettes du bout du doigt et les rassembla en un petit tas sur la table.

— Il lui est arrivé quelque chose... nous étions partis à travers la forêt vierge, la jungle. Il regorgeait d'idées ; il voulait lancer des voyages d'aventures pour les Européens, tu sais, avec de longs séjours dans la jungle. On était censé y manger et y survivre dans des conditions très difficiles. Je l'avais accompagné. Il devait établir l'itinéraire des parcours et lier des contacts avec les autochtones susceptibles d'apporter leur aide durant les périples. Mais... quelque chose s'est produit... En fait, je préférerais ne pas en parler !

# Deuxième partie

## Chapitre 20

Un bruit la tira du sommeil. On frappait. Elle se réveilla immédiatement. Elle s'était endormie crispée, les bras plaqués le long du corps. Elle avait la chair de poule, était couverte de transpiration et frissonnait.

Son regard parcourut la chambre. Nathan n'était pas là.

On frappa à nouveau, et la porte s'ouvrit. Une femme vint près de son lit. Elle avait un foulard sur la tête, qui lui cachait le front et dissimulait même ses épaules. Elle fixa Justine.

— *Cleaning*[1] *!* dit-elle en anglais sur un ton qui ne laissait aucune place à la discussion.

— *Cleaning ? No, you don't have to clean up, it is not necessary*[2].

Justine s'assit, appuyée contre la cloison, le drap relevé jusqu'au menton. Une odeur de curry s'infiltra dans la pièce. De la rue, lui parvenaient des bruits de moteurs et des percussions énergiques, comme si un énorme marteau-piqueur cherchait à enfoncer quelque chose dans la roche.

---

1. « Nettoyage ! »
2. « Nettoyage ? Non, vous n'avez pas à nettoyer, ce n'est pas nécessaire. »

La femme fit une grimace, se retourna et disparut en refermant.

Justine se leva prudemment. Elle avait le vertige. Elle alla dans la salle d'eau ; sa tête lui semblait prête à éclater. Au moment où elle s'assit sur les toilettes, un gecko se glissa dessous pour s'y camoufler. Un papier gisait au sol, un message y était inscrit. Elle le lit sans se relever : *De sortie pour quelques heures. On se voit cet après-midi. Bisous.*

Elle n'osa pas toucher le papier. Elle retira sa culotte et la posa sur le lit, terrifiée à l'idée que le gecko grimpe dessus et s'y installe. Il n'y avait qu'une serviette. Nathan l'avait utilisée puis suspendue sur le dossier de la chaise. Par un interstice entre le mur et le plafond, elle entendit des voix féminines aiguës parler à un rythme soutenu dans une langue étrangère.

Sous l'eau tiède de la douche, elle se lava soigneusement. Tout son corps endolori la faisait souffrir. Le voyage avait duré plus de trente heures. À Londres, ils avaient attendu leur vol dans une salle bondée et enfumée avec des enfants en bas âge geignards, sur des bancs en nombre insuffisant. Elle avait eu besoin d'aller aux toilettes, mais n'avait pas osé s'absenter de peur qu'on les appelle pour embarquer. Lorsqu'elle l'avait dit à Nathan, elle avait remarqué son irritation.

Ils avaient dû courir aux quatre coins du vaste terminal pour trouver la bonne porte. Nathan n'aimait pas perdre le contrôle de la situation, ou devoir demander son chemin.

Dans l'avion, leurs sièges étaient éloignés l'un de l'autre. Nathan atterrit dans la zone fumeurs et elle près d'un couple de Belges élégants et bien habillés. Elle se sentit grosse et bouffie. Elle chercha Nathan du regard sans l'apercevoir. Elle interpella l'une des jeunes hôtesses en uniformes magnifiques qui glissaient dans les couloirs, parmi les passagers. D'un anglais laborieux, elle dit qu'elle voulait changer de place pour voyager avec son ami. Son nom était Hana, il figurait sur une petite plaque en laiton épinglée sur sa poitrine. Hana remua ses lèvres maquillées avec soin, qui expliquèrent que, malheureusement, elle devait s'arranger avec les autres voyageurs.

Le Belge entendit leur conversation.

— *Your husband*[1]? s'enquit-il sur un ton compatissant.

— *Yes*[2].

L'homme secoua la tête d'un air sombre.

— *Very long journey*[3], marmonna-t-il.

Elle décida qu'elle n'aurait pas la force de prolonger la confrontation avec ces étrangers, de leur parler en anglais, de s'endormir à côté d'eux, et de se languir de Nathan. Elle se redressa dans l'allée étroite et se fraya un chemin vers l'arrière à sa recherche. Il était coincé en milieu de rangée. Il lui adressa un sourire peiné.

— Saloperie d'avion, s'exclama-t-il.

— J'ai réclamé l'aide du personnel pour être assise avec toi, et on m'a répondu que nous devions nous débrouiller seuls.

— Et moi, j'ai demandé à ceux assis ici, mais aucun ne veut bouger. Ce sont des fumeurs.

_____

1. « Votre époux ? »
2. « Oui. »
3. « Très long voyage. »

Une hôtesse chargée d'oreillers la bouscula en passant.

— Mieux vaut que tu ailles t'asseoir. Tu gênes.

Ils prirent un taxi pour rejoindre l'hôtel. La chaleur était aussi oppressante que surprenante. Un énorme thermomètre fixé au mur d'une maison affichait trente-quatre degrés à l'ombre. Elle avait en vain fouillé son sac en quête de ses lunettes de soleil. Tandis qu'ils traversaient les faubourgs, elle avait essayé de se convaincre que la ville était belle. Elle regardait les palmiers et les buissons aux fleurs rouges qui poussaient sur le terre-plein central. Elle était si fatiguée qu'elle avait la nausée.

Dans le taxi, la radio était allumée et diffusait de la musique entrecoupée de commentaires. Cela ressemblait à une discussion animée. Elle ne comprenait pas un mot. Nathan était assis à côté du chauffeur. Elle occupait la banquette arrière avec leurs gros sacs à dos. Ils les avaient achetés au magasin Overstock, un surplus militaire, pour cinquante couronnes pièce. Ils s'y étaient procuré la plupart de leur équipement. Cela faisait partie du concept de Nathan : des conseils pour dégotter le nécessaire à moindre coût, à l'intention de ceux qui rallieraient ses groupes. Ses voyages n'étaient pas étudiés pour les riches.

Il lui avait appris à s'harnacher du sac, lui avait montré comment ajuster les différentes sangles, l'ordre dans lequel le faire, puis l'avait aidée à tendre les bretelles, et à serrer les boucles, de façon à répartir la charge, et libérer ses bras. Un nom était inscrit au stylo-feutre sur le revers de la partie supérieure : Bo Falk. C'était l'ancien propriétaire qui en avait pris soin pendant une courte période. Elle s'imaginait un jeune homme aux cheveux coupés ras et encore imberbe et se demandait s'il était content de sa vie, s'il était heureux.

Le soir avant leur départ, Nathan lui avait offert une mascotte. Il s'agissait d'un animal hirsute se rapprochant de l'ours. Elle l'avait attaché à l'une des sangles. Il était censé l'accompagner dans la jungle, et à leur retour, elle le placerait sur sa tête de lit comme témoignage permanent de ce qu'elle avait enduré et accompli.

— Ça ne va pas être une partie de plaisir, Justine. Tu es vraiment sûre de vouloir me suivre ?

Oui, elle l'était.

Ses yeux étaient aveuglés par cette lumière blanche éclatante. Nathan et le chauffeur lui apparaissaient comme des ombres qui discutaient en gesticulant. Nathan se tourna vers elle.

— Comment vas-tu ?

— Bien, souffla-t-elle. Mais accablée, prise de vertige.

— Tu sais ce que me dit ce mec ? Qu'il n'y a pas d'hôtel de ce nom, alors que je sais pertinemment qu'il existe. Je ne lâcherai pas.

— Il a peut-être fermé ?

— Bien sûr que non ! Il veut me rouler, c'est tout !

Partout, on construisait immeubles et bâtiments. Des gratte-ciel à moitié achevés pointaient vers le soleil leurs panneaux de verre scintillants. Des files de voitures et de scooters ; des casques posés sur des têtes enroulées dans des écharpes flottant au vent. Pour finir, le taxi bifurqua dans une petite rue entre des trottoirs éventrés et des tas de terre. Le conducteur pointa du doigt avec irritation :

— Hôtel Explorer, c'est bien ça ?

Ils y étaient. Nathan afficha une mine triomphale et lui tapota l'épaule. Le type fit un bond en arrière comme si on l'avait frappé.

Un adolescent était étendu sur le trottoir devant l'hôtel. Justine craignit d'abord qu'il soit mort, puis elle vit que sa cage thoracique se soulevait et s'abaissait. Ses pieds étaient nus et noirs. Justine voulait en toucher un mot à Nathan, mais ce dernier était occupé à transporter leurs affaires à l'intérieur de l'hôtel. On leur donna leur clé. Chambre quinze au dernier étage.

Elle était trop fatiguée pour prêter attention à l'aspect des lieux. C'était un peu sombre, ce qui lui sembla agréable. Nathan alluma le grand ventilateur de plafond qui se mit à tourner en grinçant. Il lui désigna le lit le plus proche du mur.

— On dirait que tu es sur le point de t'effondrer. Allonge-toi !

— Tu as vu le gamin dans la rue ? Couché sur le trottoir. Et s'il était malade ?

— Oui.

— Imagine-toi : il est comme ça au milieu des gens, et personne ne s'en soucie.

— Le monde est plein de pauvres.

Elle était étendue sur le dos, en sous-vêtements. Le ventilateur tournoyait en gémissant. Nathan l'embrassa sur la joue. Son front était couvert de perles de sueur.

— Je vais me doucher. Fais une sieste. J'ai l'intention de sortir une heure.

Non, pensa-t-elle. Ne me laisse pas seule. Reste avec moi, et soyons ensemble chaque seconde.

Nathan avait dormi la plus grande partie du voyage. Il trouvait le sommeil sans difficulté où qu'il soit. Pendant son service militaire, on lui avait appris à dormir debout s'il le fallait. Le repos était important pour sauvegarder son énergie. Elle était passée à côté de lui à plusieurs reprises, alors qu'elle marchait de long en large dans le couloir pour activer sa circulation. Il avait remonté sa couverture au-dessus de sa tête. À un moment, il avait bougé, et elle avait cru qu'il allait se réveiller, mais il avait continué à dormir.

Elle se demandait quelle heure il était. Le milieu de la journée, peut-être treize ou quatorze heures. En Suède, c'était le petit matin. Elle eut une pensée inquiète pour l'oiseau, bien que le grenier tout entier soit rempli de nourriture. Elle l'écarta ; tout irait bien pour lui.

Ses pantalons étaient pendus à un crochet, fripés et un peu humides. Elle les renifla. Elle transpirait à nouveau. Sa jupe se trouvait dans sa valise ; elle aussi était froissée et elle la serrait à la taille. Elle choisit d'enfiler un T-shirt et fondit en larmes quand elle se vit dans le miroir.

L'hôtel était agencé autour d'un patio, à la seule différence que la cour intérieure avait un plafond. Lorsqu'elle quitta la chambre, elle considéra tous les étages. Des piles de linge s'amoncelaient en bas, sur le dallage de pierre. Une femme se tenait dans les escaliers, un balai à franges à la main. Elle baissa la tête au passage de Justine.

Elle descendit avec précaution. Sur l'un des paliers, elle vit un petit autel à l'intérieur duquel brûlaient de l'encens et des bougies. Elle inspira le parfum âcre.

On peut difficilement être plus loin de chez soi, pensa-t-elle. Elle se sentait vidée par la fatigue.

Un homme corpulent portant une chemise bariolée à manches courtes était installé à la réception. Le tissu lui collait au dos. Il y avait une tache sur le comptoir et une autre sur son front brillant. Justine lui donna les clés et lui demanda s'il pouvait lui échanger de l'argent.

— *No, no*[1].

Il désigna un endroit en contrebas de la rue.

Elle sortit et s'engouffra dans l'étuve. Il fallait qu'elle l'affronte pour se procurer de l'argent et acheter de l'eau et de la nourriture. Le garçon sur le trottoir avait disparu, et elle en fut soulagée. Elle marcha dans la direction indiquée par le réceptionniste. La circulation était dense et l'air suffocant. La lumière directe lui blessait les yeux. Tout n'était que vertige, tourbillon et enfer fumant, un dédale de rues entrelacées s'échappant dans toutes les directions. Elle suivit ce qui lui parut être l'artère principale, pensant avoir vu un panneau indiquant « banque ». Elle bifurqua sur la droite, essayant de mémoriser l'apparence des maisons et des panneaux.

Il ne s'agissait pas d'une banque, mais d'un bureau administratif quelconque. Des gens s'y activaient derrière les vitres brillantes. Elle saisit la poignée. C'était verrouillé.

---

1. « Non, non. »

Deux femmes arborant des robes colorées et des foulards la croisèrent.

— Excusez-moi... où puis-je changer mon argent ?

Les deux se prirent le menton, exprimant leur trouble par ce même geste.

Elle dut rebrousser chemin, et réalisa à cet instant qu'elle ignorait l'adresse de l'hôtel si elle se perdait. Rien ne différenciait les panneaux, les voitures ; les bâtiments étaient semblables, les rues lui paraissaient identiques. Elle défaillait, sa tête tournait, des odeurs, des sons et de soif.

Elle entendit crier son nom. Elle ne savait plus où elle était. Elle scruta vainement autour d'elle, elle ne distinguait rien, aveuglée par la lumière et le soleil. Un taxi s'était arrêté, une portière s'ouvrit.

— Justine, qu'est-ce que tu fabriques ?

Nathan.

Elle agrippa la poche de sa chemise et entendit un bruit de déchirure au moment où la couture céda.

— Hé, détends-toi !

Il l'amena au véhicule et l'aida à monter.

Dans la chambre, il lui donna de l'eau dans une grande bouteille en plastique.

— Tu dois vraiment faire gaffe de ne pas sortir sans une bonne provision d'eau, l'exhorta-t-il.

— Je n'avais pas d'argent local.

— Tu aurais pu commander au gars de la réception qu'il te fasse monter quelque chose.

— Et toi, tu aurais pu rester avec moi ici et ne pas filer comme ça.

— Je ne voulais pas te réveiller. Tu m'as dit que tu n'avais pas fermé l'œil dans l'avion. C'est par égard pour toi que je suis sorti seul.

Elle se recroquevilla dans le lit et éclata en sanglots.

— Justine... tu devais bien savoir qu'il me faudrait explorer le secteur.

— Tu n'avais pas besoin de commencer tout de suite.

— Bien sûr que si. J'avais déjà fixé des rendez-vous. Je suis ici pour travailler, tu le sais. Ce ne sont pas des vacances si c'est ce que tu croyais.

Elle était là avec sa jupe froissée et l'élastique lui blessait la taille. Ses doigts étaient gonflés à cause de la chaleur.

Elle se dit qu'ils devraient peut-être faire l'amour. Mais, quand elle le toucha, il se dégagea.


Elle l'avait rencontré chez son dentiste. À cette époque, elle s'y rendait assez souvent car elle avait des problèmes avec un bridge. Chaque fois qu'elle entrait dans la salle d'attente, il s'y trouvait, tant qu'à la fin cela les fit rire.

— On dirait que notre dentiste joue également aux entremetteurs.

Il avait quelques années de plus qu'elle. Son épaisse chevelure grise aurait normalement produit un effet ridicule chez un homme de son âge, mais, assez bizarrement, pas sur lui. Elle avait entendu quelqu'un l'appeler par son nom : Nathan Gendser.

Après de nombreux rendez-vous, ils sortirent un jour du cabinet au même moment. Elle avait la joue engourdie par la Novocaïne. Lui était en train de payer.

— J'ai enfin fini. Quel bonheur !

Elle éprouva un sentiment qui confinait à la déception.

— Vous en avez de la chance !

— Il vous reste beaucoup de séances ?

— Encore une ou deux. Il n'y avait pas que le bridge ; j'avais également des caries.

— Ma voiture est dehors. Est-ce que je peux vous raccompagner ?

Sa propre voiture était garée à deux pas de là. Elle y réfléchit un instant puis accepta sa proposition.

C'était l'été. Ses mains potelées et bronzées ; pas d'alliance.

— Dalvik... dit-il. Je me suis posé la question. Vous avez un lien avec le groupe Sandy ?

Elle acquiesça.

— Ah, voilà. C'est pour ça que vous devez aller chez le dentiste si souvent. Vous avez mangé trop de confiseries dans votre enfance !

— Je n'en mangeais pas tant de ces bonbons-là. Je ne les aimais pas trop. Par contre, j'en ingurgitais d'autres.

— Je ne suis pas surpris.

Il resta silencieux une minute puis lui demanda où elle allait.

— Et vous ?

— Eh bien, je peux vous déposer à la station de métro Odenplan, j'habite à proximité.

— Parfait.

— Vous êtes en vacances ?

— Non, je ne travaille pas.

— Quoi ! Vous ne travaillez pas ? Vous êtes au chômage ?

— Pas exactement.

Elle avait surpris son regard étonné et avait obstinément fixé un point droit devant elle. Les gens étaient souvent troublés lorsqu'ils découvraient qu'elle ne travaillait pas. Elle n'avait jamais entrepris de carrière. Elle avait été malade une grande partie de son adolescence. Elle avait ensuite estimé qu'il était trop tard pour commencer quoi que ce soit, ce qu'elle ne pouvait pas déclarer à des étrangers. Pour éviter les questions, elle racontait parfois œuvrer pour le groupe familial, et envisager de se lancer dans une nouvelle activité – avant de changer de sujet.

— Moi, je me qualifie généralement d'homme à tout faire, toutefois, ces dernières années, j'ai travaillé en tant que guide accompagnateur de voyages.

Il la déposa devant la maison médicale sur Odenplan. Après son départ, elle s'engouffra dans le métro pour aller récupérer sa voiture. De retour chez elle, elle chercha son nom dans l'annuaire. Il vivait sur Norrtullsgatan. Elle sortit la carte de la ville et localisa exactement l'endroit où il habitait.

Le lendemain, elle prépara un coup déraisonnable : elle s'y rendit. Elle n'avait jamais fait ça. Elle se raisonna : Qu'est-ce que tu fais ici, qu'est-ce que tu espères ?

Elle ressentait une espèce de griserie.

Elle se gara près de l'immeuble. Elle leva les yeux vers la façade, se demandant quelle fenêtre était la sienne. Afin d'éviter qu'il ne la découvre, elle entra dans une librairie proche, feuilleta quelques livres et finit par en acheter un de poche pour sauver les apparences. Puis elle fit les cent pas sur le trottoir devant son bâtiment. Elle était persuadée qu'il allait sortir bientôt, elle en avait l'intuition.

Son sixième sens ne l'avait pas trompée : une demi-heure plus tard, il émergea de l'immeuble. Il était seul. Elle accéléra pour avoir l'air de passer par hasard à cet instant précis. Elle s'exclama :

— Ça alors ! Si je m'attendais à rencontrer une connaissance ici !

Son visage : une expression de surprise heureuse !

— Je m'apprêtais à aller chercher un morceau à manger. Vous voulez vous joindre à moi ?

Ils avaient pris un bateau pour rallier l'île du château royal de Drottningholm. Il l'avait invitée à déjeuner au restaurant gastronomique. Elle s'était sentie émerger d'une période de paralysie.

Elle avait gardé le silence pendant de si longues années. Avec lui, elle se réappropria le langage, progressivement, un mot à la fois.

Il insuffla vie à son corps par ses caresses ; il l'éveilla.

— Tu es si belle. J'aime les femmes qui ne sont pas anorexiques. Comme toi, tu es si vivante.

Elle conçut une violente jalousie à l'égard de toutes celles qu'il avait étreintes.

— Comment sais-tu que je suis vivante ?

— Je le sens, en dépit de ta carapace. Je vais te la retirer et te dévoiler au monde.

Elle se dit qu'il ne s'agissait que de paroles que n'importe quel homme aurait pu prononcer, mais elle se donna à lui, sans réserve.

Elle n'avait jamais encore fait l'amour dans sa vie d'adulte. Après la naissance de son enfant, sa vie avait pris fin.

Des fragments de discussions entre son père et Flora, qui montrait les dents, tel un chien terrier vindicatif : Il ne s'agit pas simplement de la protéger, tu dois la soigner, elle doit s'en remettre. On n'y parviendra pas ici. Tu n'en es pas capable et moi non plus. Elle doit aller dans une clinique.

Elle écoutait les pas de son père, les portes qui claquaient et faisaient trembler la maison de la cave au grenier.

De guerre lasse, il autorisa un psychiatre à venir l'examiner chez eux. Il parla de ce qui s'était produit, qu'il qualifia de fausse couche.

— Il faut aller de l'avant, lui dit le psychiatre. Vous avez toute votre vie devant vous.

Il ne se rendit pas compte que, pour elle, c'était exactement l'inverse.

Oui, tous les experts vinrent à son chevet. Il avait payé les meilleurs de la profession. Parler, parler et toujours parler. Il lui permit de l'accompagner dans ses déplacements et l'impliqua dans la société. Des nombres et des calculs, elle oubliait tout. Il rapporta une machine à écrire électrique à la maison ; Flora recouvrit les touches pour qu'elle les mémorise sans les voir. Elle apprit juste l'emplacement d'*a* et d'*ä*.

Quand Flora partit en voyage à Madère avec sa sœur, son père l'installa dans leur chambre.

— Dors dans ma chambre, ainsi tu verras quand je m'endors et quand je me réveille. Si je t'ai causé du tort dans la vie, sache que c'était involontaire. J'ai toujours voulu le meilleur pour toi, Justine. Tu es tout ce qui me reste de ce que j'ai possédé de plus cher au monde. Tu es tout ce qui me reste.

— Et Flora ? avait-elle chuchoté.

— Flora ? Ah, oui, bien sûr. Avec Flora.

Elle était dans le lit de Flora, sur l'oreiller de Flora. Elle voyait son père avec des yeux nouveaux. Elle s'apercevait que sa jeunesse était loin derrière lui. Ses cheveux n'étaient plus bruns ; ils étaient devenus plus fins et clairsemés ; ses sourcils formaient des buissons. Il était assis sur la chaise devant la psyché de Flora.

— Qu'attends-tu de la vie, Justine ? lui demanda-t-il, son attitude entière respirant la résignation.

Elle n'avait pas la réponse.

Il s'était penché au-dessus du plateau.

— Cet homme... qui... a été si proche de toi ? Tu n'es pas obligée de me dire de qu'il s'agissait. Mais... est-ce qu'il était important pour toi ?

Elle s'était enfuie en chemise de nuit.

Debout derrière la porte, elle avait refusé de lui parler.

Son père avait dû la cajoler et l'implorer. Il lui avait tendu le cor, comme si cela avait pu l'aider, comme si elle était encore une petite fille qu'on pouvait consoler avec un instrument de musique.

L'embout du cor contre ses lèvres ; le chant du cor.

Elle s'était retournée et avait vu son reflet dans les yeux de son père, si douloureux qu'ils lui faisaient mal.

Elle aurait voulu le serrer contre elle et disparaître. Elle était sa fille unique et emplie de chagrin.

Petit à petit, son état s'était stabilisé. Flora faisait preuve d'une grande patience. Quand ses sœurs venaient en visite, elles ne parlaient que de ça : l'immense, l'infinie patience de Flora.

— Tu lui prodigues sans doute d'aussi bons soins que ceux qu'elle aurait reçus dans un hôpital psychiatrique, disait Viola qui embaumait le parfum et les fleurs. T'avoir près d'elle doit lui donner un sentiment de sécurité et à lui la paix de l'esprit.

— Cela ne fait aucune différence qu'elle soit ici ou à l'hôpital, elle ne fait guère d'histoires ces temps-ci. Mais Sven préfère l'avoir à la maison. Sa petite fille.

Elle avait prononcé ces derniers mots avec une pointe de sarcasme.

Viola avait croisé ses jambes gainées de nylon et avait appelé Justine.

— Et si je t'emmenais en ville, Justine, pour t'acheter une robe ?

— Si tu savais, avait répondu Flora, tous les vêtements que nous lui avons achetés ! Je ne peux pas t'en empêcher, mais c'est gâcher ton temps. Elle ne porte rien de neuf. Un jour et elle le retire le lendemain. Elle prétend qu'elle se sent mal à l'aise et empruntée. Enfin, peu importe. De toute façon, elle ne met quasiment pas le nez dehors.

— Tu ne devrais pas renoncer, Flora. Les vêtements confèrent grâce et prestance. Ils pourraient constituer un moyen de la ramener à la normale.

Flora avait baissé la voix.

— Normale ! Cette enfant n'a jamais été normale ! C'est génétique ; elle a hérité ça de sa mère. Elle aussi était, comment dire, pour le moins inhabituelle, et je pèse mes mots. Maintenant, j'essaie de lui enseigner les bases de l'entretien ménager. Ce ne sera pas perdu. Et quand Sven et moi serons vieux, elle pourra prendre soin d'elle et de nous. Un être humain doit avoir une valeur ; cela fait partie des choses les plus importantes dans la vie : être utile.

Ses sœurs ne comprenaient pas pourquoi Flora n'embauchait personne pour s'occuper de la maison et du jardin. Être si riche et ne pas avoir d'aide pour les tâches domestiques.

— Tu pourrais rester assise comme une altesse et te faire servir. De la valeur, tu en as puisque tu es l'épouse du célèbre Sven Dalvik.

Flora leur opposait un argument bizarre :

— Je ne veux pas de personnes étrangères dans la maison. C'est mon territoire.


Ce territoire était également devenu celui de Justine. Elle se l'était progressivement approprié à l'insu de Flora. Vêtue de la vieille salopette de son père, elle récurait les murs et les sols. Au printemps et à l'automne, année après année.

Et dans l'eau, elle diluait quelques gouttes de son sang après s'être entaillé légèrement le doigt.

## Chapitre 21

Le jour où son père mourut, elle travaillait d'arrache-pied au grenier. Elle commençait généralement le nettoyage par le haut et descendait lentement. Elle récurait à genoux ; les lames du plancher lui entraient dans la peau, provoquant une douleur qu'elle trouvait agréable. Le bois brut et l'odeur du pin bien frotté.

Puis elle avait senti un courant d'air venant du bas et entendu Flora crier.

Son père s'était effondré sur l'escalier extérieur. Il avait perdu une chaussure. Machinalement, elle lui avait retiré l'autre. Ses mains étaient encore humides de l'eau de lavage.

Ensemble, elles avaient réussi à le traîner jusqu'à la pièce bleue. Flora courait de haut en bas, changeant de vêtements, fumant.

— Change-toi aussi si tu veux nous accompagner. Tu ne peux pas garder cette salopette.

Elle était assise, la tête de son père sur ses genoux. Elle lui sembla petite et dure.

Une seule fut autorisée à monter dans l'ambulance.

Justine prit sa voiture, une Opel qu'on lui avait offerte pour ses trente-cinq ans. Elle suivit de près le véhicule qui fonçait, toutes sirènes hurlantes.

Ainsi qu'elle l'avait pressenti, il n'y avait rien à faire. Un médecin épuisé par le manque de sommeil les prit à part. Il portait un pansement au cou, et elle se demanda pourquoi. S'était-il coupé ? Ou s'agissait-il d'un suçon ? Elle pensait à tout, sauf à son père.

— Voici comment se présente son état : dans le meilleur des cas, il passera la nuit. Je veux que vous en soyez conscientes.

— Nous le sommes, avait-elle répondu.

Flora le fixait d'un air hostile en se grattant nerveusement les mains.

— Combien voulez-vous... pour faire tout votre possible ?

— Chère madame Dalvik, certaines choses ne peuvent être achetées. Nous avons déjà fait tout ce qui était en notre pouvoir.

Elles étaient à son chevet, une de chaque côté.

— Pauvre Justine, dit Flora. Je n'ai pas l'impression que tu saisisses la gravité de la situation.

Son mascara avait coulé sur ses joues. Justine ne l'avait jamais vue pleurer auparavant. Ses reniflements l'agaçaient ; elle aurait voulu être seule avec son père. Elle évoquait la mort sous les traits d'une femme, peut-être sa mère, envoyée pour ramener son mari à la maison. Elle l'imaginait arrivant par la fenêtre, grande et imposante, lui retirer sa couverture, lui prendre la main et l'emmener, loin d'elles. Elle adresserait un regard dédaigneux à Flora : Je viens le chercher parce qu'il est à moi.

Nathan la conduisit dans le plus grand centre commercial de Kuala Lumpur qui ressemblait beaucoup à un supermarché suédois, et elle fut surprise par la diversité des produits disponibles. Elle avait sûrement oublié ses lunettes chez elle ou les avait perdues dans l'avion. Elle allait enfin pouvoir en acheter une nouvelle paire.

Nathan lui expliqua qu'elle ne devait pas le tenir par la main ou lui témoigner de la tendresse, car ce serait une offense. Dans ce pays, on ne dévoilait pas ses sentiments, du moins pas en public.

— Nous réserverons ça à la chambre d'hôtel, dit-il, la bonne humeur retrouvée.

Il l'incita également à visiter le coin des vêtements.

— Cela te remontera le moral. Les femmes aiment le shopping, et je sais de quoi je parle !

Il s'était marié deux fois et avait vécu en concubinage avec une troisième femme. Sur une étagère dans son séjour, trônaient les photos de ses six enfants, prises lors d'obtentions de diplômes ou à l'occasion de mariages. Elle se torturait en posant des questions pour en apprendre le plus possible sur leurs mères.

— Ann-Marie est la mère de ces deux-là. Ils ont les mêmes yeux bleus qu'elle, mais, Dieu merci, ils n'ont pas hérité de sa constitution mentale, si je puis m'exprimer ainsi. Nettan est la mère des jumelles et de Mikke, le garçon. J'ai été légalement marié à Ann-Marie et à Nettan respectivement cinq et sept ans. Après quoi, je me suis gardé de me remarier. Quand j'ai rencontré

Barbro, nous étions convenus de vivre ensemble, tout simplement. Elle ne tenait pas plus à l'alliance que moi ; elle venait juste de divorcer d'un cinglé qui la battait. Nous avons cohabité quatre ou cinq ans et nous avons eu la belle Jenny.

Il était très fier de Jenny qui avait commencé une carrière de mannequin. Une jeune femme svelte aux yeux de biche, copie conforme de sa mère.

— Et après, tu es resté seul ?

Il avait balayé la question du revers de la main.

— Si on veut.

— Pourquoi est-ce que ça n'a pas fonctionné ? C'est si dur de vivre avec toi ?

— Ces trois dames avaient un trait en commun. Elles étaient un peu hystériques.

— Comment ça hystériques ?

— Je ne veux pas en discuter maintenant.

— Moi aussi, je suis hystérique ?

— Je n'ai rien repéré de tel pour l'instant. Le cas échéant, je te promets de t'en parler.

— Et au lit, Nathan, quelle était la meilleure ?

Il l'avait poussée sur le matelas, s'était allongé sur elle et lui avait plaqué la main sur la bouche.

— La première, c'est toi ; la deuxième, c'est toi, et la troisième, c'est toi, ma chérie.


Elle parcourut les rayons de vêtements, mais tout était trop petit. Les femmes malaisiennes lui atteignaient à peine les épaules. Elles semblaient sortir du même moule, et leurs tailles n'étaient pas plus épaisses qu'une de ses jambes.

Partons d'ici, pensa-t-elle.

Nathan discutait avec une jeune vendeuse ; ils l'observaient. Puis elle s'approcha d'elle, un mètre autour du cou.

Elle prononça des mots que Justine ne comprit pas.

— Elle te demande ta taille.

— Pourquoi ? De toute façon, il n'y a rien à mon goût.

Nathan lui tendit une robe coupée au moins pour une Pygmée.

— Tu voudras peut-être une tenue plus élégante quand nous fréquenterons des gens. Nous n'avons pas encore quitté le monde civilisé, tu sais.

— Regarde-la, Nathan, tu crois vraiment que je rentre là-dedans ? Comment peux-tu ? C'est un modèle pour un enfant !

— Évidemment pas celle-ci, une plus grande.

Il se tourna vers la fille qui avait de grands yeux marron.

— *Bigger size*[1] ?

Elle lui adressa un sourire crispé et s'éloigna pour vérifier.

— Partons d'ici, dit Justine.

— Arrête de jouer les trouble-fête !

— Mais, Nathan, tu ne comprends pas !

— Non, vraiment pas. J'ai envie de t'offrir une belle robe, et tu réagis comme une gamine entêtée.

Il se dirigea vers la caisse, et Justine le suivit. La vendeuse arriva et lança un regard navré à Nathan.

— *Well*[2] ? interrogea-t-il.

---

1. « Plus grande taille ? »
2. « Alors ? »

— *Sorry, Sir, no bigger size*[1].

— Elle me prend pour une attardée mentale ou quoi ! s'exclama Justine quand ils émergèrent dans la rue. Elle m'a totalement ignorée.

— Quoi ?

— Elle s'est tournée vers toi, elle ne s'est adressée qu'à toi.

— Elle a bien vu à quel point tu étais maussade et réticente.

Justine enfila ses lunettes de soleil. Elle pleurait à nouveau et elle avait mal à la tête.

Ses règles se déclenchèrent le soir. Pour elle, c'était l'explication. Elle le dit à Nathan et s'excusa d'avoir été grincheuse.

— J'avais pensé que ce pouvait en être la raison. Je connais les femmes et je sais qu'elles ont leurs phases pleurnicheuses.

Elle ne voulait pas être une de ces femmes qu'il connaissait de cette manière. Elle se glissa dans le lit étroit. Elle voulait simplement le serrer dans ses bras, rien de plus.

— Demain après-midi, je vais rencontrer Ben. Il nous accompagnera dans l'expédition.

Elle attira son bras et le posa sur son ventre.

— C'est douloureux ?

— Oui, chuchota-t-elle.

Il l'embrassa.

— Mets-toi sur le côté pour que je puisse te tenir contre moi un moment.

---

1. « Désolé, Monsieur, pas de plus grande taille. »

Elle saigna beaucoup au cours de la nuit et tacha le drap et le matelas. Elle ne voulait pas que les femmes de chambre le voient et elle essaya de faire disparaître les traces. En vain.

Ils prirent leur petit déjeuner dans un restaurant attenant à l'hôtel. Ils commandèrent des jus de fruits, du café au lait dont le fond était agrémenté d'une crème sucrée qui avait l'air d'être une espèce de substance édulcorante. Elle la tourna avec méfiance. Nathan choisit un *roti canai*, une sorte de galette frite accompagnée de sauce au curry. Autour d'eux, les femmes et les hommes mangeaient avec leurs doigts.

— Tu as sans doute remarqué qu'ils n'utilisent que la main droite. La gauche est impure, expliqua Nathan.

— À quoi l'emploient-ils dans ce cas ?

— Je te laisse deviner.

Justine avait mal au ventre et l'impression que de minuscules ongles s'y enfonçaient. Elle ressentait toujours cette sensation les premiers jours de ses règles, et aucun médicament au monde ne pouvait y remédier.

— Il vaut peut-être mieux que tu restes à l'hôtel, proposa Nathan. Tu as l'air un peu mal fichue.

Elle songea aux femmes de ménage.

— Non, plutôt mourir. Je préfère t'accompagner.

Ils traversèrent la ville en taxi. Nathan lui désigna les monuments à visiter : la Mosquée nationale, avec son plafond orné de multiples symboles solaires et son minaret de plus de soixante-dix mètres, entre autres. Pour l'amuser, il modifia sa voix et imita un guide touristique.

— Et sur la droite, vous découvrirez bientôt les fameuses tours jumelles Petronas...

On aurait dit un gamin surexcité.

— Je t'aime, lui déclara-t-elle à voix haute. Oh, Nathan, mets-moi dans la poche de ta chemise et ne m'en retire plus jamais !

L'homme du nom de Ben les attendait dans une pièce climatisée. On avait disposé des jus de fruits et du thé sur la table. Il inspira immédiatement confiance à Justine. Il dégageait une aura de quiétude, et on sentait qu'il n'était ni calculateur ni malintentionné.

— Alors, vous allez dans la jungle pour vous frotter aux tigres et aux éléphants, lui dit-il sur le ton de la plaisanterie et en lui tendant un verre.

Son anglais était excellent.

— J'espère ne pas m'y frotter de trop près, répondit-elle.

— Vous n'ignorez pas qu'il y en a dans la zone où vous allez ?

Il l'observa pour voir sa réaction avant d'éclater de rire.

— On ne les voit pas souvent. Ils évitent les humains. En règle générale, ils ont plus peur que nous.

— Ils ont déjà attaqué des hommes, non ? insista Nathan.

— En effet, mais plus depuis longtemps.

— Les éléphants m'effraient plus que les tigres, marmonna-t-elle. Un homme m'a fait monter sur le dos d'un éléphant. Nous étions dans un cirque avec mon père. Ils ne m'ont pas demandé mon avis. Tout à coup, je me suis retrouvée sur cette peau fripée. Quelques semaines plus tard, mon père a raconté qu'un éléphant de cirque était devenu fou, avait rompu sa chaîne et s'était enfui en semant la désolation.

Ben lui sourit. Ses joues à la peau bise étaient rondes, son nez épaté. Il était né dans la jungle, mais avait été scolarisé et avait fréquenté l'université de Kuala Lumpur.

— La place des éléphants n'est pas dans les cirques, dit-il. Cela rendrait fou n'importe qui.

Ils discutèrent longuement avec Ben. Ils consultèrent des cartes et établirent de longues listes de choses à faire et d'autres à acheter. Tard dans la soirée, ils sortirent manger dans un restaurant local. Il n'y avait qu'un seul plat : du riz frit et du poulet. Justine avait faim ; il n'y avait pas énormément de chair à manger, surtout des os. Ils commandèrent chacun un Coca-Cola.

Nathan dit qu'il avait envie d'une bière fraîche.

— Il n'y en a pas ici. Je connais un endroit où on en sert. Je vous y emmènerai la prochaine fois.

Cette nuit-là, elle dormit à poings fermés et ne se réveilla même pas quand le muezzin appela à la prière vers six heures du matin.

Ils prirent leur douche ensemble. Elle savonna son grand corps clair ; elle ne se lassait jamais de le toucher. Ses mains se languissaient parfois d'être en contact avec sa peau, sa chaleur ; il était tellement plein de vie et de force. Sous l'eau, il eut une puissante érection ; elle se laissa glisser à genoux et le prit dans sa bouche.

Après, il avait les larmes aux yeux.

— Parfois, j'aurais presque envie de me remarier, dit-il en lui caressant la joue.

— Est-ce que tu crois que ça fonctionnerait ? Ou est-ce que moi aussi, je deviendrais un peu hystérique ?

— Il faudra juste que tu t'en abstiennes.

Elle avait enfilé ses sous-vêtements, qui étaient encore un peu humides mais sécheraient sur elle.

— Aujourd'hui, nous allons rencontrer les autres participants à l'excursion.

— De qui s'agit-il ?

— Deux Norvégiens, je crois ; quelques Allemands ; un type d'Islande et – crois-moi si tu veux – une Suédoise. Nous devons les rejoindre chez Ben dans une heure à peu près.

## Chapitre 22

Son père ne fut pas enterré dans la tombe qu'on considérait familiale, là où reposait sa femme française. Il fut inhumé de l'autre côté du cimetière, où se situaient les caveaux plus récents et plus modestes.

Justine avait entendu Flora dire à Viola :

— Pourquoi laisserais-je ces deux-là ensemble dans la mort ? Pour qu'on se retrouve ensuite tous les trois au même endroit ? Pas question ! À ma mort, nous ne serons rien que deux, lui et moi !

— Et la petite Justine ?

Flora avait éclaté de rire.

— Tu ne vois pas que Justine n'est plus petite ? C'est une femme mûre maintenant, et ses meilleures années seront bientôt derrière elle.

L'expression de Viola s'était modifiée, comme si elle avait été insultée. Elle aussi appartenait à cette catégorie, à presque soixante ans. On l'avait incitée, prime de départ à l'appui, à quitter NK pour créer sa propre activité. En vérité, le magasin ne voulait pas de vendeuses âgées au rayon parfumerie. L'apparence impactait les résultats des ventes et pouvait parfois avoir un effet rédhibitoire sur les clientes.

Viola n'avait eu d'autre choix qu'accepter l'argent et louer un petit local à prix d'or près de Hötorget. Elle avait lancé Viola's Body Shop, et vendait des savons, des parfums et des sous-vêtements de luxe. Elle avait offert de prendre Justine en apprentissage et de la former pour diriger la boutique par la suite. Quelques jours plus tard, Justine s'y était rendue et était restée derrière le comptoir, vêtue d'une robe en nylon rose ainsi qu'en avait décidé Viola qui l'avait également maquillée et emmenée chez le coiffeur.

Cela avait été un échec.

— Elle est franchement impolie à l'égard des clientes, elle les traite avec grossièreté, avait rapporté Viola à sa sœur. Elle prétend ne pas entendre ce qu'on lui commande, elle rêvasse dans son coin. Reprends-la.

— Je ne te l'ai pas imposée ; c'était ton idée ! Je savais moi que ça ne marcherait pas. Je t'ai dit qu'elle a toujours eu un problème mental, et tu ne me crois pas.

Après la mort de son père, elles avaient continué à vivre normalement dans la maison. Sans rien changer aux routines qui avaient prévalu jusque-là. Flora entretenait cependant des conversations avec son mari une fois la porte de sa chambre fermée, et Justine les entendait à travers la cloison qui les séparait ; Flora parlait à voix haute, lui reprochait de l'avoir quittée, le menaçait de vendre la maison et d'acheter un appartement en ville.

Elle le disait également à Justine.

— Ne crois pas que nous allons vivre ici jusqu'à la fin des temps. Nous sommes deux femmes adultes et nous n'allons pas partager cette demeure. Normalement, tu aurais dû partir il y a des années ; au lieu de quoi tu as poussé sur Sven et moi comme un abcès, pendant toute notre vie commune. Ton père t'a protégée et surprotégée, mais il n'est plus là. Je suis à présent libre de te chasser. Il n'aurait pas été offensé, il m'aurait remerciée, car tout ce que j'ai fait pour toi, c'était pour ton bien. Les femmes comprennent mieux ces choses que les hommes.

Justine s'éclipsait quand Flora était de cette humeur. Parfois, elle prenait la voiture et allait jusqu'aux falaises de Lövista où elle errait sur les sentiers de son enfance ; pas longtemps néanmoins, l'angoisse la poussait à rentrer. Qu'est-ce que Flora avait inventé ? Avait-elle convoqué un agent immobilier qui était en train d'évaluer la propriété ?

Ce manège dura plusieurs années.

Le matin, chacune de son côté de la table, elles buvaient leur café, entièrement prêtes et habillées, car elles ne voulaient pas se montrer négligées l'une à l'autre. Cela aurait constitué une défaite, une façon de capituler. Flora était toujours maquillée, les paupières fardées de bleu. Sa vue déclinant, elle n'étalait plus désormais la poudre de manière uniforme.

À l'arrivée des beaux jours, elle se précipitait sur le balcon ou dans le jardin. Elle avait toujours aimé le soleil. Elle demandait à Justine de l'aider à sortir la chaise longue et de lui apporter une carafe de vin blanc allongé d'eau. Ses grosses lunettes de soleil sur le nez, elle vernissait ses ongles, couche après couche.

Son attaque s'était produite un jour pareil, alors qu'elle était installée sur le balcon. C'était une belle journée de printemps lumineuse, l'une des premières vraiment chaudes. Elle avait enfilé un bikini en racontant à Justine qu'elle l'avait déjà quand elle était une jeune femme ; son corps était celui charmant et menu d'une gamine. Maintenant, elle avait des difficultés à monter et descendre des marches.

Elle avait ensuite annoncé avoir téléphoné à un agent immobilier.

— J'ai repéré un appartement sur Norr Mälarstrand que j'ai l'intention d'acheter. Un étage avec une grande terrasse. Je pourrai y bronzer tranquille ; tu sais à quel point j'adore la chaleur.

— Et moi ? avait demandé Justine.

— Tu dois dénicher quelque chose pour toi. Qui te convienne. Cette maison est définitivement à vendre. L'agent m'a d'ailleurs dit que les acheteurs potentiels intéressés ne manquaient pas.

Puis elle s'était mise à l'aise, enfoncée dans les coussins. Le soleil brillait sur ses jambes noueuses et épilées. Elle les avait enduites de lotion ainsi que son ventre et ses bras, avait porté son verre à ses lèvres et bu.

Justine avait confié à Nathan avoir éprouvé une colère extraordinaire à l'encontre de Flora à cet instant.

— J'étais tellement folle de rage que j'aurais été capable de la tuer. J'aurais jeté du poison dans son verre si j'avais su comment on s'en procure. Peut-on entrer dans une boutique, s'il vous plaît, je voudrais acheter de la strychnine ? C'est bien ce qu'ils font dans les romans policiers ? J'ai mis les voiles, ponton, direct sur le bateau et moteur à fond, en vrombissant. Mon père n'a jamais aimé que je décolle ainsi ; il me répétait constamment d'être calme et prudente. J'étais si furieuse, je suis sûre qu'il aurait compris. Lui aussi voulait garder la maison. À cause de Maman. J'ai fait de grands tours sur le lac, j'étais seule parce que c'était en semaine et les gens travaillaient. Je réfléchissais à ce qui se passerait si nous devions déménager ; avais-je une chance de l'arrêter ? De parvenir à la faire changer d'avis ?

— Mais la maison n'était-elle pas à vous deux ?

— Oui, probablement. Je ne m'étais pas penchée sur la question.

— Tu n'avais jamais signé de documents ?

— Peut-être. J'étais si déprimée après la mort de mon père.

Il avait hoché la tête.

— Il faut se souvenir de ce genre de chose, Justine.

— Il faut, soit ! Maintenant, je fais attention. En tout cas, à mon retour, le soleil n'atteignait plus le balcon, et j'ai pensé que Flora était dedans. Je suis allée directement à la cuisine préparer le repas. Il était environ dix-sept heures. Je m'étais absentée bien plus longtemps que d'habitude, j'avais accosté à un endroit où tout était silencieux en dehors des oiseaux. J'étais là sur cette plage à souhaiter sa mort, Nathan. Je t'assure que c'est vrai.

— Lui as-tu jamais donné une chance ? Je veux dire d'être ta mère ?

— Tu ne comprends rien... Flora n'est pas une personne à qui on donne. Flora est une personne qui prend.

286

— Je devrais peut-être t'accompagner à la maison de retraite pour la saluer, non ?

— Non, s'était-elle hâtée de répondre.

Comme si la vieille sorcière allait se lever de son lit de malade, récupérer ses forces et les menacer.

— Finalement, je suis montée, car je sentais un courant d'air à l'étage. J'ai regardé dehors et je l'ai vue assise dans une position étrange. C'était macabre, cette vieille femme à la peau desséchée en bikini... Elle avait eu une attaque cérébrale. J'ai essayé de la faire se lever, mais elle se comportait bizarrement et bafouillait. On a découvert après qu'elle était complètement paralysée et ne pouvait même plus parler. Je l'ai envoyée à l'hôpital, et elle n'en est plus revenue.

Il lui avait pris les deux mains.

— Tu me parais un peu cruelle, ma chérie.

— Elle m'a tenue en son pouvoir pendant de si longues années.

— Pardonne-moi, Justine, ça me semble un peu exagéré.

— Ça n'est pas exagéré.

— Ce n'était certainement pas facile de devenir la belle-mère d'une enfant aussi gâtée que toi.

— Si tu l'avais rencontrée, tu ne l'aurais sûrement pas défendue.

— Allez, tu méritais sans doute une fessée ou deux !

— Nathan !

La conversation avait tourné au jeu ; il avait la capacité de lui faire oublier toutes les choses mauvaises et douloureuses du passé. Il aimait lutter avec elle et lui retirer ses vêtements l'un après l'autre, tels des trophées. Ensuite, il se glissait entre ses jambes, l'embrassait et la caressait jusqu'à ce qu'elle soit secouée par les spasmes d'orgasmes continus. Il se délectait de son étonnement et de sa gratitude. Une femme de son âge à ce point dépourvue d'expérience.

Et pourtant, elle avait porté un enfant.

Lorsqu'elle lui avait expliqué les détails, il avait répondu qu'il l'avait présumé. Elle était plus large, plus épanouie que les femmes qui n'ont pas accouché. Il avait veillé à préciser qu'elle n'en était pas moins attirante. C'était l'un des contrastes qui le fascinaient : elle était adulte et merveilleuse, sans rien dissimuler.

Il trouvait sa relation à l'oiseau totalement insensée. Un jour qu'il l'avait raccompagnée chez elle, l'oiseau était descendu en volant et l'avait fait hurler de surprise. Elle avait espéré qu'il se montrerait amical. En fait, elle fut obligée de fermer le grenier le temps que Nathan passa à l'intérieur. L'oiseau n'y était pas habitué, et elle l'entendait crailler et voler en tous sens là-haut.

— Je vais lui rendre sa liberté, dit Nathan. C'est de la cruauté envers un animal.

— Si tu fais ça, il mourra. Les autres l'attaqueront. Ils le mettront en pièces.

— Ne vaut-il pas mieux connaître une mort rapide, quoique cruelle, que d'être forcé à vivre dans un endroit conçu pour des humains ?

— Tu ne comprends pas. Il aime cette maison, et je suis son amie.

— Ce ne doit pas être très hygiénique non plus.

— Les gens parlent constamment de propreté. Est-ce que c'est sale chez moi ?

— Non, mais...

288

— Oublions l'oiseau. Viens, je vais te montrer autre chose.

Elle lui avait présenté des photos d'elle petite, celle de sa mère et celle du mariage de Flora et de son père.

— Voici donc la fameuse Flora ?

— Oui.

— Un vrai squelette.

— Elle a toujours été mince et belle.

— Elle cliquetait sans doute en marchant. Non, Justine, c'est toi qui es belle. Tu es pulpeuse, tu as des formes où un homme peut planter ses crocs.

Et il avait plaqué sa bouche sur son avant-bras et y avait imprimé la marque sombre d'un suçon.

Quand il avait vu son cor de poste, il l'avait décroché et avait essayé de souffler sans parvenir à émettre le moindre son. Il y mit tant d'énergie qu'il en devint tout rouge.

— Il ne fonctionne pas ou quoi ?

Elle le lui avait pris des mains. Elle avait composé plusieurs mélodies simples et faciles à retenir dans son enfance. Elle lui en joua quelques-unes.

Il voulut essayer à nouveau. Il souffla de toutes ses forces et finit par sortir un son profond et discordant.

— J'ai toujours su en jouer, dit-elle calmement. C'est mon père qui me l'a offert. Selon lui, il était fait pour moi.

Nathan aussi estimait qu'elle devrait vendre.

— Fais-le avant que l'oiseau ait tout démoli et déposé de la fiente partout.

— T'as pas capté. C'est ici que je veux vivre. C'est ma mère qui a choisi la demeure ; je suis née et j'ai grandi ici.

— Justement. Combien de logements penses-tu que j'ai habités ? J'ai perdu le décompte. Il faut déménager et changer de perspective. On rétrécit si on a la même vue jour après jour. Tu me suis ? On doit évoluer, Justine. Oser l'aventure.

Ils s'étaient tous réunis chez Ben. À l'arrivée de Justine et Nathan, les deux Norvégiens, Ole et Stein, étaient déjà là ; ils avaient moins de trente ans. L'Islandais et les trois Allemands, Heinrich, Stefan et Katrine, apparurent peu après. Heinrich avait un peu plus de soixante ans et était l'aîné du groupe. L'Islandais se nommait Gudmundur.

Puis Martina surgit. Elle ouvrit et marcha vers eux. Elle s'installa comme si elle les connaissait bien et s'était seulement absentée un moment pour faire une course.

— Salut. Vous m'attendez depuis longtemps ?

Elle était vêtue d'un pantalon en coton si fin qu'on devinait sa culotte à travers le tissu. Ses cheveux étaient remontés en chignon. Elle portait un gros appareil photo d'un modèle sophistiqué en bandoulière.

L'un des Norvégiens siffla.

— Un Nikon ? C'est un F4 ?

— Oui, c'est mon outil de travail.

— Tu es photographe ?

— Non, journaliste *free lance* ; je dois me débrouiller pour faire mes propres clichés.

— Il doit peser une tonne. Tu vas vraiment le trimballer dans la jungle ?

— Je l'ai traîné à travers la moitié de la planète au cours de l'année dernière, alors ça ne devrait pas me gêner.

Elle serait la cadette des participants. Elle avait vingt-cinq ans et était habituée à voyager seule.

— Martina a promis de réaliser un reportage sur notre expédition, expliqua Nathan. Elle va m'aider à promouvoir l'entreprise que je viens de créer, et vous êtes les pionniers. C'est de vous que tout dépend…

Tout le monde éclata de rire.

Ben évoqua une partie de ce qu'ils devaient savoir. Il décida qu'à présent ils ne s'exprimeraient qu'en anglais.

— Ainsi, personne ne se sentira exclu. Il y a une chose que vous devez avoir à l'esprit, vous qui êtes dans cette pièce, c'est que vous appartenez à un petit groupe d'élus qui vont avoir la chance de visiter l'un des plus beaux endroits du globe. La forêt pluviale, et sa richesse en termes de faune et de flore. Du moins comme elle existe pour le moment et qui se réduit à vue d'œil. Je veux aussi que vous soyez préparés à tout ce que cette expédition implique… certains trouveront peut-être leur chargement très lourd, car nous devons également transporter notre matériel. Il n'y a pas de routes ni de sentiers dans la jungle. Il faudra ramper, grimper et jouer aux équilibristes. Nous devrons frayer notre chemin à l'aide de machettes, ces couteaux qu'on utilise dans la jungle et que nous irons acheter demain pour compléter notre équipement. Nous allons fouler des sols que nul Blanc, homme ou femme, n'a piétinés avant nous. Vous avez encore une chance de vous retirer. Il vous reste une nuit pour y réfléchir.

Le soir, Ben les emmena dans un restaurant chinois où on servait de la bière. Justine aurait préféré un verre de vin, alcool qu'il semblait impossible de se procurer dans ce pays. Elle s'assit à côté d'Heinrich qui lui inspira immédiatement affinités et sympathie. Lui et son épouse avaient projeté de voyager dès qu'ils seraient à la retraite, mais elle avait déclaré un cancer et était décédée moins d'un an auparavant.

— J'ai cessé de travailler à sa mort et je participe à cette expédition pour nous deux, lui confia-t-il. J'ai presque l'impression qu'elle est constamment avec moi. Je lui parle le soir et lui raconte comment s'est déroulée ma journée. Partager ses expériences constitue la moitié du plaisir qu'on y découvre.

La bière l'aida à se détendre.

— C'est difficile de perdre quelqu'un qu'on aime, dit-elle.

— Else était si jolie…

Il sortit son portefeuille et lui dévoila furtivement, et avec une légère gêne, une photo de sa défunte épouse. Elle était parfaitement banale, et Justine ne sut que dire.

— Notre union a duré presque quarante ans. Et vous, depuis combien de temps êtes-vous mariés ?

— Nous ? Non, Nathan et moi… nous sommes, je ne connais pas le mot en anglais. Ensemble, pas mariés, et nous ne vivons pas sous le même toit non plus.

— *Lovers*[1] ?

— Non, plus que ça. Nous allons sans doute nous marier ; nous l'avons évoqué.

---

1. « Amants ? »

Martina s'était changée et avait enfilé une robe. Ses cheveux lavés de frais brillaient. Elle les observait à tour de rôle, en gardant longuement le silence. Quand vint le tour de Justine, elle lui dit rapidement en suédois :

— Les premières femmes blanches dans la jungle ! Qu'en penses-tu ?

Stefan, le jeune Allemand, brailla et saisit les épaules de Martina.

— Eh toi, on parle uniquement en anglais !

— J'ai simplement dit à Justine qu'elle, moi, et Katrine, ta copine, allions passer un bon moment dans la jungle avec tous ces beaux mecs.

En rentrant à l'hôtel, ils préparèrent leurs affaires, puisqu'ils se mettaient en route tôt le lendemain matin. Ils allaient pénétrer à l'intérieur des terres en bus jusqu'à une petite ville à proximité de la jungle. Ils y passeraient la nuit et y effectueraient les derniers achats nécessaires.

Justine était prête et s'était glissée dans le lit. Une tristesse inhabituelle l'avait envahie. Elle l'attribuait à ses règles ; son corps était gonflé et lui semblait lourd.

— Nathan, est-ce que tu connaissais certaines de ces personnes avant ?

— Non.

— Pourtant, tu as dit que Martina t'avait promis d'effectuer un reportage.

— Je l'ai rencontrée hier pendant que tu faisais ta petite sieste de beauté.

— Tu ne m'en as rien dit.

— Est-ce que je dois te rapporter chacun de mes pas ou de mes actes ?

— Ce n'est pas ce que j'ai voulu dire...

— Vraiment ?

— C'est un peu casse-cou, une jeune femme suédoise qui se lance à l'aventure toute seule comme ça.

— Pourquoi ? Les jeunes femmes sont dures et téméraires de nos jours.

La question lui échappa malgré elle :

— Nathan... ?

— Oui.

— Est-ce que tu la trouves sexy... ?

— Idiote. Personne ne t'arrive à la cheville, tu le sais bien.

— Sûr ?

— Elle pourrait être ma fille, bordel !


La fièvre et les tremblements se déclarèrent cette nuit-là. Elle se réveilla en plein milieu d'un rêve. Un corps au milieu de feuilles : le sien. La faim la dévorait de l'intérieur, inextinguible, et lui labourait la langue couverte d'aphtes. Elle tâtonna dans l'obscurité. Elle était étendue sur le côté, une jambe pesant sur l'autre, son genou et ses articulations.

Elle pleurait sans bruit.

— Nathan...

Lorsqu'il finit par se réveiller, il était en colère.

— Il faut qu'on dorme ! Demain sera une journée difficile.

Il était deux heures cinq.

Le bout de ses doigts.

— Bon Dieu, tu es brûlante.

Il alla chercher de l'Alvedon, un médicament contre la fièvre, et de l'eau.

— Essaie de te remettre, ma chérie, sinon ce sera extrêmement compliqué demain.

— Oui, Nathan...

L'appel à la prière. Cette voix dure dont l'écho résonnait. Elle était plus glacée qu'elle ne l'avait jamais été.

— J'ai besoin d'aller aux toilettes...

Il l'aida à sortir et lui baigna le visage. Elle vit quelque chose bouger dans le coin, cria et se débattit.

— Ce n'est rien, c'est juste un cafard. Calme-toi, ma chérie, calme-toi...

Elle retourna ensuite au lit.

— Je ne peux pas, c'est impossible...

— Tu veux que j'aille chercher un médecin ?

— Non, j'ai froid, il me faut...

Il descendit à la réception et remonta avec deux couvertures, qui n'y changèrent rien. Elle s'accrochait à son bras.

— Je ne peux pas prendre le bus...

— Je m'en rends bien compte, mon cœur.

Il était obligé de partir. La fièvre provoquait des hallucinations. Elle se trouvait dans la jungle et coulait ; Martina se tenait les jambes écartées dans le fleuve. Puis elle eut l'impression qu'on la soulevait du matelas cabossé ; un ruissellement brillant de cafards ; elle était suspendue, penchée en avant, pliée en deux, et quelqu'un la tenait. Quelqu'un la tenait. Quelqu'un étalait de l'onguent sur son dos. Elle ressentait un froid intense entre les omoplates. Un verre contre ses lèvres. Quelqu'un lui dit de boire, ce qu'elle fit avant de retomber en arrière. Les ombres se dressèrent à nouveau.

Le soir, il était avec elle.

— Nathan, je t'ai appelé si...

Il répondit :

— Je suis resté assis là presque tout le temps. Je t'ai veillée, tu as été très malade.

— Quel jour sommes-nous ?

— Mercredi.

— Hier, c'était mardi ?

— Oui, c'était mardi. Tu as été très malade... maintenant, tu vas mieux ; la crise est passée. Ben m'a fourni un remède. Nous pourrons prendre le bus demain.

En y pensant, elle eut à nouveau envie de fermer les yeux et chercha davantage d'air.

— Ben a dit que tu seras rétablie. On t'a donné un remède miracle, mais il faut que tu boives beaucoup. Ces deux bouteilles en fait.

Il l'empêcha de dormir. Quand ses yeux restaient fermés trop longtemps, il la réveillait et la forçait à boire. Elle n'avait plus froid. Les douleurs dans ses articulations commençaient à s'estomper. Il demeurait à côté d'elle sans sortir.

— Pardonne-moi... murmura-t-elle. Pardon de vous retarder... nous.

— Inutile de t'excuser ; tu n'y es pour rien. Dans ce genre de voyages, il faut être préparé au fait que n'importe quoi peut arriver.

— Et les autres ?

— C'est mieux que ça se soit produit ici que dans la jungle, non ?

— Hou là, geignit-elle. Tu crois que je suis capable de suivre ?

Le lendemain matin, c'était fini. La fièvre avait disparu, la laissant piteuse, faible, exténuée. Nathan l'aida à se doucher. Elle saignait encore. Loin d'être irrité, il chantonnait tout en la frottant pour la sécher.

Ils prirent une voiture pour rejoindre la gare routière. Son sac à dos était sur ses genoux. Elle était épuisée et ne supportait pas le poids sur ses épaules.

L'autobus, vieux et délabré, se remplit rapidement. Ben s'était arrangé pour qu'ils soient assis ensemble. Les sièges étaient très rapprochés et il n'y en avait pas pour tout le monde. Des jeunes gens durent s'installer sur des strapontins à l'avant. Elle eut de la compassion pour eux.

Le groupe l'accueillit avec beaucoup de chaleur.

— J'espère que vous me pardonnerez le retard, leur dit-elle d'un ton gêné.

— La prochaine fois, ce sera notre tour, répondit l'Islandais.

Elle aimait son accent et sa manière de parler.

Heinrich lui avait acheté un petit sachet de sucre candi.

— Un peu de glucose ne te fera pas de mal, dit-il en la gratifiant d'une accolade amicale. Chez moi, à Hanovre, on nous offrait toujours des friandises quand nous étions petits et malades.

— Merci, chuchota-t-elle. Vous êtes si gentils, j'en suis touchée.

On avait attribué à Martina le siège en face de Justine.

— Ça va mieux ?

Justine acquiesça.

— J'ai souffert d'un syndrome similaire au Pérou, qui par la suite a attaqué mes yeux. J'avais peur de devenir aveugle. Imagine-toi essayer de trouver ton chemin à tâtons dans un pays totalement inconnu.

— Comment t'en es-tu sortie ?

— Un homme dont j'avais fait la connaissance m'a fait préparer une espèce de poudre, un remède utilisé par les Indiens. Ça piquait douloureusement, mais au bout de vingt-quatre heures, c'était disparu.

— Et tu as osé accepter ! Tu aurais pu devenir aveugle pour de bon !

— Oui, on peut dire ça *a posteriori*. Parfois, il faut mesurer les risques.

— Pour moi, j'ai reçu le remède miracle de Ben.

Martina poussa un petit grognement.

— Notre Sécurité sociale suédoise se chierait dessus en voyant les traitements qu'on administre ici.

— Pour sûr.

— Tâche de te reposer pendant le trajet. Il va durer toute la journée.


Le chauffeur était un Chinois en surpoids et acariâtre. Il s'arrêta deux fois : la première pour un déjeuner rapide et la seconde pour une pause-pipi de huit minutes. Il avait levé en l'air ses mains aux gros doigts boudinés, les pouces repliés :

— Et je vous préviens : huit minutes seulement ! Après ça, bus parti !

Les toilettes constituées d'un trou dans le sol étaient incroyablement sales. Justine eut du mal à y conserver l'équilibre et mouilla ses chaussures.

Il n'y avait rien qui s'apparente à du papier hygié-nique.

Elle le dit à Nathan.

— Ils sont obligés d'avoir des toilettes aussi dégoû-tantes ? L'odeur est infecte. Ils ne sentent donc pas ?

Nathan se moqua en riant.

— Tiens bon, dans la jungle, ce sera mieux. Là, au moins, tu auras de l'air frais et des feuilles.

— Et les sangsues en prime ! ajouta Martina en anglais.

Elle ignorait le sens du mot *leeches*. Elle attendit un moment et interrogea Nathan. Il jeta un coup d'œil à Martina et prit un air de conspirateur.

— Tu ne tarderas pas à l'apprendre.

Dans le bus, Martina était penchée vers eux, les jambes dans l'allée. Son siège n'avait plus d'accoudoir. Elle avait un petit visage aux traits fins et des sourcils sombres. Un léger parfum de savon émanait d'elle. Elle prit quelques clichés d'eux.

Soudain, le bus tangua si violemment qu'elle faillit lâcher son appareil.

— Espèce de crétin ! jura-t-elle.

Nathan l'avait rattrapée.

— Ça va ?

— Oui. Cet imbécile devant n'a sans doute jamais appris à conduire.

— C'est sûr, mais tu dois admettre que nous avons beaucoup de chemin à parcourir et qu'il ne veut proba-blement pas conduire dans l'obscurité. Allez savoir s'il y a des phares sur cette antiquité.

— Au Guatemala, j'ai voyagé une nuit entière dans un bus pire que celui-ci qui, en comparaison, est un véritable véhicule de luxe. Nous avons effectué le trajet entre Tikal et Guatemala City sur des bancs durs comme la pierre sans rembourrage... Je ne vous raconte pas l'état de nos postérieurs quand nous avons enfin atteint notre destination au petit matin.

— Tu réalisais un reportage ? lui demanda Nathan.

— Oui. J'avais obtenu un contrat pour un magazine de voyage. Ils m'avaient accordé plusieurs pages et même la couverture.

Il lui ébouriffa les cheveux.

— Bien joué, Martina. Fais pareil sur ce coup.

— Qu'est-ce que tu m'offres ?

— Eh bien... Je peux payer en nature, si tu veux. Je suis sûr que nous trouverons un accord.

Elle lui lança une œillade clairvoyante.

— Un vieux dicton anglo-saxon réaliste prévient : *Don't screw the crew*[1].

L'Islandais s'enquit :

— Tu ne craignais pas les troubles au Guatemala, Martina ?

— Oh, oui ; j'ai souvent été arrêtée par des soldats.

— C'est irréfléchi, voire stupide, de se jouer du diable de cette manière ; de partir à l'aventure seule quand on est une jeune femme.

— Et pourquoi pas ? Une nana ne doit-elle pas avoir autant de liberté d'action qu'un mec ?

— Tu sais ce que j'entends.

— Je n'ai jamais rencontré quelqu'un qui tente de me violer, si c'est à ça que tu penses. Une fois, j'ai perdu mon passeport, et l'ambassade a arrangé le problème.

---

1. « Pas de copinage avec l'équipage. »

— Tu as voyagé partout dans le monde ? demanda Justine.

— Je n'ai pas visité l'Islande, mais je n'ai aucun désir d'y aller non plus.

Ils arrivèrent à destination tard le soir. La température était encore très élevée. Le ciel était empli d'oiseaux semblables à des hirondelles. Les fils électriques suspendus en travers des rues grouillaient de leurs corps étincelants. Ben était au comble de l'excitation.

— Oh, je suis tellement content que vous voyiez ça. Ce sont des oiseaux migrateurs. Ils ne passent que quelques jours de l'année ici.

— Et on est censé éviter de marcher en dessous d'eux, dit Nathan. Il paraît que ça porte malheur.

Ils éclatèrent tous de rire.

Ils étaient logés dans une chambre d'hôtes spartiate, aussi chaude qu'une étuve. Justine était accablée de fatigue et s'étendit sur le lit. Elle aurait eu besoin de faire un brin de toilette : elle dégageait une odeur fétide, et son corps la démangeait.

— Comment te sens-tu ?

Nathan était déjà douché et se tenait les jambes écartées sous le ventilateur de plafond pour sécher. Les poils blonds sur ses jambes ; il était beau, et elle avait envie de lui, qu'il la prenne dans ses bras, la berce et l'embrasse. Qu'il la rassure que rien de dangereux ne se produirait et qu'ils seraient toujours, toujours ensemble.

— Ça va, murmura-t-elle.

— Tu as l'air déprimée.

— Non, ce n'est rien, juste de la fatigue.

— Descendons manger un bout.

Elle secoua la tête.

— Pas pour moi.

— Tu ne t'en sens pas la force ?

— Non.

— En ce cas, j'y vais seul, il faut que je mange.

Il sortit. Il n'y avait pas de draps sur le lit, uniquement une fine protection décorée de fleurs autour du matelas. Elle eut l'impression d'être allongée sur du sable ; elle essaya de le balayer et s'aperçut que la surface était lisse. Elle avait envie de s'enrouler dans un tissu, non parce qu'elle avait froid, par habitude. Elle se sentait nue et sans défense.

Elle entendit les autres se réunir au rez-de-chaussée. La pièce était carrée, le sol en béton. Le lit était le seul mobilier. Dehors, un chœur de cigales et de grenouilles ne cessait de gagner en puissance.

Elle s'assit, son corps la démangeait davantage et la brûlait aux endroits de frottement de la peau. Elle s'habilla et traversa le couloir, au fond duquel se trouvait une buanderie aux murs peints d'une couleur peu judicieuse. Sur la droite, s'ouvraient une douche et des toilettes asiatiques. Elle pénétra dans la douche et se déshabilla. Il n'y avait pas de crochets prévus pour les habits. Elle les pendit donc au-dessus de la porte, et ils furent aspergés pendant qu'elle se lavait.

Elle rinça son soutien-gorge et sa culotte. Enveloppée dans sa serviette, elle retourna dans la chambre en courant. Et si quelqu'un la voyait dans cette tenue ? Ce ne serait sans doute pas convenable d'apparaître vêtue uniquement d'un linge de toilette dans une maison d'hôtes musulmane. Elle serait peut-être fouettée ou lapidée. Elle enfila un T-shirt et un caleçon long puis étala ses vêtements mouillés sur le sol. Ses cheveux humides lui procuraient une sensation agréable sur le crâne. Elle éprouva le besoin de manger. La santé lui revenait.

Elle descendit l'escalier raide et obscur avec précaution. Une télévision était allumée pour des jeunes garçons assis devant ; ils ne firent pas attention à elle. Seule une femme la regarda, derrière un voile.

— *Have you seen my friends*[1] *?*

Puis, elle les repéra. Ils s'étaient installés à des tables dans la rue. Elle était sur le seuil, hésitante, et aucun ne l'avait remarquée. Martina, assise au centre, était en train de raconter une histoire.

Nathan, à côté d'elle, était si proche que sa main reposait sur sa jambe.

Elle demeura là longtemps, à les observer, leurs visages rayonnants, leur écoute attentive. Quelque chose en elle se ferma. Elle ne pouvait se résoudre à les rejoindre ni envisager de remonter dans la chambre. Tous les bruits de la journée résonnaient encore dans sa tête : les moteurs, les voix, les cigales. Elle restait plantée, comme si elle avait été transformée en statue... celle d'une touriste d'âge moyen, dénuée de charme, pâle et grosse.

Ce fut Ben qui la vit. Il se leva et s'avança vers elle.

— Viens t'asseoir, Justine. Je vais te chercher à manger.

— Que faites-vous ?

— Rien. Nous avons fini de dîner et nous nous détendons.

---

1. « Avez-vous vu mes amis ? »

Elle se glissa entre les chaises.

— Je pensais que tu dormais, dit Nathan.

— Oui, oui, répondit-elle bêtement.

Heinrich lui tapota la joue.

— C'est bien que tu te reposes pour récupérer des forces pour demain.

Elle acquiesça. Un sanglot lui monta à la gorge, et elle chaussa ses lunettes de soleil à la hâte.

— Maintenant, tu ressembles à Greta Garbo, dit Stefan.

Son anglais était mâtiné d'un accent allemand assez prononcé. Katrine l'imita sans pitié avant de répéter la phrase très clairement. Les deux étaient fiancés. Ils étaient en bonne condition physique ; leurs mollets notamment étaient musclés. Ils n'auraient sans doute pas de difficulté à suivre dans la jungle.

Elle se força à dire quelque chose.

— Qu'avez-vous mangé ?

Katrine pouffa.

— Devine !

— Je ne sais pas...

— Du riz frit avec du poulet.

— C'est le plat national malaisien, dit l'un des Norvégiens.

Justine avait du mal à les différencier.

— Toi, c'est Stein ou Ole ?

— Ole, bien sûr. Nous devrions peut-être nous identifier avec des étiquettes.

— Vous vous ressemblez tellement !

— Vraiment ? Ce n'est pas gentil.

Ils éclatèrent de rire, du même gloussement bienveillant.

— C'est parce que vous êtes tous les deux norvé-giens.

— Donc, tous les Norvégiens sont identiques ? Je ne trouve pas que vous, les Suédoises, vous ressembliez.

Il dévisagea Martina.

— Par exemple, elle a les cheveux bruns tandis que les tiens sont blonds.

Ben revint, une assiette de nourriture et un Coca glacé à la main. Elle but goulûment.

Ben lui dit :

— Nous avons parlé de la manière de préparer son sac hier. Nathan te montrera. N'emporte que le strict nécessaire. Souviens-toi que tu devras porter ce que tu emballes et que les vêtements mouillés sont plus lourds que les secs. Tout ce que tu ne prends avec toi, nous pouvons l'entreposer ici jusqu'à notre retour.

— D'accord.

— Je vais te donner un autre comprimé, et demain, tu seras plus forte que tu ne l'as jamais été.


Elle ne trouvait pas le sommeil. Nathan était allongé à son côté et ronflait légèrement. En dépit de la chaleur, elle aurait aimé avoir un tissu pour s'enrouler dedans. Elle ressentait également le besoin d'aller aux toilettes sans avoir l'énergie de se rhabiller.

Martina leur avait dit :

— Bonne nuit à tous ! N'oubliez pas que, ce soir, c'est la dernière fois que nous dormirons dans un lit avant très longtemps !

Justine pensa qu'un lit, fût-il aussi inconfortable que celui-ci, allait lui manquer.

Elle devait s'être endormie au bout du compte, car quand elle se réveilla, Nathan était déjà debout, occupé à ranger ses affaires. L'odeur de nourriture s'infiltrait dans la chambre. Le chœur de grenouilles était assourdissant.

— Bonjour, amour. Comment vas-tu aujourd'hui ?

Elle s'étira.

— Bien.

Il était accroupi et fourrait son fourbi dans son sac à dos.

— Nathan...

— Oui.

— Non, rien.

— Allez, debout. Je viens juste d'entendre quelqu'un libérer la douche.

— Est-ce que tu peux m'aider à préparer mon sac ?

— Tsss. Tu y arriveras bien toute seule. Il faut que je parle un peu avec Ben. Prends une tenue de rechange et un vêtement dans quoi dormir quand nous camperons. N'oublie pas les médicaments contre la malaria ! Bon, j'y vais à présent. Descends dès que possible, quand tu es prête.

# Chapitre 23

Un camion bâché les emmena loin de la ville. Par égard pour Justine, considérant qu'elle était la femme la plus âgée du groupe ou qu'elle avait été malade, on lui permit de s'asseoir devant, avec le chauffeur. Les autres se pressèrent dans la remorque avec le matériel.

Elle se retourna une fois. Nathan était assis, les jambes relevées, Martina s'appuyait contre elles.

Elle but de l'eau tiède directement à la bouteille. L'homme conduisait de façon brusque et saccadée ; il ne semblait pas habitué au véhicule. À chaque changement de vitesse, il tirait si fort sur le levier que les petits pignons grinçaient en hurlant, ce qui le rendait nerveux. Les fenêtres étaient baissées, et la poussière pénétrait à l'intérieur de la cabine. Il lui jetait parfois des coups d'œil, mais ne parlait pas anglais. Sa peau était très sombre. Des deux côtés de la route, la jungle s'étalait, dense.

Une fois, il cria et pointa un endroit sur la chaussée. Un python long de plusieurs mètres y gisait. Il était mort, écrasé. Les autres posèrent des questions dont elle ne percevait pas les mots, uniquement leurs voix excitées. Elle pensa à la nuit et frissonna.

Après plusieurs heures, le camion bifurqua sur un chemin de sable qui s'enfonçait droit dans la forêt. Les pneus dérapèrent légèrement, et ils faillirent s'enliser. Le conducteur coupa le contact, et les bruits de la jungle leur parvinrent progressivement, tels les sons croissants d'un grand orchestre à l'apogée de la partition.

Le corps entier de Justine était endolori. Elle sauta dans le sable rouge et massa ses jambes.

Nathan vint à elle.

— Tiens, voilà ton sac à dos ! Et je t'ai acheté ça.

Il lui donna un couteau dans un fourreau ; il était large, noir et long de cinquante centimètres.

— Un couteau ?

— Une machette.

— Ça porte malheur d'offrir un objet pointu.

— Peu importe. Tu en auras sûrement besoin.

Justine enfila son sac à dos. Elle pendit sa bouteille d'eau à l'un des crochets métalliques et fixa le couteau au sac ventral attaché à sa taille. La chaleur était écrasante et des gouttes de transpiration tombaient de sa pince à cheveux. Elle pensait... Non, elle ne voulait pas penser. Si elle commençait, elle perdrait toute son énergie et serait incapable d'aller au bout de l'aventure.

Lentement, ils se mirent en route. La première étape était une colline escarpée et sablonneuse, puis débutait la forêt vierge. Ben et Nathan ouvraient la marche. Après un certain temps, elle s'aperçut que des Aborigènes s'étaient joints à eux sans qu'elle les remarque. Il lui vint immédiatement à l'esprit qu'ils avaient de mauvaises intentions. Elle comprit ensuite qu'ils les accompagneraient pendant leur périple. Ben lui expliqua qu'il s'agissait d'indigènes Orang Asli, un peuple primitif.

Ils grimpèrent une pente glissante. Son sac mettait sans cesse son équilibre en péril. Elle se rattrapait à des racines et à des branches, avançant à grand-peine. Heinrich la suivait de près, la respiration sifflante.

— Comment ça va ? haleta-t-elle.

— Désolé de me plaindre alors que nous partons juste, mais, bon Dieu, quelle chaleur !

En effet, la température était éprouvante et rendait les mouvements lents et la respiration laborieuse. Ils transpiraient au point que leurs vêtements étaient mouillés, le tissu de leurs pantalons collait à leurs cuisses, renforçant la difficulté de leur progression.

Au sommet, la végétation les bloquait comme un grand mur vert infranchissable. Les indigènes entreprirent de tailler une voie à renfort de machettes. Justine essaya d'utiliser la sienne, mais elle avait du mal à l'empoigner et devait se servir de ses deux mains. L'un des hommes lui prit l'outil et lui montra comment couper. Cela paraissait si facile pour lui.

Ils progressèrent à coups de machettes puis le terrain se mit à décliner presque à pic vers un ravin plein de boue et de feuilles glissantes.

— Il faut vraiment qu'on descende ici ? demanda Gudmundur.

— On ne peut pas leur reprocher de ne pas s'être donné du mal pour nous dévoiler la constitution de la jungle, jusqu'à la moindre nervure de feuille, marmonna Heinrich.

Ben s'avança vers eux.

— Pas trop dur ?

— Si seulement il n'y avait pas cette foutue chaleur. On n'a pas l'habitude.

— N'oubliez pas de boire beaucoup d'eau.

Un indigène attaqua la descente. Il portait un T-shirt avec une inscription Pepsi et un short bleu marine. Ses jambes étaient maigres et écorchées. Elle craignait de glisser et dévaler la pente jusqu'aux rochers tapissant le fond du précipice. Ses muscles tremblaient sous la violence de l'effort. Elle descendait à un rythme extraordinairement lent, s'agrippant aux lianes et aux branches. Elle tomba sur les fesses et glissa sur une bonne distance avant d'être stoppée par une souche. Elle resta assise un moment, l'étreignant comme son sauveur. En la lâchant, elle posa sa main sur un buisson épineux. Elle poussa un juron.

Nathan était assez loin devant.

— Tu ne viens pas ? lui lança-t-il.

Martina avait déjà atteint le fond.

— Nous pouvons faire une petite pause, déclara Ben.

Le fleuve jaune coulait à un débit élevé, et le grondement lointain d'une cascade était perceptible.

— Retire ton sac à dos, lui dit Nathan, alors qu'elle n'en avait plus la force et que ses mains tremblaient.

Il l'aida en le soulevant ; les sangles lui avaient entaillé les épaules. Ses bras avaient tant enflé qu'elle dut desserrer sa montre de plusieurs crans ; ses doigts gonflés avaient l'apparence de petites saucisses, et elle pouvait difficilement les plier.

Heinrich arriva le dernier, le regard vide, ses vêtements trempés et sales.

Ben les dévisagea tous.

— Vous vous y habituerez. Le plus pénible, c'est toujours au début.

— Pas sûr, répliqua Heinrich. On n'apprend pas à un vieux chien à s'asseoir.

Ils s'étaient arrêtés à un bel endroit. Des grandes fleurs blanches s'étalaient sur les berges du fleuve. Plus haut, ils distinguaient des grottes d'où émergea un groupe de chauves-souris effrayées par leur présence. Justine tomba à genoux au plus près, plongea le haut du buste dans l'eau, et la laissa couler sur ses poignets et son visage. Un énorme papillon était posé sur une brindille pointant au-dessus de la surface. Tout à coup, elle en remarqua d'autres virevoltant autour d'elle et elle tendit les mains. L'un d'entre eux atterrit sur son pouce. Elle devinait ses petites pattes froides et ses antennes qui exploraient sa peau.

— Ne bouge pas ! lui intima Martina. Je veux un cliché en gros plan.

Toutefois, quand elle se rapprocha avec son objectif, le papillon prit peur et s'envola. Elle poussa un soupir de déception.

— Merde ! Ç'aurait été une superbe photo !

— Ils cherchent du sel, leur expliqua Ben.

— Vraiment ? Je croyais que les papillons aimaient le sucre.

— C'est pour ça qu'ils viennent sur Justine, intervint Heinrich.

Il avait retiré ses chaussures et plongea ses pieds dans l'eau en grimaçant de douleur.

— Aïe. Vous n'avez pas d'ampoules, vous ?

— Je n'en sais rien, dit Justine.

Ses baskets étaient mouillées et boueuses.

— Je n'ose pas les retirer, parce que je ne suis pas sûre d'être capable de les remettre.

L'un des indigènes vint discuter avec Ben. Il était un peu plus jeune que les autres, et une cicatrice courait sur sa joue. Il tenait une sarbacane, et un carquois empli de flèches pendait sur sa hanche. Il semblait excité et ne cessait de répéter le même mot.

— Qu'est-ce qu'il dit ? demanda Nathan.

— Des empreintes de tigres.

— Où ?

Martina joua des coudes pour avancer.

— Montrez-les-moi pour que je fasse une photo.

À une dizaine de mètres de là, ils virent les marques laissées par de grosses pattes dans le sable.

— Ben, tu as dit qu'ils avaient plus peur de nous que l'inverse, marmonna Katrine. J'espère que c'est exact.

— Bien sûr que c'est vrai. Il nous a sans doute entendus et s'est enfui. Il est loin à présent.

Ils se remirent en route. Ils allaient longer la rivière. La montagne se dressait sur leur gauche. Ils devaient garder l'équilibre sur des racines glissantes et des falaises quand la montagne rejoignait l'eau. L'un des hommes avait attaché une corde de rotin entre les brindilles et les branches. Ils s'y agrippaient et progressaient lentement.

Le terrain finit par s'aplanir, et ils s'engouffrèrent dans la forêt.

Elle et Heinrich étaient toujours les derniers. Le rythme imposé par les autres la stressait. Elle faisait de son mieux, éprouvait des difficultés à respirer et perdait la cadence. Au début, Nathan l'attendait et l'aidait à franchir les passages les plus ardus. Au début, il l'encourageait également.

— Essaie d'avancer un peu plus vite, Justine ; tu retardes tout le groupe.

Par la suite, Ben fit escorter Justine et Heinrich par l'un des Aborigènes. Chaque fois qu'ils rattrapaient les autres, ceux-ci avaient déjà fait une longue halte et s'apprêtaient à repartir. Cela ne faisait qu'accroître son malaise et son sentiment d'incapacité. Heinrich le remarqua et s'efforça de la consoler.

— Personne n'a les mêmes capacités, c'est ainsi. Et si Nathan veut organiser des expéditions dans la jungle, à l'avenir, il devra informer ses clients qu'il vaut mieux être un marathonien ou un athlète de haut niveau pour y participer.

Les limites de son corps lui apparaissaient clairement. Sa jeunesse était derrière elle.


Ils s'assirent sur des rochers pour se détendre. Justine massait l'une de ses chevilles et découvrit quelque chose de chaud dans sa main. C'était du sang. Ses chaussettes étaient couvertes de grandes taches rouges. Elle en tira une et toucha une masse caoutchouteuse. Elle hurla.

Les indigènes éclatèrent de rire.

Quatre sangsues s'étaient accrochées à ses jambes. Leurs corps gonflaient et s'épaississaient. Elle avait pourtant tiré ses chaussettes par-dessus son pantalon, mais elles étaient parvenues à les transpercer.

— Tu voulais savoir ce que sont les *leeches*, lui dit Nathan.

— Retire-les ! hurla-t-elle.

Martina approcha avec son appareil photo.

— Reste tranquille. Cela ne prendra que quelques secondes.

— Va au diable ! lui cria Justine en suédois.

Elle se jeta à terre, secoua sa jambe, la frotta contre le sol, donnant des coups de pied et poussant des hurlements.

Nathan l'agrippa par les épaules.

— Ne fais pas ton hystérique, Justine. Bordel, ne te couvre pas de ridicule !

Elle se figea et renifla.

— Retire-les, alors ! Retire-les vite !

— Retire-les toi-même ! Nous avons tous des sangsues sur nous.

Elle s'y contraignit : ses doigts sur les corps mous et gluants ; les yeux clos ; ses ongles qui s'emparaient des bouches poisseuses et caoutchouteuses : là ! Elles se tordaient sous sa prise, des anneaux noirs et agressifs. Avec une grimace de dégoût, elle les balança contre une pierre.

Ses blessures saignaient, sans être douloureuses pour autant.

— Elles injectent une substance qui endort la douleur et empêche le sang de coaguler, expliqua Ben. De cette façon, elles peuvent en sucer une bonne quantité avant d'être repérées. C'est très déplaisant, mais elles ne sont pas dangereuses.

— Si elles se trouvent dans le fleuve, nous ne sommes pas obligés de marcher à cet endroit précis, suggéra Katrine.

— Elles sont partout. Elles attendent leurs victimes. Elles possèdent un incroyable sens de l'odorat. Dès qu'une personne ou un animal approche, elles se préparent à sauter et elles ne ratent quasiment jamais leur cible.

Gudmundur dit :

— Tous les êtres vivants ont leur place dans le cycle de la vie, mais les sangsues ? Quelle est leur fonction ? Pour moi, elles n'ont pas le droit de vivre.

Sur ces paroles, il arracha une sangsue gonflée de sa cheville et l'écrasa sous son talon.

Plus tard dans l'après-midi, ils atteignirent à nouveau le fleuve. Ils allaient installer leur campement sur l'autre rive. L'un des indigènes, qui semblait à peine sorti de l'enfance, prit la main de Justine et la guida avec précaution de l'autre côté. Le lit était glissant et couvert de pierres. Elle s'agrippait au jeune homme. Alors qu'elle avait presque rejoint le bord, elle perdit l'équilibre et tomba à l'eau tête la première. Il la lâcha. Elle se releva en crachant.

Deux mains la saisirent par-derrière. Nathan.

— Espèce de maladroite ! Maintenant, toutes tes affaires sont trempées !

Martina à sa suite ; Martina et son rire clair.

— Excuse-moi, Justine, la scène est proprement hilarante !

Elle était étendue sur un gros tronc d'arbre au sol. Un essaim de petites mouches s'était agglutiné autour d'elle. Partout, des bruissements, des bourdonnements et des pépiements.

Les autres montaient le camp. Elle resta immobile sur le tronc. Les mouches grimpaient aux coins de ses yeux ; elle était trop fatiguée pour les chasser. Elle discernait les gloussements de Martina, contents et moqueurs, aussi doux que les sons émis par les gibbons en haut dans la canopée.

Elle distinguait des bras et des jambes à travers ses cils ; elle entendait leurs voix et leurs appels.

Au loin, l'orage grondait. La pluie commença quand elle ouvrit les yeux. Elle ne l'avait jamais expérimentée de cette manière, par-dessous. Les gouttes blanches comme des perles ; elle les laissa tomber sur elle, la tremper, et être aspirées par sa peau et ses vêtements, elle les laissa la laver et ramener son corps à la vie.

Ben était accroupi sous un abri. Il s'était changé et avait enfilé un sarong. Il remuait quelque chose dans une casserole sur le feu.

— Justine ? l'appela-t-il.

— Oui.

— Tout va bien ?

— Oui... je pense.

— Va te changer et mettre des vêtements secs.

Elle contempla le bout de ses doigts. Ils étaient ridés, comme si elle était restée longtemps dans une baignoire. Ses mains étaient couvertes de piqûres.

Elle dit à Ben :

— Mes doigts sont bleus.

Elle ignorait le mot signifiant ecchymoses en anglais.

Il acquiesça distraitement.

On avait tendu une bâche en plastique entre des poteaux. Elle se courba et y courut. Heinrich et le couple allemand étaient déjà installés. Elle posa son sac. Des éclairs jaillirent entre les arbres, immédiatement suivis du tonnerre.

— Où sont les autres ?

— Ils sont partis voir la cascade.

Elle s'assit et essaya de délacer ses baskets mouillées. Il y avait un trou dans son pantalon, et une écorchure sur son genou saignait. Tout le contenu du grand sac était enveloppé dans des sacs imperméables, ce qui l'avait préservé de l'eau. En revanche, ce qui se trouvait dans le ventral était fichu : des comprimés contre les maux de tête, trois tampons, un carnet et des mouchoirs en papier qui ne formaient plus qu'une grosse masse gluante.

Elle sortit une serviette et entreprit de se sécher. L'homme au T-shirt Pepsi marchait au milieu de la rivière en traînant un grand filet qu'il relevait de temps en temps pour récupérer les poissons qu'il enfonçait dans ses poches. Au bout d'un moment, il revint en pataugeant et tendit son butin à Ben.

Justine enfila son short et une chemise sèche. Il ne faisait pas froid. L'orage gagnait en intensité, le tonnerre grondait au loin et aussi juste au-dessus d'eux. La pluie tombait à verse désormais, rendant le sol plus boueux.

— Ce n'était pas la peine d'aller jusqu'à la cascade, déclara Stefan. Il y a autant d'eau ici.

— Ils n'ont rien dit ? demanda Justine.

— Si, mais nous avons eu notre quota d'escalade pour la journée ; nous n'avions pas envie de les accompagner.

— J'étais allongée là-bas, sur le tronc.

— Ils ont sans doute pensé que tu dormais.

Elle vit le sac à dos de Nathan et le déplaça à côté du sien. La forêt grouillait et sifflait ; les éclairs fusaient. Katrine rampa vers eux.

— C'est vraiment impressionnant, dit Heinrich. On sent à quel point l'être humain est petit.

— Pourvu qu'aucun éclair ne frappe le sol !

— Cela se produit tout le temps. Regarde autour de toi et tu verras les arbres fendus en deux.

— Non, je voulais dire qu'il nous frappe nous !

— C'est pire pour ceux qui sont là-bas.

— Et s'ils ne retrouvent pas leur chemin ?

— Le jeune Orang Asli, celui avec la cicatrice, est avec eux. J'ai oublié son nom. Lui est certainement capable de s'orienter. Les gens qui vivent dans la jungle possèdent un système radar inné. Qu'en penses-tu, Justine ?

Elle ne répondit pas. La nuit venait ; le pouvoir de la jungle augmentait. Un son semblable à une scie retentit non loin.

— Bon sang, qu'est-ce que c'est ? demanda Heinrich.

Stefan leva les yeux.

— Un insecte, je crois.

— Dans ce cas, il doit être sacrément gros.

— C'est peut-être une grenouille alors. Une créature de la nuit, ça, c'est sûr.

318

— Et comment est-on supposé dormir avec ce vacarme ? demanda Katrine.

— Espérons que ça va bientôt s'arrêter.

Ils aperçurent la lumière intermittente d'une lampe torche entre les troncs.

— Dieu merci, ils sont de retour, s'exclama Katrine avec enthousiasme.

L'orage semblait s'éloigner à contrecœur, mais il continuait à pleuvoir. Nathan jeta un coup d'œil sous la bâche. Il toucha l'un des pieds de Justine.

— Ah, vous voilà, en train de vous amuser !

Elle n'eut pas le courage de croiser son regard.

— Vous auriez dû voir la cascade ! Quelle hauteur ! Quelle merveille !

— Tu aurais pu me prévenir et ne pas disparaître d'un coup, lui dit Justine.

— Oui, mais tu étais si fatiguée. Tu n'aurais pas pu suivre. C'était presque impossible d'y accéder.

— Tu aurais quand même pu me le dire.

Il se glissa à l'intérieur ; son front large dégoulinait. Il regarda les sacs.

— Nous allons devoir déployer une toile en plastique sur le sol. On ne peut dormir au milieu de cette boue.

Il lui apporta le repas du soir : du thé dans un gobelet, du poisson et du riz.

— Pas la peine que tu mouilles tes vêtements secs.

— Merci, chuchota-t-elle.

Un instant plus tard :

— Est-ce qu'il va bientôt cesser de pleuvoir ?

— Il pleut presque chaque nuit en cette saison.

Elle étala leurs sacs de couchage, les arrangea joliment. La pluie s'était un peu calmée, elle était moins drue.

L'un des indigènes fit le tour du campement avec un sac de poudre qu'il répandait sur le sol. La substance émettait une lueur d'un blanc doré.

— *Snake powder*[1], ricana-t-il.

L'intérieur du cercle constituait une zone protégée.

Ils avaient mangé et étaient repus. Les assiettes en plastique orange étaient empilées dehors, sous la pluie. Martina portait une lampe frontale et manipulait son appareil photo. Nathan le lui prit des mains. Il le tint contre son œil et la photographia. Le flash éclaira son visage.

— Le photographe ne figure presque jamais en photo, dit-il.

— J'ai eu un petit ami photographe de presse.

— T'as eu ?

— Oui. J'ai eu.

— On ne devrait pas se laver, se brosser les dents et ce genre de chose ? demanda Katrine.

— Nous avons déjà pris une douche, déclara Martina. Dans la cascade. C'était incroyablement magnifique. De l'eau chaude et douce, claire comme du cristal.

Justine enfila son imperméable et ses baskets humides.

— Où vas-tu ? demanda Nathan.

— Derrière un buisson.

— Fais attention aux serpents !

---

1. « Poudre contre les serpents ».

Elle s'éloigna dans la boue et faillit glisser. Elle dut revenir sur ses pas et réclamer une lampe de poche. Elle éclaira les feuilles noires et gluantes. Elle franchit la ligne de phosphore et fit quelques pas au-delà. Elle s'assit dans le noir.

Ça bruissait. Elle vit une branche tachetée qui ressemblait à un serpent. Son cœur battait la chamade, et un cri était bloqué dans sa gorge.

— Tais-toi ! murmura-t-elle. Ne sois pas hystérique !

Elle voyait le campement en contrebas ; les lueurs tremblantes du feu et de quelques bougies. Ben et les indigènes allongés sous leurs propres bâches en plastique. L'un d'eux était assis et remuait les braises ; il lui apparut comme une ombre courbée.


Quand elle rentra, les autres s'étaient déjà glissés dans leurs sacs de couchage. Martina était allongée à droite de Nathan et lui tournait le dos. Ole était à côté d'elle et Stein sur le bord.

— Tout s'est bien passé ? marmonna Nathan.

Elle ne répondit pas. Elle envoya ses chaussures à l'extérieur de la bâche et baissa la fermeture Éclair de son sac. Le sol était froid et bosselé. Elle rêvait d'un oreiller.

Nathan se pencha au-dessus d'elle et lui donna un gros baiser silencieux sur la joue.

— Tu es glacée.

— Oui.

— Tu as peur ?

— Peur de quoi ?

— De la nuit. De la jungle. Du fait que nous soyons allongés sur le sol avec tous les serpents, les tigres et les éléphants.

— Je n'ai pas peur.

— Bien. Bonne nuit, alors.

— Bonne nuit.

Ils s'endormirent, l'un après l'autre. Elle écouta leur respiration devenir plus lourde. Elle était sur le dos, la seule manière de dormir. Une douleur élançait son genou. Les bruits de la forêt lui parvenaient de toutes parts, aigus et déchirants. Elle eut l'impression de voir deux yeux. Elle alluma sa lampe torche, et ils disparurent – pour revenir dès qu'elle l'éteignit.

Un tigre ? Viens ! Viens et déchire-nous de tes pattes puissantes. Tue-nous tous !

Les yeux étaient là, immobiles. La fixant sans cligner.

Elle se tourna vers Nathan. Face à elle, il était recroquevillé en position fœtale. Elle tendit la main et effleura ses lèvres en chuchotant :

— Nathan ?

Il dormait.

— Bonne nuit, murmura-t-elle. Bonne nuit, mon amour.


La pluie cessa à l'aube et laissa la place à des nappes de brume. Au fur et à mesure qu'elles se dissipaient, la forme des troncs se révélait lentement. De nouveaux sons prirent le relais, les bruits de l'aube. Les singes se réveillaient, ainsi que les véloces petits martinets.

Avait-elle dormi, ne serait-ce qu'un instant ? Elle se redressa dans son sac de couchage ; les autres dormaient, la tête cachée. Elle massa ses doigts endoloris.

Le soleil perçait à travers les nuages, tel un rideau chaud et clair.

Justine emporta sa serviette et son maillot de bain et se faufila jusqu'à la berge. Abritée derrière des buissons, elle se changea avant d'entrer dans l'eau jaune et chaude. Elle portait ses baskets, n'importe quoi pouvait se dissimuler sous la surface. Il fallait qu'elle se lave ; qu'elle se débarrasse de l'odeur âcre de sa propre transpiration.

Elle se frotta avec du sable, insista sur les marques laissées par les sangsues, qui se remirent à saigner.

Elle resta longtemps dans l'eau. Elle imaginait que Nathan viendrait, et ils s'enlaceraient, ils se serreraient fort, là, dans la rivière, et il la rassurerait que tout était comme avant, que rien n'avait changé entre eux.

Mais il ne vint pas.

Au campement, Ben s'affairait à préparer la cuisine. Le soleil allait les réchauffer ; ils accrochèrent leurs vêtements mouillés à des branches et à des buissons pour les sécher aux rayons ardents. Elle vit deux champignons pâles. C'était eux qui avaient brillé pendant la nuit et qu'elle avait pris pour les yeux d'un prédateur. Il fallait qu'elle leur raconte qu'ils l'avaient dupée. Cela ferait rire Nathan qui estimerait l'histoire drôle.

Cependant, Nathan n'était pas là.

Elle interrogea Ben.

— Ils sont partis ramasser des racines. Je vais les cuisiner au petit déjeuner.

L'un des Orang Asli était accroupi et fumait. C'était celui qui les avait accompagnés, elle et Heinrich. Ces hommes fumaient constamment, et très jeunes, ils apprenaient à rouler des cigarettes. Cela pouvait prendre du temps avant que les chasseurs regagnent le village. Fumer éloignait les affres de la faim.

Justine essaya de démêler ses cheveux. L'homme lui adressa timidement un sourire furtif avant de se détourner.

— Mahd va aller chasser, dit Ben.

— Chasser quoi ?

— N'importe quoi qui se mange. Un singe. Ou un petit cochon.

— Les singes se mangent ?

— Bien sûr.

Sa sarbacane était appuyée contre un arbre. Quand elle la toucha, elle se renversa. Elle se hâta de la remettre en place.

Mahd sortit une flèche de son carquois en bois.

— Elle est empoisonnée ? demanda-t-elle.

— Oui, répondit Ben.

Elle se gratta le bras vigoureusement. Au cours de la nuit, elle avait été victime de nombreuses petites piqûres qui la démangeaient. Pouvait-il s'agir de fourmis ? En sortant de son sac de couchage, elle en avait vu beaucoup circuler à l'endroit précis où ils avaient dormi.

— Est-ce que tu veux l'accompagner à la chasse ?

— Est-ce qu'il serait d'accord ?

Ben dit quelque chose à Mahd qui répondit par un ricanement. Ses dents étaient longues et irrégulières. Il se pencha au-dessus du carquois.

— Il dit que ça ne pose pas de problème.

Il courait comme un furet à travers les buissons. Bien qu'elle n'ait quasiment pas dormi, elle était en pleine forme. Elle le suivit, s'efforçant de se déplacer aussi silencieusement que lui. Il se retournait parfois pour vérifier qu'elle était bien derrière lui. Ils longèrent la rivière pendant un certain temps. La chaleur commençait à revenir, et le soleil scintillait dans les feuilles vert sombre. La brume s'était presque entièrement dissipée.

Il choisissait des sentiers sur lesquels elle pouvait marcher et lui écartait les branches. À un moment, il lui prit le poignet pour l'aider à monter une côte. Il était petit, et très puissant. Elle aurait voulu échanger quelques mots avec lui, or, il ne parlait pas anglais. Elle envisageait d'utiliser des signes pour communiquer quand l'homme, soudain, s'arrêta. Justine suspendit son pas. Elle humait son odeur de tabac mélangé à quelque chose proche de la vanille.

Il leva lentement la main et pointa le doigt vers les buissons. Elle ne distinguait rien. Il porta la sarbacane à ses lèvres. Elle retint son souffle et vit sa cage thoracique s'aplatir. Un cri aigu, pareil à celui d'un enfant, retentit à cet instant et fut coupé net. Le blanc des yeux de l'homme était injecté de sang. Il grimaça rapidement puis ses traits se détendirent.

Il y avait un corps dans l'eau, celui d'un animal. En se rapprochant, elle vit qu'il s'agissait d'un petit sanglier.

La flèche avait transpercé sa gorge. Mahd dit quelque chose qu'elle ne comprit pas. Il imita alors le cri du sanglier. Elle tendit la main et caressa la fourrure drue et couverte de boue. Ses yeux étaient grands ouverts. Elle avait l'impression qu'ils l'observaient.

Elle sentit un objet dur contre son bras : la sarbacane. Mahd fit signe qu'elle pouvait l'essayer. Il avait l'air enthousiaste. Elle regarda autour d'eux et haussa les épaules.

Il désigna un arbre qui pendait au-dessus de la rivière. Il avança jusque-là et plaça l'une de ses longues chaussures en caoutchouc marron sur une branche cassée. Il revint vers elle et lui enseigna comment tenir la sarbacane. Puis il pointa sa chaussure en gloussant ; il se plia, les mains sur les genoux, et rit à nouveau.

La sarbacane était longue, mais plus légère qu'elle ne le pensait. À une extrémité, celle où on soufflait, il y avait un morceau de résine séchée. Un motif simple était gravé dans l'écorce juste en dessous. L'air était épais de sons ; la chaleur cognait contre ses tempes.

Elle porta la sarbacane à ses lèvres. Une odeur rance se dégageait de ce bout. Elle se concentra, inspira profondément et souffla avec son diaphragme comme elle le faisait chez elle avec le cor. Elle savoura le bruit sourd d'une flèche qui atteignait un objet. Elle entendit Mahd inspirer à fond.

La flèche était entrée dans l'arbre, à quelques millimètres de la chaussure. Elle était enfoncée si profondément qu'il eut beaucoup de mal à la récupérer.

Leurs vêtements n'avaient pas séché pendant la nuit. Ils libéraient un léger relent de moisissure naissante ; il fallait néanmoins les enfiler.

Ils avaient plié le campement et s'apprêtaient à repartir. Justine engonça ses pieds dans ses chaussettes. Les taches avaient viré en une teinte brunâtre.

Ben était devant eux, un peu inquiet.

— Vous pensez être mouillés, mais je crains que vous ne tardiez pas à l'être davantage.

Heinrich poussa un grognement.

— Ah bon ?

— J'espérais que nous pourrions l'éviter, mais il n'y a pas d'autre chemin praticable. Nous devons malheureusement à nouveau franchir la rivière non loin de la cascade, et à cet endroit, elle est vraiment profonde.

Elle avait peur de l'eau, une peur panique... comment elle s'infiltrait à l'intérieur des corps, exerçait sa pression sur eux, coupait le souffle ; on se battait et se débattait, oubliant qu'on avait appris à nager ; elle ne voulait plus être là, ne voulait plus participer...

Elle regarda Nathan.

Non, pensa-t-elle. Tu ne me verras plus jamais devenir hystérique.

Ils ne parlaient pas et voyageaient en silence. Ils arrivèrent au point où ils devaient traverser. L'eau coulait à vive allure et formait des tourbillons ; de grands troncs d'arbre et des branches flottaient à la surface. Plus loin, l'eau se jetait en une cascade qui grondait, couvrait les autres bruits et disloquait en petits morceaux tout ce qu'elle entraînait dans sa chute.

Il fallait qu'ils rejoignent l'autre rive.

Elle se sentait étrangement épuisée.

Mahd avait déjà traversé. Il était né dans la jungle ; il y était né et y avait grandi. Rien n'était difficile pour lui. Il avait tendu une épaisse corde de rotin propre au-dessus des rapides d'une berge à l'autre. Ben et les Orang Asli sautèrent dans la rivière. Ils s'arc-boutèrent en formant une ligne. Ils les aideraient ainsi à franchir les rapides, ils seraient leurs garde-fous.

Nathan fut le premier à se lancer.

— Souhaitez-moi bonne chance ! dit-il en tirant le cordon sous son chapeau.

Ses yeux étaient écarquillés et heureux.

— Voici un Viking, et à un Viking suédois, rien n'est impossible !

Il entra dans l'eau et entama sa progression avec détermination. D'abord, tout se déroula sans encombre. Mais, à mi-parcours, il glissa sous la surface. Justine vit ses phalanges qui tenaient fermement la corde. Elle serra si fort les poings que ses ongles entrèrent dans ses paumes. Oui, elle le voyait à nouveau. Il éternua et secoua la tête puis il s'achemina sur l'autre rive.

Il leur adressa des signes et se frappa la poitrine à la manière de Tarzan.

On envoya les sacs à dos de l'autre côté. Les hommes dans l'eau les soulevaient d'une main et se les passaient à la chaîne. Nathan les réceptionnait sur la rive oppo-sée.

— Tu commences, Justine ? demanda Ben.

— Oui.

Elle s'assit sur le rebord glissant et se coula dans l'eau qui était profonde. Elle devina un rocher sous ses orteils. Le courant tirait sur ses jambes et les éloignait des pierres. Ben lui prit la main et lui montra comment tenir la ligne. Sa bouche était sévère.

— Quoi qu'il advienne, ne lâche pas prise !

Elle entendait le grondement produit par les rapides et la cascade.

— Je fais quoi maintenant ?

— Tais-toi. Utilise tes pieds pour trouver des appuis.

Elle fit un pas. L'eau l'encercla, cherchant à l'entraîner. Elle se fit la plus lourde possible. Martina était à genoux sur la berge avec son fichu appareil. Puisse-t-elle tomber dans l'eau avec, puisse-t-elle le perdre afin qu'il soit entraîné et qu'il disparaisse.

Un pas supplémentaire. Pour rejoindre un des hommes ; elle se glissa sous ses bras. L'eau avançait en tourbillonnant ; elle fit encore un pas, s'agrippant de toutes ses forces à la corde. Elle avait presque atteint le milieu.

— Bien, Justine ! lui cria Nathan.

Elle sentait les battements de son cœur.

Au même endroit que lui, elle glissa. Il y avait là quelque chose de particulier, l'eau était trop profonde pour prendre appui. Sa tête était sous l'eau, tourbillons blancs et verts, ses mains cramponnaient solidement la corde. L'eau l'attaquait avec vigueur, la tirait à hue et à dia. Dans un effort violent, elle déplaça sa main droite puis la gauche. Son pied droit trouva une pierre. Elle y grimpa et s'y maintint.

— Encore un tout petit effort, Justine, tu y es presque !

Elle prit une profonde inspiration, il y avait un autre bras sous lequel se glisser, une seconde de répit. Puis de nouveau à découvert pour franchir la dernière section. Nathan l'attrapa. Elle sortit de l'eau, les vêtements dégoulinants.

— J'ai réussi, dit-elle, haletante.

— Oui ! répondit-il.

Il se retourna sans attendre vers la rivière. C'était le tour du suivant.

Le soir, ils établirent leur campement à proximité d'une grande berge caillouteuse. Les indigènes se mirent immédiatement à rassembler des brindilles et à allumer des feux.

Martina s'affairait à changer de pellicule.

— Ils font du feu pour éloigner les animaux, dit-elle. Les grands mammifères. Les éléphants descendent boire ici ; nous avons reconnu leurs déjections là-bas, en plusieurs tas.

— Pourquoi nous installer à cet endroit précis dans ce cas ? demanda Stein. Sur leur territoire. Ce n'est pas très respectueux des éléphants. Nous avons toute la jungle pour nous.

— Nous n'aurons pas le temps d'aller plus loin ; la nuit va tomber.

Ils s'entraidèrent pour monter les abris de plastique. Mahd entra dans la rivière avec son filet. Justine se souvint alors du sanglier.

— Et le sanglier que nous avons abattu ?

— Il l'a offert à sa famille. Ils ont six enfants en bas âge.

— Où se trouve sa famille ?

— Quelque part dans la jungle.

Martina prit sa serviette et un sac contenant du savon et du shampoing.

— Je descends me baigner et me débarrasser de la merde. Vous me suivez, les filles, pour la baignade des dames ?


Elles dénichèrent une petite baie dans laquelle la rivière pénétrait et formait un lagon. Justine enfila son maillot de bain. Katrine et Martina plongèrent nues dans l'eau. Elles étaient glissantes et brillantes comme des animaux.

— Ah, si seulement je pouvais vivre tout le temps ainsi ! J'aimerais appartenir à une tribu, dit Martina en versant du shampoing dans sa main en coupe. Loin de la civilisation et de ses exigences. Un retour complet à la nature.

— Mais tu le fais déjà, non ? lui dit Katrine. Tu voyages aux quatre coins du monde.

— Oui, d'une certaine façon. Car je ne veux pas d'un travail normal et routinier. Ni m'installer n'importe où. Je suis constamment en quête de nouveautés. De nouvelles expériences, de nouvelles rencontres.

— Nous avons également beaucoup voyagé, Stefan et moi. Mais à notre retour, nous allons nous marier et faire des enfants.

— On a fait aussi ce projet, dit Justine. Se marier et avoir des enfants.

Martina sortait de l'eau. Une feuille s'était collée à son ventre, juste au-dessus de la toison sombre.

Elle s'enroula dans sa serviette.

— Toi et Nathan ?

— Oui.

— Je pensais qu'il ne voulait plus se lier.

La gorge de Justine lui brûla.

— Qu'est-ce que tu en sais ?

— Non, rien. C'est une impression.


Un nouveau matin se leva. Heinrich lui avait donné un somnifère, et elle s'était quasiment endormie tout de suite. Pendant la nuit, elle avait rêvé, et songé aux éléphants dans un état de demi-conscience. Il lui avait même semblé entendre des barrissements lointains. En voyant la fumée s'élever des feux, elle s'était rendormie.


Ils mangèrent du poisson et du riz frit. Nathan était bronzé, et ses yeux étaient deux pierres bleues. Il les fixa sur elle et lui dit :

— Nous allons nous rapprocher des éléphants.

Une pression contre son oreille, comme une douleur.

— Pourquoi ?

— Martina va essayer de les photographier. Jeda et moi allons l'accompagner.

— C'est qui Jeda ?

— Celui en T-shirt vert là-bas.

Il s'était levé, et elle avait vu les petits poils dorés sur ses jambes. Il annonça :

— Bon, on part. À la rencontre des éléphants. On ne peut pas y aller en nombre, car cela les effraierait.

Les mots la transpercèrent et explosèrent en elle.

Martina était prête, l'appareil photo en bandoulière.

Ils ne revinrent qu'en milieu d'après-midi. Quand elle les vit réapparaître entre les arbres, elle sut que tout était terminé.

Une vague de froid remonta depuis l'arrondi de ses talons jusqu'à son cœur en passant par ses os pelviens et sa poitrine.

Elle n'était plus capable de parler.

Elle attendit. Un phénomène se produisait au niveau de sa peau, on aurait dit qu'elle rétrécissait. Une douleur lancinante dans sa tête, comme si quelque chose était trop serré.

Nathan marchait le long de la berge en quête d'un endroit où uriner.

Personne ne la vit empoigner la sarbacane de Mahd. Personne ne la vit le suivre. Suivre Nathan.

Il contemplait l'eau et les rapides. Il se roulait une cigarette. Ses lèvres sifflaient, mais elle n'entendait que le grondement de la cascade.

La flèche l'atteignit entre les deux omoplates.

Il tomba droit dans l'eau jaune tourbillonnante.

## Chapitre 24

Quelqu'un s'enquit de Nathan. Quelqu'un demanda d'une voix geignarde où était Nathan. Avez-vous vu Nathan ?

Peut-être posait-elle la question.

Peut-être était-ce elle-même.

Elle se souvenait des voix, des sons.

Et du sac à dos de Nathan au milieu du reste.

En fin de compte, ils durent plier le camp. Elle se rappela que l'herbe se prenait se prenait dans ses chaussures et dénouait ses lacets. Elle devait constamment s'arrêter pour les renouer, ce qui lui coûtait d'énormes efforts. Le vertige la saisissait, et la chaleur l'accablait. Ils quittèrent la jungle. Ils traversèrent un champ d'où s'élevait une vapeur chaude ; elle cassa une feuille aussi grande qu'une oreille d'éléphant et la tint au-dessus de sa tête pour s'abriter.

Ils avaient effectué de longues recherches, elle y avait même participé. Mahd avait cherché avec elle ; ses yeux étaient noirs, et sa sarbacane pendait sur sa hanche.

Tôt le lendemain matin, Ben était venu vers elle. Elle l'avait vu arriver. Elle était raide et silencieuse.

— Je sais que tu ne veux pas partir, mais il le faut. Nous ne pouvons pas continuer.

Elle avait fixé un point entre les arbres, comme si elle avait entendu un bruit.

Elle avait dit :

— Les éléphants.

— Les éléphants ? avait-il répété.

— Ils peuvent devenir fous quand on les approche trop près.

Il avait fermé fort les yeux.

— Ma pauvre amie, avait-il dit, impassible.


On l'avait embarquée dans un train.

Elle était peut-être seule.

Quelqu'un apporta du café dans une tasse ; quelqu'un apporta de l'eau.

— Bois, avait intimé une voix suédoise claire.

Celle de Martina.

Les fenêtres étaient ouvertes, et la chaleur s'engouffrait à l'intérieur ; un nourrisson emmailloté hurlait. Le voile de la mère était fixé à ses cheveux par deux pinces rouges qui semblaient transpercer ses tempes.

Des ongles blancs et propres à l'extrémité des doigts de Martina.

L'appareil photo avait disparu.


Elle sentait l'odeur de son propre corps. Un homme avançait dans le couloir en chancelant. Quand il se rapprocha, elle vit que c'était Ben.

Le train marqua une halte. Il y avait un village dehors. Deux filles sur un scooter ; elles sourirent et firent des signes de la main.

Les toilettes n'étaient qu'un trou dans le plancher. Elle s'agenouilla et vomit.


Puis la ville.

Ben lui dit :

— Je vais me charger des billets. Il y a un avion demain après-midi.

Il avait réservé un hôtel. Elle partageait une chambre avec Martina.

— Il ne faut pas que tu restes seule. Au moins, vous pouvez parler suédois ensemble.

Sa gentillesse n'avait pas de limites.

— Est-ce que tu es marié ?

Il acquiesça.

— Oui, j'ai une épouse.

— Comment s'appelle-t-elle ?

— Tam.

— Tam ?

— Oui.

— Est-ce que tu aimes ta femme Tam ?

— Je l'aime et je la respecte.

— Nathan ! gémit-elle avant de se murer dans le silence.


Elle sortit propre de la salle de bains. Elle était restée si longtemps sous la douche que l'eau avait fini par couler froide.

Martina était dans la chambre, son dos étroit, son sarong qu'elle portait en jupe. Elle tenait un objet dans sa main, la mascotte. Elle l'avait détachée du sac à dos de Justine.

— Qu'est-ce que tu fais ? demanda Justine, ses mots claquant comme du gravier et des pointes.

— Rien, je regarde juste.

Justine se pencha au-dessus de ses bagages et ouvrit le fourreau de sa machette.

La douleur revint dans sa tête.

Elle se rappela la force du sang quand il jaillit sur ses bras ; elle se rappela qu'il brûlait.

Ils la firent raconter, encore et encore. Son crâne rétrécissait. Des policiers et une femme du nom de Nancy Fors. Elle avait la peau claire ; elle était suédoise. Elle avait été envoyée par l'ambassade.

Les fenêtres de la pièce avaient des barreaux.

Elle répéta :

— Je sortais de la douche, et il y avait quelqu'un, un homme. Elle était sur le sol. Martina, étendue sur le sol. J'ai hurlé, il s'est tourné vers moi. Non, je ne me souviens pas de son visage, peau sombre, émacié. J'ai couru dans la salle de bains. J'ai glissé, je me suis cognée, et la serviette était trempée. J'ai entendu fermer la porte. Et là, je suis sortie. Elle gisait par terre, déjà morte.

— Où vous êtes-vous cognée, mademoiselle Dalvik ?

Elle souleva sa chemise et leur montra : ici, sur ma cuisse. Elle était couverte d'écorchures et de morsures étranges.

Un médecin se trouvait dans la pièce. Il toucha sa jambe, elle émit un cri.

Elle se rappela la seringue et l'odeur de l'éther.

Ou était-ce plus tard ?

Oui, peut-être plus tard.

— Cet homme ?

— Oui.

— Quel âge avait-il ?

— Je ne me souviens pas, je vous l'ai déjà dit.

— Trente ans ? Ou plutôt vingt ?

— Il avait la peau sombre et était maigre.

— Racontez-nous tout à nouveau.

— Elle était sur le sol, la machette plantée dans son dos.

— Vous a-t-il menacée, mademoiselle Dalvik ?

— Il n'a pas eu le temps. J'ai couru dans la salle de bains et j'ai verrouillé. Il avait tué Martina.

Elle avait du mal à respirer. L'air n'arrivait plus à ses poumons. Elle essaya d'aspirer de l'oxygène, elle poussa un hurlement à percer les tympans.

Puis il y eut un hôpital, parce que tout était blanc : les draps, les murs. Nancy Fors avait un visage long, agréable. Elle était assise à son chevet chaque fois que Justine ouvrait les yeux.

— Ben, l'homme qui vous a accompagnés dans la jungle, m'a demandé de vous saluer.

D'entendre son nom, elle se mit à pleurer.

La plupart du temps, elle dormait.

Nancy Fors lui dit :

— Ils ont arrêté un homme spécialisé en cambrio-
lages d'hôtels.

— Vraiment ?

— Oui. Et ils aimeraient que vous puissiez venir
l'identifier.

Elle avait dormi plusieurs jours. Maintenant, elle
enfilait les vêtements que Nancy Fors lui avait choisis :
un pantalon large et un modèle de tunique à manches
longues.

— Ils sont à moi. Je pense que nous faisons la même
taille. Vous pouvez les garder.

Elle regarda à travers un judas. Un homme était assis
dans la pièce ; il était maigre et avait les joues creuses.

— Ils demandent si c'est lui, dit Nancy Fors.

Elle répondit qu'elle ne savait pas.

Elle aurait aimé revoir Ben, le saluer, mais elle n'en
eut pas l'occasion.

Elle ne le revit jamais.

Nancy Fors prit l'avion avec elle, pour la soutenir ou
la surveiller. Elles retournèrent ensemble à Stockholm.

Troisième partie

# Chapitre 25

De retour en Suède, elle eut à subir plusieurs interrogatoires. Deux citoyens suédois avaient perdu la vie en Asie du Sud-Est, et Justine avait été en contact avec l'un et l'autre.

Le premier jour, le téléphone sonna si souvent qu'elle le débrancha. La police lui prêta un téléphone mobile. Nous devons pouvoir vous joindre, expliquèrent-ils. Veillez également à ce que la batterie ne soit pas déchargée.

Chaque fois qu'ils mentionnaient le nom de Nathan Gendser, elle déclenchait un problème respiratoire et se mettait à faire de l'hyperventilation ; elle desserrait les vêtements autour de son cou, elle pleurait et s'écorchait les bras.

Elle avait vécu une expérience traumatique. Ils lui donnèrent le nom d'un psychologue, qu'elle ne prit pas la peine de contacter.

Elle n'osait pas refuser de répondre au portable. L'un des premiers jours, Mikke, le fils de Nathan téléphona. Elle accepta de le recevoir.

Il existait une ressemblance entre eux, et dès qu'elle la nota, elle recommença à pleurer. Elle quitta précipitamment sa chaise dans la pièce bleue, l'abandonnant seul. Réfugiée sur son lit, elle l'écouta errer dans la maison en appelant son nom. Elle finit par revenir dans le hall.

Il était debout dans l'escalier et s'agrippait à la rampe. L'oiseau effectuait des cercles au-dessus de lui ; il était resté solitaire si longtemps que les voix inconnues l'excitaient. Justine tenta de l'attirer, mais elle dut insister avant qu'il vole vers elle.

— N'aie pas peur, cria-t-elle. L'oiseau te craint davantage que l'inverse.

Alors, elle pensa aux tigres et aux mots exacts employés par Ben :

— Il est loin d'ici ; il a beaucoup plus peur que vous.

Elle s'assit sur la marche la plus élevée.

— Assieds-toi aussi, dit-elle au jeune homme, sais-tu que nous avons vu des empreintes de tigres ?

— Est-ce qu'un tigre pourrait l'avoir tué ? demanda-t-il d'une voix sourde.

— C'était plus certainement un éléphant.

— Un éléphant...

— Oui, il y en avait à proximité du camp.

— Mon Dieu ! Vous les avez vus ?

— Non, pas moi. Ben, l'un des gars avec nous dans la jungle, a dit qu'il n'avait en aucun cas vu un animal attaquer.

— Il les a peut-être dérangés ?

— Ton père ?

— Oui.

— Non, il ne les a pas dérangés. Il y avait probablement un animal malade ou blessé... on ne saura pas ce qui s'est passé... la jungle est tellement... euh... imprévisible.

— Il était tellement impliqué dans son travail. Je ne l'avais jamais vu ainsi. Il avait trouvé sa niche ; nous avions envisagé la possibilité que progressivement je...

— Quel âge as-tu, Mikke ?

— Bientôt seize ans.

— Presque un adulte.

Il haussa les épaules.

Soudain, tout lui apparut comme une scène de théâtre. Elle se leva, et s'avança jusqu'à lui sur l'escalier. L'oiseau vola vers son grenier.

Elle posa sa main sur la tête du garçon. Les répliques lui arrivèrent aussi facilement que si elle les avait apprises.

— Rentre chez toi et console tes sœurs. Nous devons croire que ton père est bien là où il est. C'était un aventurier, et il est mort droit dans ses bottes, comme on dit. Il est mort au sommet de son bonheur. Dans la nature, pendant une grande aventure. Combien de gens ont cette chance ?

Tout en parlant, elle s'aperçut que ce qu'elle disait était la vérité. En sacrifiant la personne qu'elle aimait et qui lui était la plus chère, elle lui avait permis d'échapper à la vie routinière et triviale de l'humanité, qui, tôt ou tard, l'aurait rattrapé. Il ne serait jamais obligé de rentrer chez lui, n'aurait pas à vieillir, ni à sentir son corps se dégrader peu à peu, jusqu'à finir cloué sur un fauteuil roulant, perclus d'arthrite, déformé, oublié dans une maison de retraite publique. Oui, grâce à elle, il avait échappé à tout cela.

Mais le sacrifice était énorme.

Le jeune garçon maladroit s'effondra en sanglotant violemment.

Elle le prit contre elle, de la manière qu'elle l'avait fait avec son père, et sentit sa veste et sa peau.

— Il était tellement merveilleux, Nathan, si fort et courageux. Je n'ai pas aimé quelqu'un autant que ton père.

Elle l'écarta doucement.

— Parfois, je jouais pour lui. J'ai un cor... tu veux que je te fasse entendre quelques mélodies ?

— Quel genre de cor ? demanda-t-il, méfiant.

— Un vieux cor de poste qu'on m'a offert dans mon enfance.

— Je ne sais pas... C'est harmonieux ?

— Oui.

Elle décrocha l'instrument qui était couvert d'une fine couche de poussière. Elle se servit d'un pan de sa jupe pour l'épousseter.

— Il aimait m'entendre en jouer.

Elle se plaça près de la fenêtre et porta le cor à ses lèvres.

Tandis qu'elle soufflait, elle vit le garçon serrer les poings.

Après son départ, elle craqua. Un rire gloussé et aigu s'échappa de sa gorge ; elle ne pouvait le stopper. Il s'écoulait d'elle, ininterrompu, et lui provoquait des

346

crampes. Elle pressa sa langue contre le mur, le goût de la pierre, le goût de la poussière et de la pierre. Mais le rire continuait à jaillir.

Jusqu'à ce qu'il finisse par se réduire en éclats et se transforme en pleurs.

Puis il y eut les parents de Martina.
Une histoire vraiment absurde.

Hans Nästman, un policier auquel elle avait beaucoup parlé, insistait sur ce point.

— Bien sûr que je suis disposée à les rencontrer. C'est juste que ce fut tellement difficile. J'ai été si fatiguée.

Elle ne voulait pas qu'ils pénètrent à l'intérieur de sa maison. Elle s'abstint pourtant de le dire à Hans Nästman. Elle demanda :

— Pouvons-nous nous rencontrer dans une salle au commissariat ?

— Je m'en charge, promit-il.

Il vint la chercher habillé en civil, dans une voiture banalisée.

— C'est incontestablement un bel endroit, dit-il en regardant le lac. Et ce bateau là-bas ; il n'est pas de petite taille.

— Il appartenait à mon père.

— Pas mal du tout. Vous savez le piloter ?

— Je ne l'ai jamais conduit très loin. Je me suis promenée autour du lac Mälar. Peut-être qu'un jour j'effectuerai un voyage plus long jusqu'à l'île de Gotland ou l'archipel d'Åland.

— Il faudra d'abord vous entraîner davantage. Avez-vous passé un brevet de pilotage ?

Il parlait avec une trace de dialecte, qui ressemblait à du värmlandais.

L'oiseau se trouvait dans le grenier. Pour une raison qu'elle ignorait, elle ne voulait pas qu'Hans Nästman le voie. Elle ferma la porte à clé et le suivit.

Il se dégageait une agréable odeur de neuf de la voiture. Elle pensa à sa vieille Opel, et ce fut le déclic à cet instant précis qui la décida à acheter une voiture neuve.

Elle réalisa trop tard qu'ils ne se dirigeaient pas vers le commissariat de Kungsholmen.

— Où allons-nous ?

— Ils habitent à Djursholm. Ils ont souhaité vous recevoir chez eux.

Une douleur à l'intérieur de sa tête et la sensation que son crâne rétrécissait.

— Qu'est-ce qu'il y a ? Cela vous pose un problème ?

— Pas du tout. C'est l'odeur de la voiture... J'ai un léger mal des transports. Est-ce qu'on peut baisser un peu les vitres ?


Leur nom de famille était Andersson. Elle constata qu'elle ignorait le nom de Martina. Leur maison était aussi grise qu'un bunker et possédait des fenêtres étroites.

— Je me demande s'il s'agit d'une Ralph Erskine, dit Hans Nästman.

— Pardon ?

— L'architecte qui a conçu cet endroit.

— Aucune idée.

Il la suivait de près, de si près qu'il marchait presque sur ses talons.

— Beau secteur, dit-elle, histoire de parler.

— C'est clair. Je n'aurais rien contre le fait d'habiter ici. Enfin, vous n'avez pas à vous plaindre, votre quartier est au moins aussi beau.

La porte était constituée d'un panneau de bois massif et était ornée d'un marteau en forme de tête de lion. Hans Nästman s'apprêtait à frapper quand un homme vêtu d'un costume sombre ouvrit.

— Pas la peine de l'utiliser. De toute façon, on ne l'entend pas de l'intérieur. Il est surtout là en guise de décoration.

Il était mince et bronzé. Ses cheveux étaient attachés en queue-de-cheval. Il lui serra la main.

— Mats Andersson. Bienvenue.

Hans Nästman la tenait par le coude et la guidait ; elle devina un mouvement dans la maison.

— Venez par ici, ma femme va nous rejoindre.

Il baissa la voix.

— Cela a été... comment le dire... difficile pour elle, naturellement, pour nous deux.

Ils entrèrent dans une grande pièce tout en longueur entièrement décorée en noir et blanc. Un piano à queue trônait au milieu. Le soleil qui passait à travers les fenêtres dessinait un motif singulier. Un ensemble de fauteuils en cuir noir était disposé le long d'un mur. À côté, on avait dressé une espèce d'autel avec des bougies dans des chandeliers en argent et une photo de Martina, heureuse et souriante, en robe couleur lilas. On distinguait ses mamelons à travers l'étoffe.

Le policier avança jusqu'à la photo.

— Oui, dit le père. C'est elle.

— Je le pensais. Quand a-t-elle été prise ?

— L'été dernier, au cours d'une de ces journées si chaudes. Elle adorait la chaleur ; elle n'aurait jamais dû naître dans un pays comme le nôtre.

— Elle avait donc vingt-quatre ans sur cette photo ?

Son père répondit :

— Oui. C'est ça. Excusez-moi un moment, il faut que je...

Il disparut de la pièce que le silence envahit.

Ils s'assirent chacun dans un fauteuil. Le couvercle du piano était ouvert ; c'était un Steinway.

— Vous avez peut-être entendu parler de Mats H. Andersson ? lui demanda le policier. C'est un célèbre pianiste concertiste. À moins que vous n'ayez pas d'intérêt pour la musique classique ?

Ses yeux se posèrent sur le sigle du piano ; rehaussé d'or, il ressemblait à un verre à cognac. Elle eut soudain envie d'un porto ou d'un sherry.

Ils discernèrent la voix du père de Martina, exhortant quelqu'un comme s'il parlait à un chiot. Puis il réapparut avec un plateau et des tasses à café.

— Mon épouse arrive dans un instant, dit-il d'un timbre presque aigu.

Elle entra la tête baissée. Elle était plus jeune que Justine l'avait imaginé. Elle avait les cheveux sombres de Martina et ce léger strabisme dans les yeux. Son attitude était affectée d'une certaine inertie et lenteur.

350

— Marianne, dit-elle en tendant la main. Je prends du Sobril en ce moment. Je suppose que c'est impossible à dissimuler.

Son mari revint, une cafetière à la main. Lorsqu'il commença à servir, le couvercle tomba et renversa l'une des tasses. Le visage de sa femme s'apparentait à celui d'un putois.

— Je ne supporte pas ce bruit, je te l'ai déjà dit ! gémit-elle.

Les lobes des oreilles de Mats Andersson devinrent tout rouges.

— Mes doigts sont totalement dénués de sens pratique, dit-il en essayant de plaisanter.

La femme se déplaçait dans le séjour. Elle était pieds nus et portait un anneau très fin à un orteil. Elle rejeta ses cheveux en arrière ; des sons étranges émanaient d'elle.

— Perdre un enfant, psalmodia-t-elle. Perdre son enfant adoré.

— S'agissait-il de votre seule fille ? demanda Näst-man.

— Oui, répondit Mats Andersson. Nous avons également un fils qui vit en Australie. Il rentre évidemment à la maison pour les funérailles. Sinon, il ne vient pas très souvent. Veuillez m'excuser, je vais chercher de quoi nettoyer ça.

— Les funérailles, oui... j'ai appris que son corps a été rapatrié.

La femme se figea.

— Dans un cercueil ! Emballé comme du fret !

Elle se tenait devant son fauteuil ; elle tomba à genoux sur le tapis blanc à longues franges, appuya sa tête sur les cuisses de Justine ; elle était chaude et tremblait. Elle tourna la bouche vers le sol et, soudain, la mordit férocement. Justine en eut le souffle coupé, elle tapa ses lèvres de la main et regarda le policier. Il se précipita, souleva Marianne Andersson et l'aida à s'asseoir dans un fauteuil.

— Comment allez-vous, Marianne ? dit-il. Comment allez-vous ?

Ses yeux plissés brillaient. Elle ouvrit légèrement les lèvres, puis la bouche, mais la referma sans rien dire.

Son mari revint avec un chiffon. Il entreprit gauchement d'essuyer le café renversé.

Marianne Andersson répliqua d'une voix parfaitement normale.

— À présent, si possible, nous aimerions questionner la personne qui fut la dernière à voir notre fille en vie.

— Oui, c'est Justine Dalvik, énonça Nästman.

— En fait, je ne suis pas la dernière à l'avoir vue vivante. C'est celui qui est à Kuala Lumpur, celui qui... l'a tuée. C'est lui le dernier.

La femme se tourna vers elle.

— Ne jouez pas sur les mots, je vous prie. La situation est déjà assez difficile.

— Du calme, s'il vous plaît, dit le policier. Nous avons tous été profondément affectés par ce drame. Les nerfs sont à vif. Justine Dalvik partageait une chambre avec votre fille. Elle a déclaré qu'elle se douchait quand cela est arrivé.

— Puis-je poser n'importe quelle question ? rétorqua la femme.

— Oui ?

352

— Certains détails me tracassent.

— Allez-y.

— Quand vous êtes sortie de la douche... étiez-vous nue ?

— Non... j'étais enveloppée dans une serviette de toilette.

— Et cet homme était simplement là ? Vous ne l'avez pas entendu entrer ?

— Non, j'étais sous la douche, comme je l'ai spécifié.

— Et lui ne vous a pas entendue sous la douche ?

— Je ne sais pas... Il a pu croire que j'étais seule. Il a très certainement perçu le bruit de l'eau. Il a peut-être imaginé cambrioler pendant que je me lavais.

— Et il a alors découvert qu'il y avait une autre personne ?

— Oui.

Les interrogations chicanières s'enchaînaient.

— Est-ce que ma fille a essayé de l'arrêter ?

— Je ne sais pas.

— Oui, mais qu'en pensez-vous ?

— Non... Je pense qu'elle a été surprise. Ils ont dit qu'il n'y avait pas de traces de lutte.

— Mais n'aurait-il pas dû s'enfuir à la seconde où il a vu quelqu'un d'autre dans la chambre ?

— Je ne sais pas.

— Vous ne savez pas ?

— Non, elle était peut-être sortie, et il en a profité ; elle a dû sortir pour quelque chose.

— Vous n'avez pas essayé de la défendre ?

— Il était trop tard ! Il l'avait déjà poignardée !

— Qu'avez-vous fait alors ?

Sa tête tournait. Elle scruta le policier qui l'encouragea d'un signe.

— Ce que j'ai fait… Qu'auriez-vous fait ?

— Je l'aurais tué. Je l'aurais étranglé à mains nues. Je l'aurais taillé en pièces de mes doigts nus…

— Marianne, intervint Mats Andersson. Marianne…

— Il était dangereux, murmura Justine. S'il avait tué une personne, il était capable d'en assassiner une autre.

— Donc, qu'avez-vous fait ?

— J'ai couru dans la salle de bains où je me suis enfermée.

— Pourquoi n'avez-vous pas couru hors de la chambre plutôt ? Pour chercher de l'aide ? Tout cela me paraît vraiment étrange.

— Je ne sais pas. Un réflexe.

— Si elle avait pu atteindre l'hôpital ! Si elle y était arrivée à temps !

— Il était déjà trop tard !

— Comment le savez-vous ? Combien de personnes mortes avez-vous vues ? Comment pouvez-vous en être certaine ?

Elle saisit la tasse de café, mais ses mains tremblaient si fort qu'elle ne put la soulever.

— Puis-je… vous demander ? dit le père. Comment était-elle ce jour-là ? Quelle était son humeur ? Était-elle heureuse ou triste… ?

— Aucun d'entre nous n'était très gai.

— Vous devez considérer ce qui s'était passé dans la jungle, intervint Hans Nästman. Le groupe avait dû lever le camp dans la précipitation ; l'un des responsables avait disparu, sûrement victime d'un accident, et il est probablement mort.

— Ils ne l'ont pas retrouvé ?

— Non. Ce qui disparaît dans la jungle tend à être définitivement perdu.

— Notre fille avait une âme nomade. À chaque équipée, chaque voyage, où que ce soit dans le monde, j'étais sur des charbons ardents. Je craignais qu'un malheur advienne. Tôt ou tard, je me disais, tôt ou tard… mais on ne peut pas leur interdire.

— Non, en effet.

— Vous avez des enfants, inspecteur ?

— Oui, deux garçons, de dix-huit et vingt ans.

— C'est plus facile avec les garçons.

— Ne croyez pas ça.

La femme se leva. Elle marcha jusqu'à l'autel et alluma les bougies.

— Vous pouvez nous quitter, si vous voulez bien, dit-elle d'une voix rauque. Maintenant, je sais à quoi ressemble la personne qui partageait une chambre avec Martina. Je ne veux pas en savoir plus. Ça suffit.

— Quelle femme étrange et déplaisante, lui dit Hans Nästman dans la voiture. Dans mon métier, on est amené à rencontrer des gens bizarres, mais quelqu'un comme Marianne Andersson…

— Le chagrin influence la personnalité.

— Certes.

Elle boucla sa ceinture de sécurité.

— Que vous a-t-elle fait ? demanda-t-il.

— Rien.

— Elle vous a blessée, je l'ai vu. Elle vous a mordue, c'est ça ?

— Non.

— Justine, écoutez-moi. Il faut vous faire vacciner contre le tétanos. Les morsures humaines sont les plus dangereuses.

— Je suis déjà vaccinée.

— Oui, bien sûr, en ayant voyagé aussi loin.

— Nous avions toutes sortes de vaccins obligatoires. Nathan, aussi. Hélas, on ne peut pas se vacciner contre tout.

— Voilà qui est sage.

Il se tut un moment puis ajouta :

— J'ai vu qu'elle vous avait mordue, Justine.

Elle soupira.

— J'ai le sentiment que vous l'avez laissée faire.

— Oui, c'est vrai ; peut-être parce que je le méritais. J'aurais dû protéger sa fille – d'une façon ou d'une autre.

— C'est ce que vous éprouvez ?

— Je ne sais pas. C'est le genre de chose qu'un psychiatre doit démêler. S'il vous plaît, pouvez-vous me raccompagner chez moi maintenant ? Ce fut une journée atroce.


Hans Nästman garda contact avec elle.

— Je suppose que vous voudrez être informée des suites à Kuala Lumpur. Et si on retrouve Nathan Gendser un jour. L'homme arrêté pour cambriolage n'admet que ce délit. Il insiste sur le fait qu'il n'avait jamais mis les pieds dans cet hôtel-là. On ne peut rien prouver. Il y a beaucoup d'empreintes sur la machette, mais pas les siennes. Il avait peut-être enfilé des gants... malgré la température très chaude dans ce pays.

Elle ne savait que lui dire.

— J'imagine qu'ils peuvent quand même l'emprisonner s'il n'a pas un alibi en béton armé. Un pauvre bougre sans le sou.

— Je ne tiens pas précisément à en parler, riposta Justine. Je préférerais oublier tout ça.

## Chapitre 26

Pendant l'automne et l'hiver, ils lui fichèrent la paix.

Pour autant, elle n'oublia pas. Nathan ne cessait de lui rendre visite. La nuit, il s'invitait dans ses rêves ; la journée, il la suivait, de si près qu'elle sentait presque son souffle, et quand elle se retournait, il se coulait dans un coin et s'évanouissait.

Oui, Nathan venait à elle, mais de moins en moins souvent.

Puis, Hans Peter débarqua dans sa vie. Ce jour d'hiver si doux, avec le scintillement de la pluie sur la fenêtre, quand ils avaient fait l'amour pour la première fois, elle savait qu'il devait s'en aller, mais elle ne voulait pas le laisser partir.

Il lui avait dit qu'il travaillait à l'hôtel.

Ils étaient dans la cuisine. Il l'enlaça et l'assit sur ses genoux.

— C'est si étrange... on ne se connaît pas... et pourtant.

Elle jeta ses bras autour de lui et enfonça son visage dans son cou.

— On se connaît un peu.

— Oui...

— J'ai encore... envie, murmura-t-elle.

— Juste quelques minutes.

— En vitesse.

Elle débarrassa la table, se pencha dessus et releva sa robe. Elle n'avait pas de culotte. Il était derrière elle, et ses mains couraient sur ses cuisses et ses hanches. Elle se frotta contre lui pour provoquer une érection ; elle l'éprouva à travers l'étoffe de son pantalon.

À cet instant, le téléphone sonna.

— Merde ! Bordel de merde ! s'écria-t-elle.

Il recula de quelques pas, décrocha le combiné et le lui tendit. Elle secoua la tête en signe de dénégation, mais il était trop tard.

— Allô ! dit-elle avec nervosité.

— Allô... j'aimerais parler à Justine Dalvik.

— C'est moi.

— Je m'appelle Tor Assarsson. Je suis le mari de Berit. J'ai compris que Berit et vous aviez été camarades de classe.

— Oui, c'est exact. Bonjour.

— Je m'inquiète à son sujet. Elle a disparu.

— Ah bon ?

— Elle n'est pas rentrée depuis presque vingt-quatre heures.

— Vraiment ?

Son mal de tête se déclencha. Il se fraya un chemin sous son front, et lorsqu'elle bougea, elle eut l'impression que sa peau tirait comme si le crâne entier avait rétréci.

— Je crois... qu'elle se rendait chez vous. Est-ce que vous l'avez vue ?

— Oui, elle est effectivement venue. Nous avons parlé une partie de la soirée.

— Combien de temps ?

— Je ne sais pas, je n'ai pas fait attention à l'heure.

— Est-elle repartie tard ?

— Un peu tard peut-être.

Hans Peter l'observait. Il referma sa braguette et lui sourit en secouant la tête. Elle s'efforça de lui rendre son sourire.

— J'avoue que je suis très soucieux.

— Je comprends…

— Cela ne ressemble pas à Berit. Je crains qu'il lui soit arrivé malheur, quelque chose d'affreux.

— Elle a peut-être décidé de faire une escapade. Elle peut avoir simplement besoin d'être seule un moment.

— Vous a-t-elle confié qu'elle l'envisageait ?

— Elle n'avait pas l'air heureuse, si c'est ce que vous avez à l'esprit.

— Elle a traversé une période difficile récemment, et je ne lui ai pas apporté un réel soutien. Qu'a-t-elle dit ? De quoi avez-vous discuté ensemble ?

— Elle m'a parlé de son travail, elle ne voulait pas déménager à Umeå ou je ne sais trop où.

— Luleå.

— Oui, c'est probablement ça. Elle était malheureuse et se demandait ce que l'avenir lui réservait.

— Pensez-vous qu'elle aurait pu attenter à ses jours ?

Sa voix était devenue rauque ; elle perçut qu'il était sur le point de craquer.

— Je ne sais pas. On ne se connaissait pas si bien. Du moins en tant qu'adultes. J'ignore si elle est le

360

genre de femmes à commettre un acte aussi radical. Je l'ignore vraiment.

— Je n'ai pas une fois envisagé qu'elle soit de ce genre. Elle a toujours été stable et forte en dépit des difficultés. Mais on ne sait jamais… Elle avait atteint cet âge, vous voyez, la ménopause et tout ça. Je crois que cette phase venait de commencer, et les hormones féminines peuvent causer des problèmes pour autant que je sache.

— Cela peut se produire ; certaines femmes connaissent des changements complets de personnalité.

— Bien que je n'aie rien remarqué de tel.

Elle entendit Hans Peter descendre l'escalier. Il allait bientôt sortir. Elle ne le voulait pas. Pour la première fois, elle n'avait pas envie de rester seule dans la maison, elle voulait le suivre pour aller n'importe où, juste monter en voiture et rouler.

— Qu'a-t-elle dit en partant ?

— En partant ? Oui… elle a dit qu'elle marcherait jusqu'à Sandviksvägen et sauterait dans le bus, il me semble. Nous avions pas mal bu… Je ne me souviens pas exactement de ce qu'elle a dit.

— Était-elle ivre ?

— Oui, passablement.

— Aurait-elle pu tomber quelque part ?

— Je ne sais pas. Ne l'aurait-on pas retrouvée si c'était le cas ?

— Pourquoi n'a-t-elle pas pris un taxi ? Elle aurait dû le faire.

— Peut-être bien.

La respiration de l'homme était laborieuse.

— Il faut que j'appelle la police. Il n'y a plus rien d'autre à faire. Ensuite, je sortirai à sa recherche. Je viendrai vers chez vous aussi.

— Je ne pense pas que je serai chez moi.

— Hmm. D'accord. Voici notre numéro et celui de mon portable. Au cas où vous auriez besoin de me joindre. Si vous vous rappeliez un détail que vous auriez oublié de me donner.


Hans Peter avait enfilé sa veste.

— Nous n'avons pas eu de chance pour ce petit moment agréable, dit-il en la serrant dans ses bras. Je vais avoir l'image de tes belles fesses dans la tête ce soir et une érection toute la nuit.

— Tu es vraiment obligé de partir ?

— Oui.

— C'est tellement bête d'avoir oublié de débrancher l'appareil. Je le déconnecte d'habitude. Je n'aime pas qu'on me téléphone à n'importe quelle heure.

Il la repoussa légèrement.

— Justine, ne fais pas ça, sinon comment suis-je censé te joindre ?

— Tu es venu, non ?

— Et si je ne peux pas ?

— Eh bien…

— Tu sais quoi ? Je vais t'acheter un présentateur de numéro.

— Qu'est-ce que c'est ?

— Tu ne connais pas ? C'est un petit gadget qui affiche le numéro de la personne qui cherche à te joindre. Si tu ne tiens pas à parler à tante Greta, tu ne réponds pas.

— J'ignorais que ça existait.

— Si. Bon, il faut que je file maintenant. Je t'appelle demain à mon réveil. J'en ai déjà envie.

Elle était dans la maison. Seule. Elle verrouilla les portes et parcourut toutes les pièces. Elle lava les plats et débarrassa. Puis elle éteignit les lumières et débrancha le téléphone.

Elle guettait à la fenêtre de la cuisine. Elle ne voulait pas se coucher, ne voulait pas fermer les yeux. La douleur grignotait l'intérieur de son crâne, grignotait et mangeait.

Elle était dans le noir et le vit arriver. Il avait exactement l'apparence qu'elle lui avait imaginée : un manteau gris, un visage blême. Même sa détresse ne parvenait pas à effacer son aspect de bureaucrate efficace. Elle écouta ses pas sur les marches extérieures, puis la sonnette qui résonna au centre de la maison.

Il attendit un moment et sonna à nouveau. Voyant que rien ne se produisait, il fit le tour et se dirigea vers le lac. Elle se hâta de gravir l'escalier. Elle le vit à la limite de la glace. Il fit prudemment un pas en avant, et recula. Il se recroquevilla encore davantage.

Elle se sentait infiniment désolée pour lui.

Au cours de la nuit, il se mit à neiger. Le thermomètre indiquait moins deux. Elle ne se déshabilla pas ; elle erra à l'étage en se cognant aux murs comme si elle était aveugle. Elle avait avalé des analgésiques, mais la douleur ne la quittait pas ; elle était à peine atténuée.

Il était deux heures du matin. Elle rebrancha le téléphone et composa le numéro.

Il répondit immédiatement.

— Bonjour. C'est Justine Dalvik. Désolée de vous contacter si tard.

— Ce n'est pas grave.

— Vous ne l'avez pas retrouvée ?

— Non.

— Avez-vous… prévenu la police ?

— Pour ainsi dire. Je suis allé au commissariat, ils ne font pas grand-chose pour l'instant. Ils disent que cela n'a rien d'inhabituel qu'une épouse disparaisse. Beaucoup le font pour punir leur mari. Ils essaient de me rassurer.

— J'ai beaucoup réfléchi. En fait, elle a parlé… de votre mariage.

— Vraiment ? Qu'a-t-elle dit ?

— J'ai eu l'impression qu'elle était un peu, comment dirais-je, déçue.

— De moi ?

— Oui.

— Elle a dit ça ?

— Elle pleurait et avait l'air déprimée. Elle a dit que vous n'aviez plus trop d'intérêts en commun désormais. Qu'est-ce qu'il me reste ? Je n'ai plus de boulot et plus d'amour. Quelque chose de ce style.

Il alluma une cigarette.

— Elle a dit ça ?

— Approximativement, oui.

Il pleurait à présent et marmonnait comme s'il avait des billes dans la bouche. Il lui sembla qu'il avait raccroché, mais il se racla la gorge et toussa.

— Je suis désolée. J'aurais dû éviter de vous joindre au milieu de la nuit.

— Ça n'est pas un problème. Ça ne me dérange pas du tout, bien au contraire.

— Je n'arrive pas à dormir. Je suis inquiète aussi.

— Je suis venu à Hässelby plus tôt. J'ai sonné chez vous, personne ne m'a répondu.

— Non.

— Que suis-je censé faire ? Que suis-je censé faire, bon sang ?

Il avait crié les derniers mots. Il fit un effort pour regagner un ton de voix normal.

— Excusez-moi… je suis tellement tourmenté que je perds les pédales.

— Ce n'est pas surprenant. Avez-vous des somnifères ou des médicaments de ce genre ? Juste pour que vous dormiez ce soir.

— D'habitude, je n'en utilise pas.

— Peut-être qu'elle le faisait ?

— Franchement, je ne sais pas.

— Non, bon, je ne vais pas vous ennuyer davantage. Je n'hésiterai pas si je pense à quelque chose. Bonne nuit.

— Bonne nuit.


Chaque fois qu'elle s'allongeait, la scène lui revenait. Durant la journée, elle réussissait à la tenir à distance. Et juste après qu'elle s'endorme. Elle n'était pas complètement ivre, et en sortant de la douche, elle s'assit sur le bord du lit et but quelques verres de vin supplémentaires. Son pied lui faisait de nouveau mal. Ensuite, elle s'était assoupie.

Elles s'étaient enlacées. Longtemps, elles étaient restées dans les bras l'une de l'autre. Le visage chaud et couvert de morve de Berit, ses pleurs déformés par l'ivresse. Je m'en suis voulu ; j'ai eu tellement peur ; les enfants sont comme ça. Je n'arrêtais pas de me dire que les enfants n'ont aucune empathie, aucune compassion, mais ça ne m'a pas aidée. Oh, Justine, Justine, il faut que tu me pardonnes.

Elle était un peu plus petite que Justine et plus maigre. Mais elle avait de la force. Quand Justine l'avait poussée sur le sol, elle avait suivi le mouvement sans opposer de résistance. Justine avait grimpé sur sa poitrine, s'était projetée en avant et s'était mise à serrer sa gorge, et ce ne fut qu'à ce point que Berit commença à résister. Justine avait attrapé un livre sur la bibliothèque, un Dostoïevski, elle se servit du coin pour frapper l'arête du nez de Berit. Elle avait entendu un craquement, et le corps sous elle s'immobilisa. Le blanc de ses yeux brillait ; elle s'était évanouie un instant, peut-être plus à cause du choc que de la douleur. Justine s'était précipitée dans sa chambre à l'étage pour récupérer sa longue écharpe, l'avait enroulée plusieurs fois autour du cou de la femme inconsciente et avait tiré.

Elle l'avait étranglée vigoureusement jusqu'à ce qu'aucun doute ne soit permis.

Le téléphone sonna. Elle décrocha le combiné ; un homme parla. Nathan ? Non, Hans Peter. Nathan n'existe plus ; son corps a été réduit en morceaux dans une cascade de l'autre côté de l'océan. C'était longtemps auparavant, et tout est oublié.

Elle raccrocha en silence.

Elle savait exactement comment agir, bien qu'elle n'y ait pas réfléchi à l'avance. Tout lui vint ; une voix la guidait : sors les sacs en toile du placard à nettoyage, les deux blancs avec une inscription Konsum. Puis l'écharpe. Ne regarde pas le visage du corps. Détache l'écharpe de son cou – ce qui produisit un souffle d'air désagréable – et accroche-la à l'une des poignées d'un sac. Noue fermement comme une ceinture autour de la taille de Berit.

L'oiseau décrivait des cercles au-dessus d'elle.

— Va dormir, lui intima-t-elle. Tu pourrais te blesser dans l'obscurité.

Il ne lui obéit pas ; il resta perché sur son épaule tout le temps que cela lui prit pour traîner le corps en bas. Sa présence l'aida à oublier ce qu'elle était en train de faire.

Ce n'est que lorsqu'elle s'engagea dans l'escalier de la cave qu'il s'envola et remonta à l'étage.

— Je reviens bientôt ! lui cria-t-elle. Tu sais que je vais revenir. Je te donnerai quelque chose de bon, que tu aimes, un œuf cru, un bel œuf de poule cru, et il y aura peut-être même un embryon dedans, cela se produit parfois.

Elle laissa Berit dans le hall. Il y avait des pierres à la cave ; elle se souvenait de l'endroit où elles étaient entreposées. C'est son père qui les avait amenées à la maison. Il les avait achetées à une relation d'affaires qui avait promis de l'aider à construire un barbecue. Le projet n'avait pas vu le jour. Flora était contre. Elle entendit soudain la voix agaçante : Tu ne finis jamais ce que tu entreprends. Est-ce que ces pierres vont demeurer dans le jardin jusqu'à notre mort ? Ça fait sale, Sven. Je ne le tolérerai pas.

De colère, son père les avait toutes descendues à la cave. Il l'avait fait en dix minutes, blême et furieux. Après, il avait pris son bateau en direction du lac.

Justine monta quelques pierres. Elle les plaça dans les sacs Konsum, mais quand elle essaya ensuite de bouger Berit, elle se rendit compte que c'était trop lourd. À grand-peine, elle lui enfila son manteau et l'affreuse casquette de drap marron. Elle faillit rater les gants sur l'étagère à chapeaux. Lorsqu'elle les découvrit, elle essaya de les enfiler aux doigts de Berit, s'arrêta, renifla et les fourra dans les poches du manteau.

Elle s'habilla à son tour.

Elle tira la luge jusqu'à la cave et en arriva à la partie difficile : batailler pour faire descendre le corps sans vie et le placer dessus. Elle était consciente de la douleur permanente au niveau de son pied, pourtant, cela ne semblait pas l'atteindre. Elle s'appuyait dessus, ce qui provoquait des élancements. La souffrance était diffuse et refoulée. Elle s'en occuperait plus tard.

Elle chargea son fardeau. Les patins glissèrent légèrement ; les bras morts pendaient dans la neige. Justine essaya de les ramener sur le torse, mais ils retombèrent, dépourvus de stabilité. Elle décida d'arrimer le cadavre avec de la corde. Elle n'en trouva pas ; elle ouvrit tous les tiroirs de la cuisine et déversa leur contenu sur le sol.

Ce fut le premier moment de panique.

Elle avança jusqu'au miroir et y vit son visage. Elle prononça son prénom à voix haute :

— Justine !

Tu le mérites, ne l'oublie pas ! Garde-le constamment à l'esprit !

Ses mains se mirent à trembler ; elle s'assena deux fortes gifles.

Calme-toi, calme-toi, ne deviens pas hystérique ; tu sais ce qu'il en pense.

Et ce fut terminé.

Juste après, elle trouva la pelote de corde. Elle était dans la niche près de la fenêtre, elle se souvint l'avoir utilisée quelques jours auparavant pour... Non, elle ne se rappelait pas pourquoi. Elle ramassa les ciseaux à terre et retourna dehors.

Berit était en position assise, inclinée en avant et prête à tomber. Justine l'attacha à la luge par la taille, les mains et les jambes. La tête pendait, le cou étranglé. Ne regarde pas les yeux injectés de sang, ne regarde pas. Elle baissa la casquette autant que possible et alla chercher les pierres.

Chaque sac Konsum pouvait en contenir cinq.

La nuit était noire et brumeuse. Elle devina la présence d'un avion loin au-dessus d'elle par le bruit de son moteur. Au prix d'énormes efforts, elle parvint à traîner le chargement jusqu'au lac. Les patins s'enfonçaient dans la neige. Une fois sur la glace, sa progression devint plus facile. Elle poussait aussi vite qu'elle l'osait, effrayée par le grondement et les craquements provenant de la surface. Elle continua jusqu'à ce que ses pieds soient mouillés. Elle vit une couche d'eau au-dessus de la glace.

Elle s'arrêta et se prépara à courir. En boitillant, elle exerça sur l'engin une pression qui le propulsa plus loin. Pas assez toutefois. La glace y était solide. Il fallait essayer d'avancer. Elle s'allongea sur le ventre, et rampa. L'eau s'infiltrait dans son manteau, mais elle n'avait pas froid ; au contraire, elle ressentait une espèce de brûlure. Elle plaça ses mains sur le dos de Berit et les pressa à nouveau brusquement. La luge glissa sur une dizaine de mètres. Elle entendit des craquements, et le petit traîneau bascula en avant. Elle le vit s'enfoncer lentement dans l'eau ; tout coula à pic et disparut.

Elle rentra chez elle ; sa douleur au pied reprit, plus intense. Elle ôta ses vêtements mouillés, les suspendit dans la buanderie pour sécher.

Sous la douche, elle découvrit toutes les marques sur ses bras, blessures, écorchures, griffures d'ongles. Ça la piqua comme du venin quand elle nettoya les plaies.

C'est du seuil de sa chambre qu'elle avisa le sac de Berit. Il était toujours à côté de la chaise où elle s'était assise.

## Chapitre 27

Le lendemain matin, elle se réveilla avec une lourdeur sur la poitrine. Elle essaya de crier, mais sa gorge était transformée en râpe. Du pied, elle écarta les couvertures. L'oiseau était dans son lit, il n'y était jamais venu auparavant.

Elle avait caché le sac de Berit dans son armoire. Dans le couloir du haut, elle en vit un autre, un grand fourre-tout en toile bleu marine, avec l'inscription « Éditions Lüding » et leur logo de livres alignés. On l'avait jeté dans un coin. Elle se rappela que Berit lui avait acheté des fleurs et une bouteille de vin. Elle se sentit complètement vidée.

Elle plia le sac et le rangea à côté de l'autre.

Elle passa le reste de la journée avec Hans Peter et refoula sans peine tous ces événements. Elle avait pensé à lui ; il commençait à occuper une place dans sa conscience. Elle éprouvait une certaine tendresse en évoquant ses clavicules, son cou et ses mains. Elles étaient différentes de celles de Nathan ; plus douces, plus tendres. Il lui transmettait un sentiment de plénitude, de contentement radieux.

Elle réfléchit à se débarrasser des sacs de Berit après son départ ; elle n'en eut pas l'énergie, elle était littéralement épuisée. Elle se glissa dans son lit et y retrouva partout son odeur et sa présence.

Tor Assarsson appela le lundi matin.

— Je suis incapable d'aller travailler. J'espérais que vous seriez chez vous.

— C'est le cas.

— C'est un enfer ! Tout est un fichu enfer !

— Je comprends. Avez-vous du nouveau ?

— Non.

— Patientez jusqu'à la distribution du courrier. Elle vous aura écrit, de Rome ou de Tobago, si elle est juste partie pour prendre un peu de distance.

— Est-ce que vous le croyez ?

— Ce n'est pas impossible.

— Vous avez peut-être raison. Pourvu que ce soit vrai !

Il avait besoin de venir lui parler en face. Elle parvint à le freiner.

— D'abord le courrier. À quelle heure arrive-t-il habituellement ?

Il l'ignorait étant donné qu'il n'était pas à la maison en semaine.

Elle lui promit de le recevoir après le déjeuner.

Hans Peter obnubilait son esprit.

Sa priorité était de s'activer avec les sacs de Berit. Assez bizarrement, elle espérait qu'ils auraient disparu quand elle ouvrirait la porte de l'armoire. Ils étaient bien évidemment toujours là. Le grand en cuir sur ses baskets, à l'endroit précis où elle l'avait rangé.

Son mal de tête revint.

Elle s'assit à même le sol, armée de ciseaux. Son intention était de le découper en tous petits bouts, ainsi que son contenu. Quand elle le tint à la main, comme Berit le faisait, elle s'aperçut que ce serait difficile. Elle devait l'ouvrir bien qu'elle n'en eût aucune envie ; elle dégrafa les petites pressions métalliques, et il révéla ses sombres secrets. Les affaires de sa propriétaire, sa vie.

Au sommet, un mouchoir en tissu avec de vagues traces de rouge à lèvres, puis le reste, qu'elle ne voulait pas voir tout en y étant obligée, les objets personnels qui ramenaient l'image de Berit dans la maison : un portefeuille, usé aux coutures, une pochette contenant une carte bancaire, la carte en plastique blanc du conseil régional, une American Express, une carte d'un club du livre, expirée depuis longtemps, et une de pharmacie. Justine souleva le rabat et les yeux de trois personnes croisèrent les siens : le mari, Tor, et les deux garçons, en écoliers. Il y avait presque mille couronnes dans le compartiment réservé aux billets. Elle commença par eux, les réduisit en morceaux puis les photos, les cartes, les petits papiers et les reçus qui se trouvaient dans la poche derrière les billets. Elle sortit ensuite l'agenda de poche. Elle le feuilleta et lut des annotations sporadiques : « Dentiste à une heure et demie » ; « Ne pas oublier les chaussures ». Tout au fond, le permis de conduire de Berit, sans étui. On ne la reconnaissait pas sur la photo. C'était un vieux cliché sur lequel ses cheveux étaient relevés en chignon, ce qui la faisait paraître plus vieille. Des clés, un peigne, un miroir et un tube de rouge à lèvres. Elle entreprit de tout réunir, s'escrima à casser le peigne en deux. Il s'agissait d'un modèle bleu clair doté d'une poignée. Malgré l'énergie qu'elle usa, il refusa de se rompre. Un petit flacon de parfum, *Nuits indiennes* ; elle l'enroula dans un sac en plastique pour atténuer l'odeur. Le briquet était sur la table ainsi que le paquet de cigarettes, qui en comptait encore cinq ou six. Elle les broya au-dessus de la pile. Elle débita le sac de toile en petits morceaux et s'efforça de faire pareil avec celui en cuir ; elle dut y renoncer, car les ciseaux n'étaient pas aiguisés pour ça.

Qu'était-elle censée en faire ? Elle conforta sa position au sol, les jambes raides. Les yeux de Berit de la photo découpée de son permis de conduire la regardaient fixement. Elle les enfonça dans une pile.

Le téléphone sonna ; elle ne l'avait pas décroché. Elle pensa à Tor Assarsson et aux enfants de Berit. Elle devait être joignable, elle, l'heureuse et merveilleuse amie !

Tendue, elle prononça son nom complet à voix haute.

— Ma chérie !

C'était Hans Peter.

— J'avais peur que tu aies débranché le téléphone.

— Non...

— Tu me manques. Tu manques à mon corps entier ; la chaleur de ta peau manque à mes mains. J'ai envie de t'entendre et de t'enlacer.

— Oh... Hans Peter...

374

— Qu'est-ce qui ne va pas ? Ta voix est tellement différente. Tu as un souci ?

— Non, rien.

— Tu es sûre ?

— Oui, oui. Tu travailles aujourd'hui ?

— Bien sûr, mais pas avant ce soir. Je voudrais te voir tout de suite !

Son intonation la glaça elle-même.

— Je ne peux pas. Je suis occupée.

— Quand auras-tu le temps ?

Elle nota que son enthousiasme avait faibli.

— Je t'appellerai.

— Ah bon ?

— S'il te plaît, Hans Peter, il y a des choses que je dois vraiment régler, et je ne peux pas en parler pour l'instant. Je te téléphonerai.

— Je ne serai peut-être pas là.

— Je tenterai le coup. Je dois te laisser maintenant, excuse-moi !

Elle raccrocha. Elle n'avait pas imaginé la tournure des événements ainsi. Elle couvrit ses yeux de ses mains et gémit.

Ne devrait-elle pas brûler les affaires ? Non. Ce serait trop risqué. Elle marmonnait tout en tournant en rond. Que faire ? Elle visualisa alors la déchetterie de Lövsta de l'autre côté de Riddersvik. Bien sûr. Pourquoi n'y avait-elle pas songé avant ? Elle était très fatiguée et fut prise de vertige en descendant à la cave. Elle trouva un rouleau de sachets noirs destinés à garnir les poubelles, fourra dans l'un d'eux le sac de Berit et son contenu, et le noua consciencieusement. Elle parcourut la maison à grandes enjambées, vérifiant chaque pièce : non, il n'y avait plus de traces. Elle enfila son manteau et partit en voiture.

Elle craignait qu'on vérifie de quoi elle se débarrassait. À l'entrée, un homme en salopette ne lui prêta pas la moindre attention. Elle l'interpella néanmoins :

— Où met-on les déchets combustibles ?

Il désigna l'une des bennes.

— Merci.

En revenant à sa voiture, elle ajouta :

— Bonne journée.

Il marmonna des paroles inintelligibles.

De retour chez elle, elle composa le numéro de Hans Peter qui ne répondit pas. L'inquiétude la saisit et se mua progressivement en désespoir. Dans la salle de bains, elle s'appliqua une épaisse couche de maquillage, de khôl et de fard à paupières. Elle enfila une jupe, un cardigan et des collants de laine. Après une nuit de repos, son pied quoique, encore un peu enflé, allait nettement mieux.

Elle rappela Hans Peter. S'il était malheureux parce qu'elle l'avait blessé, il ne décrocherait pas, même si elle essayait toute la journée. Il ne devait pas être du genre à pardonner facilement.

Il y avait quelqu'un dehors. Était-ce lui ? Un homme se tenait à la porte ; elle le voyait à travers le verre opaque. On aurait dit Hans Peter. Était-ce lui ?

Ce n'était pas lui.

Elle sut immédiatement de qui il s'agissait.

Tor, le mari de Berit.

— Vous êtes bien Justine, non ?

Il avait l'air négligé ; une barbe de trois jours formait une espèce de nuage sur son menton et ses joues ; ses yeux étaient petits et dans le vague.

— Entrez, fit-elle d'une voix douce.

Debout au milieu du hall, il regardait partout.

— Donc, elle est venue ici, pas plus tard que samedi dernier. J'essaie de me mettre à sa place, d'imaginer sa manière de raisonner et d'agir.

— Oui...

— Qu'avez-vous fait après son arrivée ?

— Nous sommes montées, je crois. Nous avons longuement discuté à l'étage.

— Faisons-le également.

Elle se hissa en haut de l'escalier en s'aidant de la rampe. Son pied était à nouveau douloureux. S'il le remarqua, il n'émit aucun commentaire.

— Voulez-vous un café ?

— Non, je ne veux pas de café. Je ne veux rien.

L'oiseau était perché sur l'accoudoir de la chaise de Berit. Lorsqu'il vit l'homme, il crailla. Tor Assarsson sursauta.

— Qu'est-ce que c'est que ça, bordel ?

— Tout le monde me le demande. C'est un oiseau, mon animal de compagnie.

Il ne bougea pas. Justine tendit le bras, et l'oiseau sauta dessus, puis de là s'envola au sommet de la bibliothèque.

Tor Assarsson protégeait sa tête avec ses bras.

— Comment diable pouvez-vous avoir un tel animal de compagnie ?

Elle s'abstint d'argumenter.

— Est-ce que je peux m'asseoir ou autre chose va me fondre dessus par surprise ?

Justine commençait à regretter de l'avoir reçu. Il semblait irrité et susceptible ; il était probablement en état de choc.

Elle s'assit au bord de la chaise.

— Vous étiez installées ici ?

— Oui.

— Nous sommes mariés depuis de nombreuses années, Berit et moi. Maintenant, je m'aperçois à quel point elle est devenue une partie de moi. Vous comprenez ? Et voilà qu'il est peut-être trop tard !

— Avez-vous vu le courrier ?

— Oui, il n'y avait rien. Qui plus est, j'ai trouvé ça.

Il enfonça la main dans sa poche et en sortit un passeport. Il le jeta violemment sur la table.

— Elle n'est allée nulle part. Du moins, elle n'a pas quitté le pays.

— De nos jours, faut-il un passeport pour voyager dans l'Union européenne ?

— Je pense que oui.

— Je suis désolée... Je crains de ne pouvoir guère vous être utile.

— Puis-je savoir si vous étiez vraiment amies quand vous alliez à l'école ensemble ? Étiez-vous des meilleures amies ?

— Pas exactement !

— Oui, c'est ce qu'elle m'a dit. Elle y a fait allusion. Vous étiez le souffre-douleur de la classe, n'est-ce pas ?

— C'était un peu difficile pour moi, mais je ne me suis pas éternisée là-dessus. C'était il y a très longtemps.

— Elle a laissé entendre qu'elle aimerait vous en parler. Elle avait mauvaise conscience et elle en souffrait.

— Ah bon ?

— Vous l'a-t-elle confié ?

Ses pensées se bousculaient sous son crâne. Discuter honnêtement, était-ce la bonne chose à faire ?

— Je crois qu'elle a dit qu'elle n'avait pas toujours été gentille.

— Elle a dit ça ?

— Il me semble.

— Et qu'avez-vous répondu ?

— Je ne me souviens pas... Probablement que, moi non plus, je n'étais pas précisément un ange.

Ses épaules s'affaissèrent. Elle observa sa chemise dont le col était fripé. Il ne portait pas de cravate.

— Les garçons, énonça-t-il d'une voix grave. Que vais-je dire aux garçons ?

— Je sais que vous êtes inquiet, chuchota-t-elle. Elle n'a pas disparu depuis longtemps. Soyez patient. Peut-être qu'elle cherche à vous joindre en ce moment ; peut-être qu'elle est au téléphone.

— Tous les appels sont transférés sur mon portable.

Il tapota la poche de sa veste.

— J'entends tout de suite s'il sonne à la maison. Où a-t-elle mentionné qu'elle irait ? Quels sont les mots exacts qu'elle a employés ?

— Oh, je ne les ai pas retenus !

— Est-ce qu'elle a regardé sa montre et dit quelque chose comme : « Il faut vraiment que j'y aille ? »

— Oui, sans doute une phrase de ce genre.

— J'étais au chalet tout le week-end. Sinon, j'aurais réagi plus tôt. Pourquoi, bon Dieu, a-t-il fallu que j'aille au chalet !

Il frotta ses doigts contre son front.

— Je ne comprends pas ; ça m'échappe.

— J'imagine... On croit connaître une personne et puis on s'aperçoit qu'on se trompe.

— C'est exact, tout à fait exact.

La sonnerie du téléphone retentit, et Justine se leva.

— Veuillez m'excuser !

Hans Peter, pensa-t-elle, mon cher, mon tendre Hans Peter.

Mais c'était un autre Hans. Hans Nästman.

## Chapitre 28

Le vent s'était levé. Des nuages de neige sèche tour-billonnaient, semblables à des volutes de fumée. Une bouffée de chaleur lui monta au visage.

— Bonjour, Justine Dalvik. Vous souvenez-vous de moi ?

— Oui, bien sûr. Pourquoi appelez-vous ? Y a-t-il du nouveau au sujet de Nathan ?

— Non.

— D'accord. Et des nouvelles du meurtrier de la jeune femme ?

Justine retint son souffle. Derrière elle, dans le salon, Tor Assarsson faisait les cent pas. Il avait ouvert la porte du balcon et allumait une cigarette. Un courant d'air glacial balaya le sol.

— Une minute, je vous prie ! dit-elle dans le combiné. Fermez ça ! siffla-t-elle à Tor Assarsson en désignant l'oiseau.

— Vous avez de la visite ?

— Oui.

— Quelqu'un est également venu chez vous samedi, n'est-ce pas ?

— Oui.

— Je souhaiterais en parler avec vous.

— Pourquoi ? Je n'ai pas le droit de recevoir des invités dans ma propre demeure ?

— Bien sûr que si, Justine, bien sûr.

— Alors, dans ce cas, je ne comprends pas...

La ligne fut coupée. Il parlait depuis un portable, et il avait dû entrer dans une zone non couverte par le réseau. Elle regretta sa réaction, elle s'était immédiatement placée sur la défensive. Ce n'était pas bon. Elle raccrocha le combiné, se pencha et prit sa veste. Elle rejoignit Tor Assarsson sur le balcon.

— Il faut faire attention aux portes et aux fenêtres. L'oiseau pourrait s'enfuir.

De la fumée sortait de ses narines.

— Ce serait aussi bien !

— Absolument pas !

— Un tel animal devrait vivre libre.

— Il ne survivrait pas. Il est incapable de se défendre contre les volatiles sauvages et les autres animaux qui pourraient l'attaquer. Il a passé toute sa vie avec des êtres humains depuis qu'il est tombé du nid. Il est imprégné par les gens, par moi.

Le cendrier était sur le sol. Elle avait oublié de le vider. Les rafales de vent faisaient légèrement voler les cendres. Tor Assarsson écrasa son mégot entre les nombreuses cigarettes à moitié fumées de Berit.

— Peu importe. Ce ne sont pas mes affaires.

Il partit enfin. Il avait d'abord annoncé son intention d'appeler un taxi avant de se raviser l'instant d'après.

— Je vais emprunter son itinéraire. Rejoindre l'arrêt de bus à pied. Savez-vous s'ils sont fréquents ?

— Désolée, je ne le prends jamais.

— Non, j'ai vu que vous aviez une belle voiture neuve.

— Oui, je viens de l'acheter. J'ai des choses à terminer, sinon je vous aurais conduit jusqu'à la station de métro.

— Non, non, je préfère marcher. Comme je vous l'ai dit, je veux avoir mon opinion sur ce qu'a fait Berit samedi dernier.

Elle l'escorta jusqu'à la porte, lui tendit son manteau et son écharpe, et prit sa main glacée entre les siennes chaudes.

— Tor, elle utilisa son prénom pour la première fois. Nous allons croiser les doigts pour que Berit réapparaisse saine et sauve. Qu'elle ne soit pas blessée et que tout soit comme avant. Et si nous pensons à elle de toutes nos forces, ça se produira sans doute.

Il s'éclaircit la gorge.

— Merci.


Dès qu'il eut disparu derrière la colline, elle rangea sa veste. Le téléphone sonna tout de suite.

— Allô !

Une suite de grésillements.

— Hans Peter, c'est toi ?

C'était le policier. Il bafouillait et jurait. Les mots lui parvenaient par bribes.

— Allô ! Ah, merde... Je vais bientôt... à Hässelby. Dans environ... minutes.


Elle ramassa le cendrier sur le balcon, et le vida dans les toilettes. Elle dut tirer quatre fois la chasse avant que tous les mégots aient disparu. Puis elle siffla l'oiseau et l'enferma dans le grenier. Un calme étrange la gagna. Elle prépara une cafetière et disposa des tasses sur la table.

Hans Nästman vint seul. Il se gara derrière sa voiture et remonta l'allée de gravier. Elle ouvrit avant qu'il sonne.

Il était transformé. Il avait beaucoup maigri.

— Bonjour, Justine, vous voyez, je ne vous ai pas oubliée.

— Je ne vous ai pas oublié non plus.

— C'est une bonne chose.

— J'ai préparé du café.

Il acquiesça.

Ils s'assirent à la table de la cuisine, comme elle l'avait fait précédemment avec Hans Peter. Elle avait balayé tout ce qui était posé dessus, submergée par le désir physique, et le téléphone avait tout gâché.

— Vous avez changé.

— Ça se voit tant que ça ?

— Oui.

— J'ai été malade.

— Vous avez perdu de nombreux kilos. Rien de grave, j'espère ?

— Une tumeur du côlon.

— Oh.

— On l'a enlevée. La tumeur. Et je prévois qu'elle ne reviendra plus.

— Le cancer, cette horrible maladie.

— Oui, on apprend à apprécier la vie autrement après un événement de cette importance.

Elle leur servit le café.

— Veuillez m'excuser, je n'ai pas de biscuits pour l'accompagner.

— Magnifique ! Trop de gâteaux et de cookies dans ce genre de situation.

— Une raison particulière vous amène, si j'ai bien compris ?

— Oui, Berit Assarsson, votre ancienne camarade de classe.

Son estomac vira en bloc de glace.

— Berit, oui.

— Justine, je ne veux pas vous offenser, mais on dirait que la malchance vous poursuit. Les gens de votre entourage tendent à disparaître ou mourir.

— Est-ce censé être ma faute ?

— Votre faute ? Je n'ai pas prétendu cela. Mais écoutez-moi : d'abord, ça a été Nathan Gendser, votre compagnon. Il s'est simplement évaporé dans la jungle, et personne n'a eu de nouvelles de lui après. Puis Martina Andersson, une jeune et belle photojournaliste qui ne cachait pas son intérêt pour ce Gendser. On l'a retrouvée assassinée de sang-froid avec une machette. Dans la chambre d'hôtel que vous partagiez avec elle.

— Ne cachait pas son intérêt ? répéta-t-elle.

— Bien sûr, j'ai parlé aux autres membres de votre groupe. Vous devez l'avoir remarqué.

— Elle était dragueuse, c'était surtout sa façon d'être. Les jeunes femmes se comportent souvent ainsi. Nathan aussi aimait draguer, et j'admets que cela se révélait parfois blessant pour moi. Bien sûr, l'attention de Martina à son égard le flattait, parce qu'il était un vieux mec comparé à elle !

— Et maintenant, nous avons cette femme, Berit. Son mari vient de signaler sa disparition. C'est dans ce contexte que nous avons croisé votre nom. Elle était avec vous juste avant de disparaître.

— Et vous me soupçonnez d'être impliquée ? Allez-vous me mettre en prison ?

Il l'examina par-dessus ses lunettes.

— Je veux simplement qu'on en parle.

— S'agit-il d'un interrogatoire ?

— Ne le prenez pas ainsi. Je veux vous poser quelques questions.

Elle pressa les mains contre son visage. Son cœur battait si fort qu'elle s'imaginait presque qu'il pouvait l'entendre.

— OK, dit-elle à voix basse. Nathan... je n'en suis pas encore remise ; chaque fois que son nom est prononcé... Nous allions nous marier. J'aurais été sa femme. Cela me fait mal. Je me le représente gisant dans la forêt vierge, peut-être blessé... mort... et les bêtes sauvages...

Hans Nästman attendit patiemment qu'elle finisse. Il se détendit sur la chaise et lui adressa un sourire amical lorsqu'elle écarta ses mains de son visage.

Elle dut lui raconter par le menu la soirée du samedi ; il voulait connaître le moindre détail. Elle lui montra l'endroit exact où elles étaient assises, et il lui demanda ce qu'elles avaient dit, mangé et bu. Il l'interrogea au sujet de son pied.

— Je suis tombée en faisant mon jogging. Je me le suis probablement foulé.

— Son mari m'a confié qu'elle éprouvait certains remords. Son enfance l'avait rattrapée. Apparemment, elle avait été une meneuse et avait brutalisé plusieurs de ses camarades de classe, y compris vous. Cela pesait sur sa conscience.

— Oui, elle... l'a mentionné.

— Quel souvenir gardez-vous de ce harcèlement ?

— Tous les enfants faisaient ce genre de bêtises. Je n'étais moi-même pas une sainte. Je pouvais être méchante également. Est-ce que ça n'est pas propre à l'enfance ? Je veux dire, réfléchissez-y. Combien d'enfants avez-vous frappés au menton quand vous étiez un petit garçon ?

— Elle est venue vous voir pour vous en parler.

— En fait, pas seulement de ça. Nous étions camarades de classe, et elle était à la recherche de ses racines, voulant retrouver une certaine cohérence, pour ainsi dire.

— Hmm... Pourquoi disparaîtrait-elle précisément maintenant ? Avez-vous une idée ?

— Euh, je ne sais pas... nous ne sommes que lundi. Elle va sans doute réapparaître bientôt !

— D'après son mari, elle n'avait jamais agi de cette manière auparavant.

— Nora Helmer dans *Une maison de poupée* n'avait jamais rien fait de tel avant le jour où elle quitta son mari et sa famille.

— Je ne l'ai pas lu.

— Ibsen.

— Je sais.

— Je l'ai dit à son mari, qui est venu avant vous : Berit est sans doute déprimée. Elle voyait sa vie comme un échec total : son mariage, les garçons qui n'avaient plus beaucoup de contacts avec elle, et puis tout ce qui se passait à son travail. Son patron s'apprêtait à transférer l'ensemble de la maison d'édition dans le Norrland. Vous imaginez... elle n'est plus toute jeune... oui, elle a mon âge. Vous n'ignorez pas la valeur d'une femme de notre âge ? Sur le marché de l'emploi... et sur d'autres marchés, d'ailleurs.

Il y eut un bruit dans le grenier. Un craillement et des chocs comme si quelqu'un avait trébuché. Le policier sursauta.

— Qu'est-ce que c'était ?

Elle soupira.

— J'ai un oiseau. Il est là-haut. D'habitude, il vole partout ici en liberté, mais j'en ai assez d'expliquer sa présence aux gens qui viennent. Alors, je l'ai mis dans le grenier à votre arrivée.

Elle grimpa les marches pour le libérer.

— Hé ? cria-t-elle. Tu viens ?

Elle ne l'entendit pas. Elle entra dans le noir et vit une pile des vieux magazines reliés de son père, *Arbetsledaren*, qui étaient tombés d'une étagère. L'oiseau était perché au milieu des ouvrages, mordant les couvertures et lui lançant des regards courroucés.

— Laisse ça tranquille ! sermonna-t-elle. Papa aurait été furieux !

— Qu'est-ce que c'est ? s'enquit Hans Nästman.

Il était juste derrière elle et se tenait à la rampe. Si elle donnait un coup de pied en arrière ? L'escalier était raide ; il serait tellement surpris qu'il lâcherait prise et chuterait tête première jusqu'au palier. Il était

388

faible et fragile après sa maladie ; il serait incapable de résister.

Elle ne le fit pas.

L'oiseau battit des ailes au-dessus de leurs têtes.

— Il est en colère. Il n'aime pas être enfermé.

— Non, repartit Hans Nästman. Rares sont ceux qui aiment l'être, et pourtant, on continue à commettre des crimes.

Elle fut enfin seule à seize heures trente. Elle prit directement le téléphone pour composer le numéro de Hans Peter. Toujours pas de réponse. Était-il déjà parti travailler ? Quel était le nom de l'hôtel où il était employé ? Un nom avec roses. Elle sortit un annuaire, consulta la rubrique hôtels et le trouva sur-le-champ : Tre Rosor sur Drottninggatan. Elle nota le numéro dans son carnet.

Elle fit démarrer sa voiture. Il ne pouvait pas y être ; il ne commençait pas si tôt. Elle conduisit en direction de Fyrspannsgatan et se gara le long du cimetière. C'était un jour gris. Le vent s'engouffrait dans ses cheveux et ses vêtements et la glaçait jusqu'aux os.

D'abord, elle se trompa de bâtiment. Après avoir cherché, elle finit par découvrir celui où vivait Hans Peter. Elle n'avait jamais pénétré dans un immeuble locatif. Elle resta longtemps à l'extérieur, puis lut le nom des résidents affichés sur un panneau dans le hall. Au loin, elle discerna un bruit de pas étouffé, puis celui d'eau qui coulait dans des canalisations. Une légère et presque imperceptible odeur de marbre et de pierre. Elle lut son nom, trop long pour être inscrit en entier, H.P. Bergman, quatrième étage.

Il n'y avait pas d'ascenseur. Elle monta lentement. L'appartement était situé tout de suite sur la droite, et elle lut à nouveau son nom.

Il n'était pas chez lui. Elle sonna à de nombreuses reprises et, n'entendant rien, elle regarda par la fente dans la porte destinée à glisser le courrier. Son odeur, l'odeur d'Hans Peter et tout ce qui lui appartenait. Elle l'appela plusieurs fois avant de se rendre à l'évidence : il n'y avait personne, c'était vide.

Devrait-elle s'asseoir par terre et l'attendre ? Ou était-il déjà en ville ? C'était peut-être le cas, et rien ne servait de rester là. Elle avait emporté son carnet dont elle déchira une page où elle écrivit : « Hans Peter, tu me manques tellement, tellement fort. S'il te plaît, pardonne-moi si je t'ai blessé, Justine. »

Elle plia le papier en deux et le fourra dans l'interstice. Il tomba sur le tapis portant l'inscription « Bienvenue ». Elle aperçut alors un pan de son manteau d'hiver, suspendu à un crochet.

Elle se mit soudain à pleurer.

## Chapitre 29

L'oiseau était dans la cuisine. Elle avait oublié de lui donner sa nourriture. Où l'avait-elle rangée ? Y avait-il de la viande hachée au congélateur ? Non, même pas ça. Il était six heures vingt.

— Je reviens tout de suite. Je vais faire quelques courses.

Elle roula jusqu'au centre commercial. Il y avait un nombre incroyable de voitures sur le parking pour un lundi soir, mais elle put se garer à proximité de l'aire de rangement des Caddie.

Collée à la vitrine de la banque, sur sa droite, figurait la photo d'une maison en vente. C'était là que l'agent immobilier voulait aussi placer la sienne. La colère la gagna à cette idée.

Elle n'était pas venue ici depuis longtemps. La bibliothèque était en cours de rénovation ; le personnel et les livres avaient été déplacés pour la durée des travaux. Elle s'arrêta devant l'animalerie. Un gros cochon d'Inde était seul dans une grande cage exposée dans la vitrine principale. À une époque, le magasin était rempli de toutes sortes d'animaux que la propriétaire nommait ses amis. Ils étaient les compagnons de sa vie. En fin de compte, elle avait été obligée de vendre la boutique après avoir déclenché une allergie.

Mue par une impulsion, elle entra. Un homme derrière le comptoir étiquetait des boîtes de nourriture pour poissons.

— Puis-je vous aider ?

— Ce cochon d'Inde.

Elle pointa la cage. L'animal avait les pattes antérieures sur les barreaux et reniflait.

— Il a l'air de s'ennuyer.

— C'est une femelle.

— Elle a l'air de s'ennuyer alors.

— Oui, nous avons vendu tous les autres petits mammifères et oiseaux. Il ne reste que celle-ci. Nous allons dorénavant nous concentrer exclusivement sur les reptiles. Les serpents, lézards et leur déclinaison. Ils sont très à la mode.

— Ah bon.

— Voulez-vous acheter ce cobaye ?

— Enfant, je désirais un animal de compagnie. L'une de mes camarades de classe avait des cochons d'Inde. Ils n'étaient pas de cette couleur brillante, mais noirs avec des épis. Je me souviens qu'ils ont eu des petits. Ils trottinaient sur le sol derrière leur mère.

— Ces bêtes sont agréables et paisibles. Il ne leur faut pas grand-chose.

— C'est vrai ?

L'homme ouvrit le réfrigérateur et fit bruire un sachet en plastique. L'animal s'étira et émit des cris aigus à déchirer le cœur.

— Elle pense qu'elle va avoir de la salade.

— Et ce n'est pas le cas ?

— Si.

Il tendit une feuille de laitue au cochon d'Inde qui se dressa de toute sa hauteur pour l'attraper avec les dents.

— Ce sera difficile de m'en séparer.

— Vous êtes attaché à elle ?

— Non. Non, mais personne ne s'y intéresse ni ne la veut. Bientôt, je serai obligé de la donner en nourriture aux serpents.

— Vous ne pouvez pas faire ça !

— Manger ou être mangé, c'est la loi de la jungle.

— Combien coûte-t-elle ?

— Si vous la voulez vraiment, vous pouvez l'avoir.

— Je peux l'avoir ?

— Oui. Vous semblez beaucoup aimer les animaux.

— Eh bien... merci. Il faut juste que j'aille faire quelques courses.


Elle acheta du foie frais et deux kilos d'abats au rayon boucherie. Elle prit une grande boîte d'œufs, des oignons et deux bottes de tulipes blanches. Puis, une salade et différents légumes, concombres, carottes et tomates.

La caissière plaisanta.

— S'il n'y avait pas toute cette viande, je jurerais que vous êtes devenue végétarienne. Comme ces végétariens militants. J'ai lu qu'ils libéraient les saucisses.

— Je suis du côté des saucisses, plaisanta Justine à son tour.

— Et comment va votre mère ?

— Ah, les choses sont ce qu'elles sont. Pas de changement.

— Chacun son destin, que voulez-vous. Dire qu'elle était toujours si élégante et bien habillée. Je l'admirais beaucoup. Je m'en souviens comme si c'était hier. Elle était si riche et distinguée, et pourtant, elle venait faire ses courses ici, dans un magasin d'alimentation somme toute banal.

— Oui.

— Elle avait un côté humble. Elle ne prenait jamais un air coincé ou supérieur. Une femme merveilleuse, Mme Dalvik.

Justine emballa ses courses.

— Vous lui rendez sans doute visite, non ? Auriez-vous la gentillesse de la saluer de la part de Britt-Marie ? Si elle est capable de...

— Oui, bien sûr, je peux la saluer de votre part.


L'oiseau vint vers elle à l'instant où elle entra. Il atterrit sur la cage, pencha la tête sur le côté et considéra le cochon d'Inde avec curiosité.

— C'est le nouveau membre de notre famille, expliqua-t-elle. Elle a failli servir de nourriture aux serpents, mais je l'ai sauvée à la dernière minute. Si tu es gentil avec elle, elle deviendra peut-être ta camarade de jeu.

Apparemment désintéressé, il plongea sous l'une de ses ailes et s'arracha une plume, douce et duveteuse, qui tomba sur le dos du cobaye.

Justine mélangea du foie et des œufs dans le bol de l'oiseau, qu'il rejoignit immédiatement.

Elle souleva délicatement le rongeur et tâta ses petites pattes du bout des doigts.

— Tu as l'air d'un rat, murmura-t-elle. Si tu avais une queue, on aurait du mal à faire la différence. Je pense que je vais te nommer Rattie. Oui, Rattie, c'est le nom idéal pour toi.

Elle la lâcha sur le sol ; Rattie se précipita vers le placard, aspirant à se faufiler en dessous pour se cacher. L'oiseau y vola. Il avait des taches de sang poisseuses autour du bec.

— Sois gentil avec Rattie ! gronda-t-elle. Vous allez devenir des amis, ne l'oublie pas !

Il se secoua, fit quelques bonds et donna un léger coup de bec sur le dos rond de Rattie, qui se mit à tourner sur elle-même et se dressa sur ses pattes postérieures.

— Tout ira bien. Vous vous habituerez l'un à l'autre.

À huit heures, elle téléphona à l'hôtel. Une voix d'homme répondit. Elle demanda Hans Peter.

— Il n'est pas là.

— Est-ce qu'il ne travaille pas ici ?

— Si, mais il n'est pas là pour le moment.

— Pourquoi ? A-t-il fourni une explication ?

— Puis-je prendre un message ?

Elle raccrocha.

Elle se réveilla à de nombreuses reprises au cours de la nuit. Le même cauchemar revenait en séquences rapides. Hans Nästman, le visage émacié et fraîchement lavé. Il était à côté de son lit sans bouger, simplement planté là. Quand elle essayait de se lever, elle s'apercevait qu'elle était attachée par une corde en rotin. Hans Nästman souriait en lui révélant toutes ses dents.

— C'est terminé maintenant, Justine ; vous devez me suivre sans faire d'histoires.

— Vous ne pouvez rien prouver ! criait-elle. Sortez d'ici et laissez-moi en paix !

Il avançait d'un pas vers elle. Ses mains étaient dépourvues de peau et d'ongles.

— Il n'est pas nécessaire de prouver quoi que ce soit, mon amie. Maintenant, Hans Peter Bergman a disparu à son tour, et cela est suffisant pour vous arrêter.

Ce fut son propre cri qui la réveilla complètement. La chambre résonnait de battements d'ailes et de sifflements. Elle alluma la lampe ; l'oiseau décrivait des cercles, totalement paniqué. La lumière le calma, et il se posa sur sa branche, encore un peu effrayé.

Il fallait qu'elle se lève et qu'elle appelle chez Hans Peter.

Il était trois heures et quart. Il n'y eut pas de réponse.

C'était un jour tranquille, sans soleil. Des flocons étaient en suspension dans l'air. Elle emmena le cochon d'Inde avec elle dans la voiture. Elle l'enveloppa dans une couverture où il se roula en boule et s'endormit presque immédiatement.

Dans le service, elle se rendit à la réception. Une infirmière y feuilletait un dossier.

— Bonjour. Je suis Justine Dalvik et je souhaiterais visiter ma mère.

— Votre mère ?

— Flora Dalvik.

— Ah, oui, Flora. Bonjour. C'est bien pour elle. Toute rupture de la monotonie est une bonne chose pour nos résidents.

— Comment va-t-elle ?

— Très bien. Hier, elle est restée assise toute la journée.

Le nom de l'infirmière était Gunlis. Justine ne la connaissait pas. Elle referma le dossier.

— Je ne suis pas là depuis longtemps. Je ne crois pas que nous nous soyons déjà rencontrées. Je vais vous conduire à elle. Au fait, qu'avez-vous là ?

— Un petit cobaye que je viens d'acheter. Je voulais le lui montrer. J'espère que ça ne créera pas de problème.

— Oh, non, bien au contraire. Cela donne plus d'humanité à l'intérieur du service, un peu trop clinique, aseptisé, si je puis me permettre de m'exprimer franchement. J'ai toujours milité pour, mais c'est difficile d'introduire des changements dans une routine quotidienne. Ne serait-ce pas merveilleux si nous avions un chat qui se promènerait dans les chambres, parmi les résidents, en se frottant amicalement contre leurs jambes et sautant sur les genoux avant de se mettre à ronronner ? La qualité de vie des pensionnaires s'en trouverait améliorée si le milieu était moins stérile.

Elle baissa la voix avant de continuer :

— On peut difficilement oser prêcher ce genre de méthodes sans risquer de perdre son travail.

— Vraiment ?

— Bien sûr. Que deviendrait-on si les employés avaient des opinions ? Est-ce que je peux regarder ?

Quel joli petit museau qui dépasse là ! Il ne mord pas,
si ?

— Non, bien sûr que non.

Flora était installée dans le fauteuil roulant. Elle leva
la tête, le regard vague.

Gunlis avança et lui essuya le menton.

— Voyez, Flora, qui est venu vous dire bonjour. Avec
un petit enfant en plus. Enfin, on pourrait presque dire
ça, non ? conclut-elle en riant.

Justine se pencha au-dessus du fauteuil.

— Bonjour, petite Maman.

Elle caressa sa joue et tapota ses mains froides à la
peau desséchée. Elle posa la serviette dans laquelle
était enveloppée Rattie sur les genoux de Flora et
l'ouvrit tout doucement. Un halètement rauque sortit
de la gorge de la vieille.

Une sonnerie retentit au loin.

— Il faut que j'aille répondre, cria Gunlis. Oh,
j'aurais tellement aimé le voir !

L'animal avait déféqué. La serviette était couverte de
petites perles toutes en longueur. Justine les vida dans
une corbeille. Puis elle laissa le rongeur en liberté sur
les genoux de Flora. Des gouttes de transpiration apparurent sur sa lèvre supérieure. Le halètement s'était
accéléré et était devenu plus saccadé.

— Tu ne la trouves pas mignonne ? Elle s'appelle
Rattie. Non, ce n'est pas un rat, juste un bon vieux
cochon d'Inde. Tu sais que j'ai toujours voulu avoir un
animal de compagnie. Tu te souviens, n'est-ce pas ?

Flora avait fermé les yeux. Sa peau avait revêtu une
nuance gris pâle. Justine souleva Rattie et l'enroula de

nouveau délicatement dans la serviette. L'infirmière
revint.

— Est-ce que ça lui a fait plaisir ?

— Je pense... C'est difficile à dire.

— Elle a l'air un peu abattue... Je suis sûre que cela
lui a fait plaisir. C'est gentil de votre part d'être venue
avec votre animal. Attentionné même. Est-ce que je
peux le toucher ?

Il n'y avait pas de draps dans l'autre lit ni d'effets
personnels sur la table de nuit.

— Ma maman n'avait-elle pas une voisine de chambre ? demanda Justine.

L'infirmière l'attira à part.

— Si, malheureusement... elle nous a quittés.

— Triste nouvelle.

— Oui, c'est la vie, non ? Elle doit se finir un jour.

Justine fit un geste en direction de la femme dans
le fauteuil roulant. Flora avait ouvert les yeux, et son
regard exprimait une peur intense.

— Malheureusement pour ma pauvre mère. Elles
communiquaient assez bien. Enfin, autant qu'on le peut
dans cet état.

— Oui, c'est très triste ; une nouvelle dame débarque
cet après-midi. Les lits ne restent pas vides longtemps
ici.

— Au revoir, Maman, cria Justine. Je vais bientôt
revenir et je t'emmènerai à la maison. Peut-être même
demain si ça te convient ?

Les lèvres de la vieille femme frémirent, et on entendit clairement des gargouillis dans sa gorge.

— Elle essaie de dire quelque chose, dit l'infirmière.

— Elle avait une si belle voix, soupira Justine. Quel malheur qu'elle ne puisse plus l'utiliser.

— D'autres sont en plus mauvais état.

— Tout à fait vrai, il y a souvent pire que soi.

Elle fit un détour par Fyrspannsgatan, conjecturant qu'il était rentré et avait lu sa note. Elle sonna plusieurs fois, toujours sans réponse. Lorsqu'elle jeta un coup d'œil à travers la fente dans la porte, elle vit un magazine et quelques enveloppes éparses sur le sol. Elle ne put déterminer si son message était là-dessous.

Elle revint chez elle, agitée. Elle fit les cent pas entre les étages, et finit dans la chambre qui avait été celle de son père et de Flora. Un violent accès de rage l'embrasa. Elle ouvrit la porte du placard à la volée et jeta par terre tout ce qui avait appartenu à Flora : ses robes et ses chaussures. Ces vêtements étaient chargés de tant de souvenirs qu'elle se la représenta, et elle se matérialisa, la bouche blanche et close. *Retire tes habits, espèce de bonne à rien. Je vais te fouetter.*

Elle dégagea l'une des robes accrochées depuis si longtemps que des plis étaient profondément marqués dans le tissu et l'étoffe était devenue fragile. Elle l'attrapa par l'ourlet et, d'un seul coup sec, elle la déchira jusqu'à la couture à la taille. Elle continua ainsi à réduire la jupe en longs lambeaux. Mais la main de Flora vint à elle, l'agressant brutalement et lui claquant la tête.

*Tu n'as jamais été tout à fait normale. Déshabille-toi ! Que je te frappe pour t'inculquer un peu de bon sens. Je vais te glisser dans la cuve... Tu y resteras tant que tu n'auras pas appris la gentillesse et l'obéissance, espèce de petit singe pourri gâté, tant que tu ne feras pas exactement ce que je veux.* Flora était encore en elle ; elle avait marqué la mémoire de la maison. Elle n'abandonnerait jamais son emprise. Même dans sa prunelle, il y avait une certaine vigueur sous la peur. Justine l'avait vue lors de sa dernière visite, un mépris triomphant.

Le corps de Justine se mit à trembler ; sa gorge la serra et la démangea. Elle fut obligée de quitter la pièce pour boire un verre d'eau.

Elle récupéra des sacs-poubelle où elle jeta tout en vrac, chaussures, bijoux et vêtements. Tout ce qui pouvait convoquer l'esprit de Flora.

Voir les costumes alignés de son père lui arracha des larmes ; elle entra dans le placard et enfouit son visage au milieu des textiles. Elle sanglota en lançant d'affreux couinements. Puis elle les dépendit de leurs cintres et les fourra aussi dans les sacs.

L'après-midi suivant, elle retourna à la maison de retraite. Elle avait dormi d'un sommeil de plomb et sans rêves. Elle avait bu pas mal de vin avant de réussir à s'assoupir. Elle se sentait fiévreuse. Son front était douloureux comme s'il était enfermé dans un étau.

Gunlis apparut dans le hall. Ses yeux étaient injectés de sang.

— Re-bon-jour ! bâilla-t-elle. Oh, excusez-moi !

— Ce n'est pas grave. Je suis moi aussi fatiguée. J'ai pensé emmener Maman chez nous un moment. Est-ce que c'est possible ?

Gunlis passa un bras autour de sa taille.

— C'est une question idiote. Si davantage de nos résidents avaient des parents qui se souciaient d'eux, le monde serait meilleur. Attendez ici, et je vais la préparer.

Justine s'effondra sur un banc. Le sol était aussi brillant qu'un miroir, un homme à la peau noire poussait un chariot de nettoyage dans un couloir qui semblait incroyablement long.

Un vieillard bossu et extrêmement ridé sortit de l'une des chambres. Il s'avança vers elle en traînant des pieds, s'appuyant sur un déambulateur.

— Mademoiselle l'infirmière... est-ce que vous travaillez ici ?

— Non, répondit-elle en rougissant.

— Vous devriez vous en réjouir. Cet endroit n'est pas plaisant.

Gunlis était revenue.

— Que se passe-t-il, Martin ? Un problème ?

— Je veux rentrer chez moi ; c'est la seule chose que je veuille. Pourquoi me retenez-vous prisonnier ici ?

Gunlis secoua la tête.

— Mon cher Martin, nous ne vous retenons pas prisonnier ici.

L'homme cracha. Le glaviot brun et visqueux atterrit sur les chaussures de l'infirmière.

Des larmes montèrent à ses yeux.

— Martin !

Il la dévisageait d'un air menaçant.

— Ne me touchez pas ; vous pourriez être contagieuse. Les matériaux radioactifs se propagent à la vitesse du vent. Ils se propagent et ils vont tous nous tuer...

402

Gunlis grimaça et disparut aux toilettes. Justine l'entendit faire couler de l'eau pour rincer ses chaussures. Une jeune fille avec une queue-de-cheval sortit de la chambre de Flora.

— Est-ce que c'est vous qui venez la chercher ?

— Oui.

— Je l'ai habillée et mise dans le fauteuil roulant.

— Parfait.

— Pouvez-vous la descendre ?

— Bien sûr. Je l'ai déjà fait.

Flora était enveloppée dans une couverture, un bonnet grossièrement tricoté vissé sur sa tête. Elle fixait Justine ; ses yeux ne la quittaient jamais. Gunlis émergea des toilettes quand le fauteuil s'ébranla sous l'impulsion de Justine.

— Excusez-moi, lui dit-elle. J'ai perdu mon sang-froid un instant. Je crains d'être plus épuisée qu'il n'y paraît.

— C'est plutôt horrible de se faire cracher dessus.

— Ce n'est pas de sa faute ; il croit qu'il est prisonnier. J'aimerais qu'il ait aussi quelqu'un qui vienne le chercher pour des sorties sympathiques. Qu'en pensez-vous, Flora ?

Elle se pencha et ajusta le bonnet tricoté.

— Passez une excellente journée, toutes les deux !

# Chapitre 30

Pendant tout le trajet, elle parla à Flora. Elle avait attaché sa ceinture de sécurité et approchait du rond-point de Vällingby.

— Est-ce que tu reconnais où tu es, Flora ? Tu n'es pas sortie depuis longtemps. Est-ce que ça te paraît familier, plus loin, du côté des petites maisons entre Åkeshov et Ängby ? Ils sont en train de construire des barrières antibruit, oui, pour que les gens ne soient plus gênés. Nous n'avons jamais eu à nous soucier de ce genre de nuisances. Nous en sommes restés à l'écart. Nous avons apprécié le calme et la paix. Pas vrai, Flora ? Est-ce que tu sais que Martin, l'homme au déambulateur, pense qu'on le retient prisonnier ? Imagine ce que ce serait de perpétuellement avoir envie de sortir. Je devrais peut-être instaurer un système avec un minivan dans lequel j'emmènerais les personnes âgées sans famille se promener et s'amuser un peu. Est-ce que ce ne serait pas une idée géniale ? Tu as inlassablement répété qu'une personne doit avoir une mission dans la vie. J'ai décidé que tu pouvais rentrer à la maison un moment ; cela fait si longtemps que tu l'as quittée. Depuis que tu es tombée malade, petite Flora. Ce n'est pas agréable de venir voir cette bonne vieille propriété – que tu voulais vendre ? Bien sûr, nous ne le ferons pas. Elle est à moi. Je vais y vivre. C'est ma maison, mais tu peux y venir, maintenant, tu es mon invitée. Quelle belle-fille généreuse tu as, Flora. Tu n'as pas entendu Gunlis le dire ? Tous les pensionnaires rêveraient d'avoir quelqu'un comme moi. Est-ce que tu vois le palais là-bas, celui d'Hässelby ? Il a l'air si beau et si gelé, ce palais. Cet endroit reste égal à lui-même ; rien ou presque n'arrive ici, à Hässelby Gård. Qu'est-ce que le thermomètre indique ? Plus de quarante degrés ? C'est n'importe quoi. A-t-il parfois donné la bonne température ? On peut voler jusqu'à la Lune, et on est incapable de faire fonctionner un thermomètre. Est-ce que je parle trop ? Oui, évidemment, pourtant, je suis obligée de parler pour deux, tu comprends ; puisque tu ne peux plus, je le fais pour toi. Regarde, c'est le cimetière où Maman et Papa sont enterrés. Regarde comme il est bien entretenu. Il y a eu des funérailles hier. Ils jettent les fleurs après la cérémonie, les gerbes et les décorations de cercueil, quel gâchis ! Je me demande comment ce sera pour toi, je veux dire, si tu souhaites des dispositions particulières. J'ai réfléchi aux tombes ; ce serait mieux de disperser tes cendres dans le jardin du souvenir ; ça pourrait être bien aussi. La forêt sur notre gauche, elle était immense quand j'étais enfant ; le paysage change. J'y jouais quelquefois. Un jour, j'y ai trouvé un chien, je crois qu'il était déjà mort. Je me souviens de cette étrange odeur même si, à l'époque, je ne connaissais pas encore l'odeur de la mort. Allez, accroche-toi, car, maintenant, nous bifurquons sur Strandvägen. Les bains publics ont disparu, ce bel établissement.

*Idem* pour le toboggan à eau qui était là autrefois. Il n'en reste rien. Mais ça, tu le sais. Flora, est-ce que tu vois la glace ? Elle a l'air épaisse, et on a l'impression qu'elle est assez solide pour marcher dessus. Il faut être prudent : à quelques centaines de mètres, l'eau n'est plus gelée. Regarde sur ta droite. Ils ont abattu l'un des chalets d'été, celui qui était complètement délabré. Ils vont bâtir une nouvelle villa à la place. Ils démolissent tous les vieux bâtiments. Nous y sommes, Flora. Est-ce que tu es contente ?

Elle se gara au plus près. La vieille femme demeurait droite et immobile. Lorsque Justine détacha sa ceinture, elle tomba sur le côté si bien que Justine dut la rattraper et l'allonger en travers des deux sièges pendant cette manœuvre. Elle souleva ensuite le corps tendu de Flora et la porta dans l'escalier.

— Désolée de ne pas pouvoir aller plus vite. Mon pied me fait mal. Tu te souviens quand je me le suis cassé ? Non ? Après, ça n'était plus pareil. Non, je ne me plains pas. Je peux marcher et courir, mais je me fais facilement des foulures et des entorses... Non, je t'assure, je ne me plains pas, si on compare à toi. Je peux me déplacer à ma guise. Comment te sens-tu à présent, Flora ? Je vais t'installer dans ton fauteuil préféré, celui que tu occupais avec Papa au cours de toutes ces années. Tu peux admirer le brouillard et imaginer que c'est l'été, que tu es sur le balcon, que le soleil est rond et brûlant et que Papa est dans le bateau en bas. Je vais enlever mon manteau et fermer la voiture à clé. Si le téléphone sonne, réponds. Non, c'est idiot de ma part, purement inconsidéré. Désolée.

406

Elle prit son temps. Elle fit du café et prépara un plateau. L'oiseau était dans sa pièce, et la porte close. Il graillà car il avait perçu sa voix et voulait sortir.

Flora était exactement là où elle l'avait laissée, la tête légèrement inclinée vers la fenêtre.

— Veux-tu du café ? Je peux t'aider. Ouvre la bouche et avale une gorgée. C'est trop chaud ? Non, je ne pense pas. Es-tu assise ici à te remémorer le temps jadis, et comment on le vivait, toi et moi ? Qu'est-ce que c'est que ça ? Le bruit, tu veux dire ? J'ai un animal de compagnie, tu sais ; tu as rencontré Rattie hier. J'ai choisi ce nom bien que ce ne soit pas un rat. Elle était avec moi dans le lit la nuit dernière ; je l'ai ensuite remise dans sa cage car j'avais peur de l'écraser. Elle était chaude et douce. J'ai un oiseau également. Je vais te le présenter dans un instant, finis ta tasse d'abord ; il est tellement casse-pieds quand il y a de la nourriture...

La sonnerie aiguë du téléphone.

— C'est toi ? murmura-t-elle, le souffle court.

— Je suppose qu'il faut répondre oui à ce genre de questions, railla un timbre cordial. Jacob Hellstrand, l'agent immobilier.

— Je suis pressée et je ne suis pas intéressée.

— Je suis en contact avec des promoteurs qui sont prêts à payer le prix que vous fixerez. Ce serait de la folie de ne pas saisir une telle offre.

— Vous ne comprenez pas que non, c'est non ! hurla-t-elle avant de raccrocher violemment.

La salive coulait sur le menton et sur le cou de Flora. Ses pupilles lançaient des éclairs incandescents.

Justine colla son visage devant celui de sa belle-mère.

— Faites aux autres ce que vous voudriez qu'ils vous fassent. Est-ce que tu as déjà entendu cette phrase, Flora ? Jésus l'a prononcée, et c'est une règle à suivre aujourd'hui.

Elle souleva la vieille femme et la transporta dans ses bras telle une enfant.

— Faisons le tour ; tu aimeras ça. Voici la cuisine qui n'a pas du tout changé et voici la pièce bleue. J'ai respecté ta mémoire, ainsi que tu peux le voir. Et ensuite, la cave... Oh, oui, nous y allons. Tu sais ce qu'il y avait en bas, Flora ? Tu n'as pas oublié ce qui se cachait derrière la porte ? N'est-ce pas ?

Flora avait commencé à émettre des bruits. Elle jetait sa tête de tous les côtés ; le gémissement haut perché s'intensifia pour se transformer en un profond hurlement inarticulé. Elles étaient dans la pièce où trônait la cuve. Justine grimpa avec précaution sur le bloc de ciment. Elle hissa légèrement Flora et la déposa doucement dans la cuve.

Puis elle alla chercher l'oiseau.

Quand le téléphone sonna, elle était chez l'entrepreneur de pompes funèbres. Ils avaient eu une conversation agréable et factuelle : le cercueil était commandé, et ils avaient choisi d'anciens cantiques que la vieille femme aurait aimés. Ce serait une cérémonie simple, simple mais digne. L'entrepreneur avait promis de chanter et il connaissait quelqu'un qui jouerait de la flûte.

— Et quelle est votre préférence pour le faire-part ? susurra-t-il au terme de l'entretien.

Elle lui adressa un sourire faible et chagriné.

— Ne nous ennuyons pas avec cela. J'écrirai aux personnes concernées. Ce sera plus personnel ainsi.


Mais le téléphone sonna encore. Alors qu'elle avait perdu tout espoir.

— J'ai eu ton petit mot, dit-il.

Le bonheur coula en elle comme du miel. Pour autant, elle se tut.

— Justine ? Tu es là ?

Tout explosa en éclats ; elle dut poser le combiné. Elle l'écouta, qui répétait son nom et l'implorait.

— Oui, je suis là, dit-elle enfin.

— Tu n'as pas à demander pardon ! Comme tu l'as écrit dans ta note. Pas du tout, c'est moi qui...

— Tu as disparu d'un coup, nasilla-t-elle.

— J'ai téléphoné avant, mais tu n'étais pas chez toi. Ou le téléphone était débranché.

— Tu aurais pu réessayer.

— Ce n'était pas facile...

— Pourquoi ? J'ai même contacté l'hôtel.

— Ma mère. J'ai dû m'y précipiter.

— Ta mère ?

— Elle a toujours été en parfaite santé, et... contre toute attente, elle a eu une crise cardiaque.

— Oh, non ! Ça n'est pas vrai !

— Si... mais elle va mieux. Elle va s'en sortir. Nous sommes restés à l'hôpital, Papa et moi. Il faut que tu saches... Tu m'as manqué, et moi aussi, j'étais impatient de te revoir.

— Es-tu sûr qu'elle va se rétablir ?

— Oui. Du moins, pour un certain temps.

Elle pleurait à nouveau et dut aller chercher de l'essuie-tout à la cuisine.

— Qu'est-ce qui ne va pas, Justine ?

— Il faut que tu viennes, je t'expliquerai tout.

Il arriva en une demi-heure. Il l'enlaça, l'embrassa et la berça. Elle se laissa aller dans ses bras comme un poids mort.

— Viens. Montons.

Elle ouvrit la chambre.

— Nous pouvons nous installer là. J'ai modifié la décoration. C'était la chambre de mes parents. C'est mieux que je me l'approprie maintenant.

Elle se glissa sur le couvre-lit. Il s'allongea derrière elle, tout habillé.

— Raconte-moi, chuchota-t-il. Je suis là. Pourquoi es-tu si désespérée ?

— C'est juste que... Tu dois savoir, Hans Peter... que la malchance me poursuit... les catastrophes.

— De quoi parles-tu ?

— Un policier est venu lundi dernier. Selon lui, le malheur s'abat sur tous les gens de mon entourage. Oh, Hans Peter, j'ai tellement peur. Et si c'était vrai ? Si une chose mauvaise t'emportait ?

Elle sentit ses lèvres sur son cou, mais sa respiration était plus courte. Il était sur ses gardes.

— Pourquoi un policier est-il venu ici ?

— L'homme avec lequel j'étais, Nathan, dont je t'ai parlé... il a disparu dans la jungle. On ne l'a pas retrouvé. On a dû plier le camp et partir sans lui... C'était... terrible. Ensuite... Alors qu'on s'apprêtait à rentrer en Suède, un cinglé s'est introduit dans notre chambre d'hôtel, et une jeune femme qui voyageait avec nous, avec qui je partageais une chambre, elle a été poignardée... elle est morte sur le coup. Tu as sans doute lu des articles à ce sujet dans les journaux. Et maintenant... une de mes anciennes camarades de classe s'est volatilisée. Elle était venue me voir ici, tu sais, il y a une semaine samedi... elle n'est jamais retournée chez elle. Le policier était à sa recherche... et là... je ne sais vraiment plus... jeudi dernier... j'ai emmené ma belle-mère. Elle est vieille et paralysée. Elle vit dans une maison de retraite, et je supposais qu'elle serait contente de revoir la maison...

— Tu n'es pas obligée de me raconter si tu n'en as pas envie.

— D'un seul coup, elle était là, morte. Nous étions à la cave. L'oiseau nous a rejointes. Je l'ai regardé voler et soudain... elle était morte.

— Ma petite Justine chérie.

Elle s'enfouit contre lui et pleura dans sa chemise bleue.

— Quitte-moi si tu sens que tu le dois. Je le comprendrais sans mal.

— Il doit simplement s'agir de coïncidences malheureuses. Ce n'est pas de ta faute, petite idiote.

— Pourquoi ce policier le prétend-il ?

— Eh bien, ce n'était pas une chose intelligente à dire. Nous savons qu'il a tort, non ?

— Oui...

Sa respiration avait repris son rythme normal. Il saisit le couvre-lit à carreaux et les enveloppa tous les deux.

— Tu ne travailles pas ce soir, si ?

— Non, Justine, je suis avec toi et je reste ici.

Il caressa ses cheveux, embrassa son cou et ses oreilles.

— Tu ne vas pas disparaître sans crier gare ?

— Je suis désolé, Justine, pardonne-moi. J'aurais dû insister pour te joindre, mais mon père était complètement perdu. J'ai toujours été leur soutien dans la vie.

Ils demeurèrent longtemps serrés l'un contre l'autre. Il l'enlaça. Il était lourd, vivant. Le calme l'envahissait à nouveau, comme celui du sommeil, tout en étant éveillé.

— Est-ce que tu as un mouchoir ?

Il fouilla dans sa poche et en sortit un morceau de tissu froissé.

— Il est propre, chuchota-t-il. Même s'il n'en a pas l'air.

— Je te crois, répondit-elle en se mouchant.

Puis ses mains descendirent vers les hanches étroites et dures.

— Hans Peter, dit-elle pour imprégner la chambre de son prénom.

*Remerciements de l'auteur*

Merci à Karl-David qui m'a prêté sa sarbacane aussi longtemps que j'en avais besoin.

*Remerciements de la traductrice*

Merci à mon mari pour son soutien indéfectible au cours
de ce long travail et à Noëlle pour son temps, sa patience
souvent mise à rude épreuve et ses conseils précieux.

Composition par JOUVE – 45770 Saran

Achevé d'imprimer en août 2011 en Espagne par
BLACK PRINT CPI IBERICA, S.L.
Sant Andreu de la Barca (Barcelone)
Dépôt légal 1re publication : septembre 2011
Librairie Générale Française
31, rue de Fleurus – 75278 Paris Cedex 06

31/5718/7